Graal
Le chevalier sans nom

Ce roman a été écrit grâce au soutien
du Centre National du livre.

© Éditions Flammarion, 2003.
© Éditions Flammarion, pour la présente édition, 2006.
87, quai Panhard et Levassor – 75647 Paris cedex 13

christian de montella
GRaaL

Le chevalier sans nom

Castor Poche Flammarion

À Pierre-Alexandre, mon Bayard.

Et pendant la nuit naissent les monstres,
une fois la raison couchée :
du sommeil de la raison
vivent
les mystères,
les lances qui saignent,
les épées qui se brisent,
les graals.

Jacques Roubaud

Les Étranges Îles

ÉCOSSE

Île de Gorre

Château des Enchantements

Mur d'Adrien

IRLANDE

Forêt Perdue

Beau Repaire

Sorelois

PAYS DE
GALLES

LOGRES

Carduel

CORNOUAILLE

Camaalot

Lawenor

Nul ne sait
où se trouve
le Val sans Retour.
Et la Terre Gaste,
n'apparaît jamais
au même endroit
selon les chevaliers
que le roi Pellès
accueille.

LOGRES
Royaume continental

Royaume
de BENOÏC

Le Lac

Terre
Déserte

Trèbe

1

L'ENFANCE

1

L'enlèvement

— **S**ire ! Regardez !

La petite troupe de cavaliers venait de quitter le Bois en Val. Elle approchait de la rive d'un grand lac, dit le lac de Diane, dont la surface étale, sous la lueur de la lune et des étoiles, brillait comme du mercure. Au bruit des sabots, les animaux de la nuit s'étaient tus. Il y régnait un silence extraordinaire, où l'on n'entendait que le souffle des chevaux et celui, sifflant dans les branches des arbres, d'un vent tourbillonnant et frais. Le roi Ban de Bénoïc, qui galopait en tête, retint sa monture.

Hoël, son écuyer, tendait le bras vers l'est, lui désignant par-delà les cimes du bois un large halo rougeâtre embrasant le ciel.

Il était trop tôt pour que l'aube se lève. Le roi Ban comprit aussitôt ce qui se passait, mais il refusa d'abord d'y croire.

— Madame, attendez-moi ici.

Sa femme, Hélène, calma sa jument qui piaffait. Ban la vit pâle, inquiète. Il songea qu'elle était bien jeune, et lui, bien vieux, désormais, et qu'il ne savait combien de temps encore il pourrait la protéger. Il voulut lui dire qu'il l'aimait ; les mots ne franchirent pas ses lèvres. Il posa sa large main gantée sur le petit paquet de toile chaude qu'elle portait contre elle.

— Prenez soin de notre enfant.

Sous sa paume il sentit le bébé remuer doucement la tête. L'avenir de mon lignage, pensa le roi. Lui seul compte à présent. Et, retirant brusquement la main, il éperonna son cheval.

Les hommes et Hélène le virent, silhouette rapide et noire contre ce ciel clair d'une nuit d'été, galoper jusqu'au sommet d'une colline surplombant le bois et le lac.

Le spectacle qui s'offrit à ses yeux l'emplit de rage et de chagrin : Trèbe, son château, était en flammes. L'incendie, qui ravageait les remparts et les tours, s'élevait en longues et brèves mèches couleur de soufre le long du donjon, créant une aurore de feu et de sang qui déchirait la nuit. J'ai été trahi, pensa-t-il. Par mon propre sénéchal. J'ai tout perdu. Je suis seul.

Depuis des années, Ban de Bénoïc s'affrontait à Claudas, roi de la Terre-Déserte. Claudas s'était longtemps battu contre Uther-Pendragon, leur suzerain* et leur roi. Il avait été vaincu : Uther était servi et conseillé par un fils du diable, qui savait tout du passé et prévoyait l'avenir : Merlin. Ruminant sa défaite, Claudas avait attendu la mort d'Uther et le départ de Merlin pour une vie d'ermite au fond des forêts. Puis il avait repris sa guerre de conquête et de destruction, certain que le jeune Arthur, fils adultérin d'Uther et jeune roi sans expérience, en guerre contre le roi d'Écosse, n'agirait pas contre lui.

Pendant des semaines, Claudas et ses troupes avaient assiégé Trèbe. Ban de Bénoïc, comprenant qu'il ne pouvait plus résister longtemps, avait décidé, cette nuit-là, de sortir en secret du château et d'aller requérir l'aide du nouveau et jeune roi, Arthur, accompagné de quelques hommes, de sa femme Hélène, et de leur fils, né quelques mois plus tôt. Il avait laissé la garde de Trèbe à son sénéchal. Et

---

* Les mots suivis d'un astérisque renvoient au lexique en fin d'ouvrage.

voilà qu'une heure à peine après son départ, le château brûlait.

— J'ai été trahi, murmura Ban. Mon sénéchal a ouvert les portes à Claudas. Quelle promesse a-t-il reçue en échange de sa félonie ? L'apanage d'une partie de mes terres ? Ma propre femme ?

Il ressentit tout à coup une violente douleur dans l'épaule, qui l'irradia jusqu'au bras gauche et lui brûla la poitrine. Il avait du mal à respirer. Lentement, avec précaution, il descendit de son cheval. Il tituba, marchant jusqu'au sommet de la colline. Il n'arrivait pas à détacher les yeux de l'incendie, de son château, là-bas, sur l'horizon, s'écroulant dans les flammes, comme une bûche, un fagot dans l'âtre. Toute sa vie, tout son pouvoir se consumaient. Il avait essayé d'être un roi juste et bon. Et maintenant, Claudas, son pire ennemi...

La douleur dans sa poitrine se fit si vive qu'il tomba à genoux. Il arracha le gant de sa main droite. Il mit cette main sur son cœur. La vie me fuit, songea-t-il. Je vais mourir. Et Hélène ? Et mon fils ?

Il lui sembla alors que son cœur, et sa poitrine, et sa tête tout entière, prenaient feu comme Trèbe. Avant même que son cœur cesse de battre, il sut qu'il allait mourir. Mais il ne pensa pas une seconde à sa propre mort : il pensa — et ce fut une douleur bien plus grande que celle de cette vie qui l'abandonnait — que son fils, à présent, était orphelin.

Il s'effondra dans l'herbe. Son cheval, effrayé, rua, trotta un moment, d'avant en arrière, près du corps de son cavalier, et soudain, comme prenant la mouche, dévala la colline.

Au bord du lac, les hommes avaient vu leur roi descendre de cheval puis s'écrouler face contre terre. Hélène aussi.

— Que lui arrive-t-il ?

Le jeune écuyer approcha sa monture de celle de la reine.

— Madame, laissez-moi aller auprès de lui !

— Je t'accompagne, dit Hélène. Attends-moi.

Elle souleva l'enfant qu'elle tenait contre elle et le tendit à l'un des hommes.

— Je te le confie. Tu réponds de sa vie.

L'homme — un vieux sergent râblé aux mains gourdes et calleuses à force d'avoir manié l'épée — prit le bébé dans ses bras, avec maladresse. Hélène talonna aussitôt son cheval et, suivie d'Hoël, lui fit escalader la colline.

Dès qu'elle fut près de Ban, elle démonta et s'agenouilla à son côté. Elle eut une pensée pour son enfant — *leur* enfant — et, levant brièvement les yeux, elle aperçut le vieux sergent qui était descendu de son cheval et avait déposé le nourrisson près de la rive du lac.

— L'orphelin...

À plat ventre dans l'herbe, Ban tentait de relever la tête. Hélène pencha les lèvres à son oreille.

— Je suis là. Avec vous. Relevez-vous, murmura-t-elle. Nous avons un long chemin à parcourir.

Il fit l'effort de rouler sur le dos, aidé par l'écuyer, qui pleurait. Il dévisagea sa femme, se dit encore une fois qu'elle était belle, et jeune, et répéta, dans un souffle :

— L'orphelin...

— Que dis-tu, Ban ? fit-elle en approchant son oreille de la bouche du roi. Je n'ai pas compris...

— Hélène... Mon fils est un...

Et ce souffle, le dernier, s'échappa des lèvres du roi sur les syllabes du dernier mot qu'il prononça : « or... phe... lin. » Hélène eut la sensation que c'était l'âme même de Ban de Bénoïc, s'échappant de sa dépouille, qui lui chuchotait ce mot ultime. Instinct, prémonition ? Elle leva vivement la tête, cherchant à discerner, au bord du lac de mercure, son enfant dans ses langes blancs.

Des cris, soudain, et le fracas des sabots. Ils sortent du bois, pensa-t-elle, affolée. Ils nous ont suivis !

De l'orée des arbres surgirent une vingtaine de cavaliers, l'épée, la massue ou la pique à la main, hurlant à la mort. Hélène se redressa. Les hommes de Claudas — grands guerriers à la barbe et aux tresses blondes ou rousses, et affublés de peaux d'ours et de casques à longues cornes de buffle — déboulèrent parmi l'escorte de Ban comme une tempête. Ils frappèrent à tour de bras, visant aussi bien les soldats que les chevaux, qu'ils abattaient d'un seul coup de masse sur l'encolure.

— Hoël ! hurla Hélène.

L'écuyer la prit par le bras.

— Remettez-vous en selle, madame. Il faut fuir. Tout de suite.

— Mon fils ! cria-t-elle en se dégageant.

Elle remonta sur sa jument, lui claqua la croupe.

— Allez !

Elle dévala la colline. Droit sur la bataille — le combat sanglant où les hommes de Ban, pris par surprise, tombaient l'un après l'autre, sous les coups de masse et d'épée des assaillants. Elle n'avait pas peur. Elle ne pensait pas à la peur. Elle pensait au dernier mot du roi, son mari : « orphelin ». Elle ne voyait ni les Guerriers Roux à peau d'ours, ni sa propre escorte décimée : elle ne voyait que le minuscule point blanc — un bébé, des langes, une étoffe pour lui tenir chaud — qu'un vieux sergent défendait de toute sa vigueur et qui était son fils — le fils que lui avait donné Ban, pas un orphelin.

Alors qu'elle s'apprêtait à entrer au cœur même du combat, sa jument s'arrêta net, secoua l'encolure, se cabra. S'accrochant à la crinière, in extremis, Hélène parvint à se maintenir en selle, et vit tout à coup les traits de feu qui s'abattaient comme un orage sur la bataille tout entière, hommes et chevaux. Les guerriers de Claudas furent les seuls touchés : leurs peaux d'ours flambèrent comme de l'étoupe, comme de l'huile, leurs masses et leurs piques brûlèrent dans leurs poings comme frappés d'autant d'éclairs qu'ils portaient d'armes. Hélène dut à la frayeur de sa jument d'échapper au déluge de flammes. Elle tâcha de la maîtriser, gardant toujours cette seule idée en tête : sauver son fils, le reprendre, là-bas, au bord du lac.

— C'est un prodige ! s'écria le jeune écuyer qui l'avait rejointe et dont le cheval refusait à son tour d'avancer plus loin.

Un nuage qui, jusqu'alors, cachait la lune, glissa dans le ciel noir, révélant dans une lumière d'argent la surface du lac. Il n'y avait nulle embarcation, aucun archer. Jaillissant de l'eau, dans un sifflement de vipères, les flèches s'enflammaient dans le ciel. Après avoir décrit une parabole rouge et or, presque invisible à l'œil tant elle était rapide, elles retombaient à tout coup sur les guerriers de Claudas.

— Le lac tire des flèches, dit l'écuyer. Sorcellerie...

Mais Hélène ne comprenait qu'une chose : des renforts leur parvenaient du lac. Inattendus, improbables, inconnus. Impitoyables.

Et, tandis que les tueurs de Claudas s'enfuyaient en désordre, poursuivis par cette averse de flèches et de feu, Hélène vit une jeune femme aux très longs cheveux blonds et libres émerger tranquillement des eaux et marcher jusqu'au sable de la rive. Elle s'arrêta à peu de distance de l'endroit où l'enfant avait été déposé. Elle était vêtue tel un homme, d'une cuirasse luisant comme de l'argent poli et de chausses d'une étoffe fine et blanche.

19

Elle s'agenouilla près de l'enfant, écarta les linges lui couvrant le visage et le corps, puis le prit, nu, dans ses bras.

— C'est mon fils ! s'écria Hélène.

Mais elle eut beau éperonner sa jument, celle-ci refusa d'approcher d'un seul pas de la rive. Agacée, furieuse et inquiète, Hélène sauta à terre.

— L'enfant que tu tiens est le fils du roi Ban de Bénoïc ! s'exclama-t-elle.

La jeune femme déguisée en homme berça délicatement le bébé contre sa poitrine et répondit :

— Le roi Ban est mort. Ce garçon est orphelin.

— Je suis sa mère ! répliqua Hélène.

Et elle voulut faire un pas en avant, mais une force étrange l'empêcha d'avancer.

— Hélène, dit la jeune femme, tu es sa mère, certes : par le sang. À présent, je serai sa mère par l'esprit. Il est ton fils, et celui de l'éclatant lignage du roi Ban. Je ne te l'enlève pas, Hélène. Je vais faire de lui celui qu'il doit être.

— Rends-moi mon fils !

Hélène tenta encore de faire un pas : la même force, qu'elle ne comprenait pas, la retint à sa place.

— Cet enfant n'a plus de père, lui dit la jeune femme blonde en reculant pas à pas dans l'eau plate et brillante du lac. Mais il a un destin. Fais-moi confiance : grâce à moi, il l'accomplira.

L'enfant dans les bras, elle s'enfonçait lentement, inexorablement. Hélène cria :

— Non ! Pourquoi veux-tu noyer mon fils ? Non !

Sans répondre, la jeune femme lui tourna le dos, puis, peu après, disparut dans les profondeurs du lac. Elle n'y laissa pas une ride.

**

Trois hommes seulement avaient survécu au combat. Épuisés de coups donnés et reçus, ils titubaient entre les dépouilles à peau d'ours qui grésillaient encore, dans une âcre odeur de graisse brûlée. Il n'y avait pas de brume : la nuit et l'eau étaient parfaitement claires et calmes. Hélène, enfin délivrée de l'enchantement qui l'avait paralysée, put s'approcher de la rive.

Elle avait perdu Ban. Elle avait perdu leur fils. Elle tomba à genoux au bord de l'eau, et pleura. Un cheval s'arrêta tout près d'elle et souffla violemment par les naseaux. Hélène releva la tête. C'était Hoël, l'écuyer.

— Madame, lui dit-il, il faut partir. D'autres guerriers de Claudas peuvent arriver. Nous devons aller à Camaalot*, comme le roi le voulait.

Elle ne répondit pas. Elle se redressa lentement. Le regard perdu sur le miroir lisse et sombre du lac, elle chercha une dernière fois à discerner ne serait-ce que l'ombre de la jeune femme qui lui avait enlevé son fils. Elle ne vit rien. Rien ne semblait être advenu. Seuls le massacre des Guerriers Roux et l'absence de son fils témoignaient de l'intervention des archers invisibles.

— Connaissais-tu cette jeune femme ? demanda-t-elle à Hoël.

— Non, Madame. Mais on prétend que...

Le jeune homme hésita. Il jeta un regard du côté de l'orée du Bois en Val. Il craignait que d'autres guerriers de Claudas ne surviennent. Il craignait aussi, et plus profondément, cette discussion au sujet du prodige des flèches et de la femme blonde. Ce qu'il en savait, il le tenait de longues conversations qu'il avait surprises, pendant son service, entre le roi Ban et certains visiteurs, chevaliers d'Uther-Pendragon. Et ce

22

qu'il en avait retenu l'effrayait autant qu'il le fascinait.

— Écoutez, Madame... On prétend que sous ce lac est un royaume. Celui d'une fée.

— Une fée ? Pourquoi une fée voudrait-elle noyer mon fils ?

— Je l'ignore. On dit qu'elle a de grands pouvoirs. Et qu'elle les tient du grand Merlin lui-même.

— Merlin ? Le fils du diable ?

— Merlin aurait aimé cette jeune fille, dit-on. Elle s'appelle Viviane.

L'écuyer avait le plus grand mal à maîtriser son cheval, qui paraissait réagir à chaque fois que le nom de Merlin était prononcé. Il piaffait, il encensait, comme si ce simple son, « Merlin », le piquait tel un essaim de taons. Hélène s'avança, furieuse, et saisit l'animal par les naseaux.

— Si elle tient ses pouvoirs de lui, alors Merlin peut m'aider. Où puis-je le trouver ? Parle, Hoël !

— Vous ne le trouverez pas, Madame.

Elle avait lâché les naseaux du cheval qui, dompté, ne bougea plus.

— Pourquoi ?

— Viviane, dit-on, l'aurait séduit pour qu'il lui enseigne sa magie. Et, quand elle a su ce qu'elle désirait connaître, elle l'a emprisonné à jamais à l'aide de ses propres sortilèges.

Hélène, désemparée, se tut un instant, laissant courir son regard sur le lac que l'aube naissante commençait à rosir.

— Que faut-il que je fasse, Hoël ?

— Éloignons-nous d'ici, Madame. Prenons la route pour Camaalot.

***

L'aube se leva alors qu'Hélène et sa maigre escorte — trois soldats et l'écuyer — pénétraient dans une forêt si dense qu'il leur sembla entrer à nouveau dans la nuit. Le tronc des arbres était noir ; on entendait parfois hululer une chouette, hurler un loup, détaler un petit animal nocturne, une compagnie de perdrix battre soudain des ailes, jaillissant à quelques mètres des chevaux et s'égaillant vers les frondaisons qui laissaient à peine filtrer la lumière du jour.

Tout à coup, au détour du sentier, le cheval d'Hoël, qui marchait en tête, renâcla. Peu après, trois silhouettes apparurent entre les arbres.

C'était trois femmes : deux nonnes et leur abbesse. Elles aperçurent la petite escorte, sans s'effrayer. Résolument, l'abbesse, grande femme au maintien noble, s'approcha des chevaux. Au premier regard, elle reconnut Hélène, qu'elle avait rencontrée plusieurs fois à Trèbe, le château du roi Ban.

Après l'avoir saluée, elle lui demanda ce qu'elle faisait là, si loin de ses terres et accompagnée d'une si maigre escorte. Hélène, alors, céda à la fatigue et au chagrin. Elle descendit de sa monture, se précipita vers l'abbesse et tomba à genoux devant elle. Elle se mit à pleurer.

Avec douceur, l'abbesse déposa la main sur sa tête.

— Relevez-vous, Madame. Je vous en prie.

La reine lui obéit.

— Séchez vos larmes. Et expliquez-vous.

D'une voix blanche, Hélène murmura :

— Le roi, mon mari, est mort cette nuit... Trèbe a été pris par Claudas et incendié... Et notre fils... Notre fils...

Elle ne put en dire davantage. Les larmes se remirent à couler sur ses joues. L'abbesse s'approcha d'elle et la prit dans ses bras. Elle la tint longtemps serrée contre elle, la laissa pleurer tout son soûl. Puis, quand les sanglots cessèrent, elle lui murmura à l'oreille :

— Accompagnez-moi à notre abbaye. Vous n'avez plus ni château ni royaume, mais vous avez mon amitié. Acceptez notre hospitalité. Nous vous aiderons à supporter votre deuil.

— Madame, dit Hélène, je vous remercie, mais je dois me rendre à la cour d'Arthur. Ban était son vassal, Arthur le vengera.

— Le roi ne pourra rien pour vous. Il est en guerre contre le roi d'Écosse et l'un des rois d'Irlande. Selon certaines nouvelles, il risque d'y perdre son royaume de Logres. Il n'aura pas de chevaliers pour combattre Claudas.

Voyant qu'Hélène, à ces mots, paraissait encore plus désespérée, l'abbesse la prit doucement par le bras et la reconduisit à sa monture.

— Suivez-moi, Madame, avec votre escorte. Croyez-moi : il vaut mieux pour vous quitter ce monde où vous êtes seule et sans appui. Avec nous, à l'abbaye, vous retrouverez la paix en Dieu.

L'écuyer aida la reine à remonter en selle. L'abbesse ajouta :

— J'enverrai des gens emporter la dépouille du roi Ban. Nous l'enterrerons au cimetière du moutier*. Près de vous.

— Et mon fils ?

L'abbesse ne répondit pas. Elle rejoignit les deux nonnes qui l'attendaient un peu plus loin et marcha devant l'escorte jusqu'à l'abbaye du Moutier-Royal. Hélène se laissa conduire. Elle ne pleurait plus. Elle ne cessait de revoir la même image : la jeune femme blonde à la cuirasse d'argent s'enfonçant dans le lac, l'enfant nu dans ses bras.

2
Le Lac

Hoël, l'écuyer, avait dit vrai : Viviane était ce que la superstition appelait une « fée ». Pourtant, elle était une très jeune femme de chair et de sang, pas un être surnaturel. Ses pouvoirs, elle les tenait de Merlin qui, en effet, l'avait aimée. Elle pratiquait un grand nombre d'enchantements, et le premier d'entre eux, le plus spectaculaire, était ce lac où elle avait plongé avec l'enfant de Ban et d'Hélène.

Elle l'appelait son lac d'illusion. Sa surface lisse comme le métal dissimulait un vallon où une rivière poissonneuse courait entre les belles et riches maisons d'un village et contournait le château. L'eau étale et glacée n'existait que pour tous ceux qui croyaient en sa réalité. Viviane, qui en avait créé l'illusion, et ses gens, que cette illusion épargnait, pouvaient s'y immerger et en sortir sans en être plus incommodés que s'ils traversaient un léger brouillard. Les autres, piégés par leur croyance en la réalité de cette eau, s'y noyaient. Aucune terre au monde n'était mieux protégée que le Lac. L'enchantement valait tous les remparts.

Rentrée à son château, Viviane confia aussitôt l'enfant à une nourrice. Elle ne dit à personne de son entourage ni d'où il venait ni quel était son nom. Seule sa suivante, Saraïde, fut mise dans la confidence : Viviane savait qu'un jour, quand le temps serait venu, Saraïde l'aiderait dans ses desseins.

Lorsque le fils de Ban de Bénoïc et d'Hélène eut trois ans, Viviane le confia à un précepteur.

C'était un enfant remarquablement grand et bien découplé pour son âge, agile, habile de ses mains comme avec les mots. Pourtant, malgré son énergie et sa force physique, il se montrait d'une grande docilité dès que Viviane, qu'il croyait sa mère, lui donnait un conseil ou un ordre. Cet enfant réfléchissait déjà presque comme un homme et, dans le domaine de Viviane, tout le monde l'avait adopté comme s'il eût été le fils que la fée guerrière n'aurait jamais : lorsqu'on le croisait, dans la cour du château ou dans les sentiers escarpés faisant le tour du lac d'illusion, on s'arrêtait pour le saluer et on aimait engager avec lui une conversation, car c'était un prodige d'entendre ce marmot répondre d'une voix sage et posée à toutes les questions qu'on lui faisait — et un autre prodige de le contempler, si petit, mais déjà si beau et si bien formé.

Personne, dans l'île, ne connaissait son nom. Viviane l'appelait « l'enfant ». Tous l'appelèrent « l'enfant ». Et lui-même, qu'on avait toujours nommé ainsi, se présentait toujours de la sorte : « Je suis Lenfant. »

Caradoc, son précepteur, eut pour première tâche de lui enseigner à se conduire comme le fils d'un seigneur. Cela ne fut pas bien difficile : Lenfant se comportait avec naturel comme un jeune prince. Un prince sage : ni caprices ni prétention — simplement la conscience d'être un personnage d'exception et la modestie de n'en laisser paraître qu'une paisible assurance et beaucoup d'attention pour chacun, fût-il le simple garçon d'un pêcheur lançant ses lignes dans la rivière. On l'en aima encore mieux, d'autant que plus il grandissait et montrait, comme à son insu, les qualités d'un prince, plus il était souriant, charmant, amical.

Bientôt il fut assez fort pour que Caradoc lui confie un arc et des flèches et le conduise sur une rive du Lac, dans la forêt. Connaissant son élève, le précepteur ne fut pas surpris de son habileté de chasseur. En réalité, il avait mésestimé ses talents et sa force physique. Très vite, il changea le petit arc enfantin qu'il avait fait fabriquer pour lui par une arme plus haute et qui tirait plus loin.

De ces sorties hors du Lac, Lenfant rapportait chaque jour des lièvres, des perdrix et toutes sortes d'oiseaux qu'il touchait en plein vol. Il adorait cet instant où, dans un multiple claquement d'ailes, les cibles s'offraient à lui, croyant trouver refuge dans le ciel : il tendait son arc, choisissait l'oiseau, ses doigts relâchaient la corde et la flèche filait, comme un autre oiseau, rattrapant le vol, transperçant ce qui n'était plus qu'un point sombre contre le gris éblouissant du ciel ; puis la perdrix s'abattait, et Lenfant courait, pour arriver avant les rabatteurs, et la découvrir, dans un fourré, une clairière, les ailes étendues, du sang sourdant du bec. Il la prenait dans ses mains : elle était chaude.

Il rapportait sa chasse au château. Viviane l'accueillait avec force compliments. Le soir, à la table haute, il avait le plaisir de se nourrir, et de nourrir les autres convives, avec ses propres lièvres et perdrix. Il n'avait pas dix ans qu'il savait déjà qu'il survivrait n'importe où dans une forêt, et bien, grâce à ses propres talents de chasseur et d'archer.

Lorsque la nuit tombait, les serviteurs allumaient quelques torches, qui flambaient contre les murs de pierre en inondant la salle* d'une lumière rougeâtre et d'une odeur animale et âcre. Des chandelles de suif, épaisses et jaunes, étaient déposées sur la table. Caradoc apprenait alors à Lenfant les jeux qui développent l'esprit et contraignent le corps à la patience.

Au trictrac*, Lenfant ne gagnait pas toujours ; il s'emportait contre les dés de corne lorsqu'ils le trahissaient ; contre le sort, injuste, qui lui faisait tirer un nombre qui n'était pas celui qu'il désirait. Caradoc tapait alors plusieurs fois sur la table :

— Calmez-vous, Lenfant. Un seigneur doit apprendre à perdre dans la dignité.

— Il n'y a aucune dignité dans la défaite ! s'écriait Lenfant.

Caradoc s'apprêtait à le sermonner, mais, du coin de l'œil, il voyait Viviane, qui riait, que cet emportement et cette audace faisaient rire. Caradoc se taisait.

Caradoc se taisait aussi quand il jouait aux échecs contre Lenfant. Il lui en avait enseigné les règles dès l'âge de quatre ans, sur les instances de Viviane. Il ne croyait pas qu'un marmot de cet âge pût comprendre, et encore moins apprécier, les subtilités de ce jeu inventé pour des rois gouvernant une partie du monde si lointaine qu'il n'était pas même sûr de son existence. L'Orient. Là où le soleil se lève, là où personne, au risque de basculer dans les ténèbres, n'avait poursuivi son voyage, sinon celui — un inconnu, un affabulateur — qui avait rapporté ce jeu de stratégie guerrière jusque dans les brumes des îles du septentrion.

Lenfant, selon son habitude d'enfant sage et déterminé, avait écouté attentivement les règles, manié de ses petits doigts potelés les pièces de bois et de corne, l'une après l'autre, tandis que son précepteur lui expliquait leurs forces et leurs faiblesses, les particularités de leur déplacement. Puis il avait simplement dit : « Jouons. » Ils avaient joué.

Certes, la première partie, Lenfant l'avait perdue. Parce que Lenfant était un enfant, et le fils d'un roi : il avait voulu construire sa victoire à l'aide des cavaliers, des chevaliers — les plus nobles et les plus courageux des combattants, selon lui. La reine et les tours de son adversaire l'avaient vaincu. Et quand, très satisfait de lui-même, Caradoc avait dit, posant son fou noir près du roi blanc : « Le roi est mort », Lenfant avait hurlé qu'aucun bouffon, jamais, n'avait abattu un roi et que ce jeu n'avait aucun sens. D'un revers de main, il avait balayé les pièces de l'échiquier.

L'un des défauts de Lenfant, lorsqu'il serait homme et porterait enfin son véritable nom, venait de se révéler dans cette première partie d'échecs : l'impatience. L'audace n'a de valeur que chez les hommes au tempérament froid. Alors elle est le résultat d'une décision, d'une réflexion : l'homme froid, raisonnable, ne transgresse les règles et son propre tempérament que lorsqu'il a pesé le pour et le contre, et qu'à la fin de cette pesée il a conclu que le « contre » est sans doute la meilleure solution, et la plus honorable, pour gagner.

Lors des parties suivantes, Lenfant abandonna, à regret, sa préférence pour les cavaliers et leurs curieux mouvements sur l'échiquier. Il se concentra sur la reine. Il est facile, à tout débutant, de comprendre que cette pièce est la plus libre et la plus forte de toutes. Ce même débutant, en général, en abuse et n'a de cesse qu'elle soit en jeu, filant le long des rangées et des diagonales, meurtrière, insaisissable — jusqu'au moment où elle est prise, à son propre jeu.

Lenfant ne commit pas cette erreur : il voyait en sa reine blanche une figure de sa mère Viviane ; il la fit jouer comme Viviane, selon lui, aurait joué. Pas d'attaques intempestives, pas de longs sauts en travers de l'échiquier. Au contraire : des déplacements rares, presque invisibles, tandis que les fous et les tours la soutenaient. Puis, alors qu'ils semblaient caracoler de case en case pour le plaisir de caracoler, il posa l'un de ses cavaliers — un chevalier — au centre de la partie, et l'autre, protégé par le premier, entre la reine et le roi adverses.

— Le roi est mort, je crois, dit-il de sa voix flûtée d'enfant.

Caradoc vit avec stupéfaction qu'il avait perdu. Il retint sa fureur et alla se coucher.

— À courre !

Dès le cri, Lenfant éperonna sa monture. Caradoc le suivit, avec un temps de retard. Ils avaient les deux meilleurs chevaux de la chasse ; très vite, ils distancèrent les autres. Le chevreuil courait devant eux, à deux portées de flèche, bondissant tout à coup par-dessus les fourrés ou les souches, changeant brusquement de direction — mais toujours vers le nord, se dit Lenfant qui galopait à sa poursuite, et c'est donc que ses biches sont à l'opposé.

Alors que son cheval franchissait d'un bond l'à-pic d'un ravin, il entendit un cri derrière lui, et bientôt le bruit d'une chute. Il ne se retourna pas. Il savait que Caradoc était tombé, soit dans le ravin, soit au bord, son roncin* ayant refusé l'obstacle. Peu lui importait. Il était aux trousses d'un chevreuil de belle taille, et son chien favori, un braque que lui avait offert Viviane quelques jours plus tôt, entraînait la meute.

Toujours au galop, il prit son arc. Il y engagea une flèche. Les chiens hurlaient. Le chevreuil, s'aventurant dans l'un de ces larges chemins empierrés qu'avaient tracés quelques siècles plus tôt les envahisseurs romains, quitta l'abri des arbres. Lenfant, les cuisses serrées contre les flancs de sa monture, lâcha la bride, tendit son arc et tira.

Le chevreuil, le col transpercé, tomba net. Ses pattes s'étaient dérobées. Son corps brun-roux, frémissant, roula sur les pavés de la voie romaine, glissa, s'immobilisa. Lenfant démonta, regarda l'œil écarquillé de la bête agonisante, posa un pied sur son encolure, saisit l'empenne de la flèche et l'arracha d'un coup sec.

Plus tard, le chevreuil mort jeté en travers de sa selle, Lenfant prit le chemin du retour. Il remontait d'une combe lorsqu'il rencontra un homme, qui allait à pied ; son cheval, couvert d'écume, claudiquait derrière lui, épuisé. Curieux, Lenfant s'approcha de lui.

L'homme était très jeune, dix-huit ans peut-être. Il portait au côté une épée à la lame brisée. Sa cotte d'armes et ses chausses étaient déchirées, maculées de sang. Il semblait aussi fourbu que sa monture.

— Que vous arrive-t-il, Monsieur ? demanda Lenfant.

Surpris par le ton impérieux du garçon, le varlet* l'examina en fronçant les sourcils. Il reconnut en lui l'allure et les manières d'un jeune prince. Alors, il se laissa aller à sa fatigue et s'assit lourdement sur une souche. Il garda un moment la tête baissée. Lorsqu'il la releva, des larmes traçaient des lignes sinueuses sur ses joues couvertes de poussière.

— Je suis déshonoré, dit-il d'une voix sans timbre. Depuis deux jours, je chevauche pour rejoindre la cour du roi Claudas où je dois témoigner contre l'assassin de mon parrain. Ce matin, à l'aube, je suis tombé dans une embuscade. On voulait me tuer avant que j'atteigne le château de Claudas. Je suis parvenu à me dégager, et je crois avoir tué deux de mes assaillants.

À ces mots, Lenfant le regarda avec plus de considération. Mais, si ce varlet était aussi vaillant qu'il le prétendait, pourquoi pleurait-il ? Lui-même, Lenfant, ne se souvenait pas avoir jamais versé de larmes — ou alors lorsqu'il était si petit qu'il n'avait pas la maîtrise de lui-même. Il se décida à lui poser la question :

— Pourquoi pleurez-vous, Monsieur ? Vous vous êtes conduit en chevalier, même si vous ne l'êtes pas encore. Vous devriez être fier de vous.

De plus en plus étonné du ton calme et adulte du garçon, le jeune homme se redressa et s'essuya vigoureusement les joues.

— Vous avez raison, jeune prince. J'ai honte de mes larmes.

— Alors il ne faut pas les verser, répliqua Lenfant en haussant les épaules.

Un peu vexé, le varlet se raidit.

— Je ne pleurais pas sur moi-même. Je pleurais sur mon parrain qui ne sera pas vengé de son assassin.

— Pourquoi ne le serait-il pas ?

Le varlet montra sa monture écumante, à l'œil exorbité, aux pattes tremblantes.

— Mon cheval n'en peut plus. Jamais je n'arriverai à temps chez le roi Claudas.

— Ce n'est que cela ? demanda Lenfant, avec un petit rire moqueur.

Il alla à sa propre monture et entreprit sur-le-champ de délier la dépouille du chevreuil qu'il y avait attachée.

— Aidez-moi, Monsieur. À deux, nous irons plus vite.

Sans comprendre, le varlet lui obéit. Quand ils eurent détaché la bête, Lenfant lui dit de l'aider à la porter sur le cheval épuisé.

— Pourquoi cela ?

— Parce qu'il faut bien que j'emporte ma chasse.

Cette fois, le varlet crut comprendre. Il rougit violemment, très embarrassé.

— Jeune prince, cela signifie que... ?

— Oui. Je vous donne mon roncin. C'est le meilleur des écuries de ma mère. Il vous amènera à temps là où vous devez vous rendre.

— Je ne peux...

— Allons ! fit Lenfant avec un geste d'agacement. Ne perdez pas de temps en protestations. Ni en remerciements. Acceptez, montez en selle et galopez.

Le varlet n'osa plus ajouter un mot. Il porta le chevreuil sur son propre cheval, l'y fixa solidement, puis, sous l'œil sévère du garçon, il mit le pied à l'étrier et enfourcha le roncin.

— Merci, jeune prince ! Donnez-moi votre nom, je me souviendrai toujours de vous.

— Je n'en ai pas. On m'appelle Lenfant. Et ma mère, parfois, me nomme : « Beau fils de roi ». Je ne sais pourquoi.

— C'est que vous l'êtes ! s'écria le varlet. Il suffit de vous voir et de vous entendre pour savoir que vous êtes de haute naissance et de très grande valeur.

Lenfant resta impassible sous le compliment. Il se contenta de lever la main et, se détournant, de lancer :

— Adieu, Monsieur. Que ce que vous avez à faire soit bien fait.

Il entendit son roncin s'éloigner au galop vers les collines de l'est. Il prit le cheval du varlet par la bride et poursuivit son chemin.

Il songea aux dernières paroles du jeune homme : « Vous êtes de haute naissance et de très grande valeur. » Jamais encore Lenfant ne s'était posé la question de connaître son nom. Il était accoutumé à ne pas en avoir. Viviane l'avait entouré de tant d'amour et d'attentions qu'il ne pouvait la soupçonner de lui cacher quoi que ce fût. Mais, se disait-il, pourquoi en effet me nommer Lenfant ou « beau fils de roi » ? Pourquoi n'ai-je pas de nom ? Quel secret cela dissimule-t-il ? Quel déshonneur, peut-être ? Mon nom est-il si chargé de honte que personne ne veut plus le prononcer ? Qui est mon père, si je suis « fils de roi » ?

Alors qu'il réfléchissait ainsi, le long de la lisière d'un bois, il tomba nez à nez avec un vieil homme qui en sortait, l'arc et le carquois à la main, monté sur un cheval gris et suivi de deux magnifiques lévriers. Lenfant le salua.

— D'où venez-vous ainsi, jeune prince ? lui demanda le vieil homme.

— Vous le voyez : j'ai chassé le chevreuil.

Le vieil homme jeta un coup d'œil à la dépouille ligotée en travers du cheval, et soupira.

— Vous avez de la chance. Ou vous êtes meilleur chasseur que moi. Depuis ce matin, je bats la forêt à la recherche de gibier. Et je rentre bredouille.

— Ce sont des choses qui arrivent, dit Lenfant.

— Certes, mais aujourd'hui je marie ma fille. Et je comptais régaler la noce de perdrix, d'une biche, d'un sanglier, peut-être, voire d'un chevreuil aussi beau et gras que le vôtre.

Lenfant s'agenouilla pour caresser l'un des lévriers. Il était d'un gris de cendre fraîche, vif et nerveux. Son échine tremblait sous la main du garçon, qui sentait dans sa paume toute la vitesse et l'endurance de l'animal, comme une énergie prête à s'employer, comme la promesse de mille courses à l'avant des chevaux.

— Qu'allez-vous faire ? demanda-t-il.

— Je ne sais plus, soupira encore le vieil homme. J'ai si honte que je n'ose pas rentrer chez moi.

Lenfant se redressa et leva le regard. Le vieil homme plissa les yeux en le dévisageant.

— Jeune prince, quel est votre nom ? Votre figure me semble familière.

— Monsieur, je n'ai pas de nom et nous ne nous sommes jamais rencontrés.

— Il me paraissait pourtant bien...

Le vieil homme n'en dit pas davantage. Sans doute n'avait-il jamais vu cet enfant, mais il trouvait en lui une ressemblance avec... Il ne trouvait pas qui.

Cependant, Lenfant était allé à son cheval et avait entrepris de défaire les nœuds de la corde retenant la dépouille du chevreuil.

— Le varlet n'aurait pas dû se donner tant de peine à l'attacher, murmura-t-il pour lui-même en souriant.

Puis il se tourna vers le vieil homme :

— Monsieur, si vous voulez me faire grand plaisir, acceptez ce chevreuil et apportez-le à la noce de votre fille.

— Merci, jeune prince. Mais je ne peux pas accepter. Ce chevreuil est à vous : vous l'avez débusqué, couru, forcé.

— Peu importe. J'ai eu ma part de plaisir. Et d'ailleurs, je n'offre pas ce chevreuil à vous-même mais à votre fille. Vous me fâcheriez si vous le refusiez.

Le vieil homme n'avait jamais croisé un garçon qui s'exprimât avec tant d'autorité et de naturel. Il était surpris de n'avoir jamais entendu parler de lui dans les parages. Un tel enfant ne passe pas inaperçu. Mais la politesse l'empêchait de poser des questions. Il descendit de sa monture et s'approcha de Lenfant.

— Jeune prince, je ne veux pas vous faire d'affront. J'accepte donc ce chevreuil. En contrepartie, je veux vous faire don de l'un de mes lévriers. Choisissez. Ils sont rapides, endurants, affectueux.

— Ce sont de beaux chiens, dit Lenfant en s'efforçant de masquer le plaisir qu'il éprouvait de ce cadeau.

Car Lenfant, tout de même, restait en certaines circonstances un enfant et, sans son éducation et sa maîtrise de lui-même, il aurait volontiers bondi de joie. Il désigna au hasard l'un des lévriers, pour n'avoir pas l'air de choisir et de prendre le meilleur.

— Celui-ci viendra avec moi.

— À votre gré, jeune prince.

Et, tandis que Lenfant jouait avec le lévrier, lui lançant un morceau de bois pour le plaisir d'admirer la souplesse de son corps maigre et la vélocité de sa course, le vieil homme porta le chevreuil sur son propre cheval. Peu après, ils se séparèrent. Lenfant reprit la route du Lac. Le vieil homme s'enfonça dans le bois.

À peine eut-il atteint la première clairière que la mémoire, soudain, lui revint. Ban. Ban de Bénoïc. Cet enfant extraordinaire ressemblait au roi Ban de Bénoïc que le vieil homme, des années auparavant, avait servi, comme sergent, et qu'il avait vu mourir de chagrin, une nuit, en regardant Trèbe en flammes.

Le vieil homme tira vivement sur la bride de son cheval et lui fit rebrousser chemin. À l'orée du bois, il s'arrêta, cherchant des yeux dans le vallon les silhouettes de l'enfant, de son roncin et de ses chiens, le lévrier et le braque. Il ne les vit nulle part. Au loin, au fond du vallon, brillait la surface d'un lac.

Le vieil homme se rappela cette lointaine nuit, quand la reine Hélène lui avait confié le nourrisson, lui en avait laissé la garde, et que lui, ce fou, l'avait déposé près de la rive afin de combattre les tueurs roux de Claudas. L'ancien chagrin d'avoir perdu ensemble et son roi et le fils du roi lui oppressa le cœur. Puis il songea encore à l'étrange ressemblance du garçon au chevreuil avec Ban, à sa noblesse et à son assurance. Alors il respira mieux, tout à coup ; il lui sembla que le ciel était plus clair, son cœur plus léger.

Il tourna bride pour rentrer chez lui où la noce l'attendait, et il se dit qu'un jour — il en avait désormais le pressentiment — Claudas serait chassé de Bénoïc et de Trèbe, et le roi Ban vengé.

***

— Par la Sainte-Croix, vous ne commettrez plus jamais pareille bêtise, croyez-moi !

Caradoc, le précepteur, se précipita sur Lenfant et le gifla à toute volée. Sous la violence du coup, le garçon glissa de sa selle et tomba au sol. Sans un cri, sans un mot, sans même porter la main à sa joue brûlante et rouge, il se releva. Le menton haut, la bouche ferme, il affronta Caradoc les yeux dans les yeux.

Rentrant au Lac, il avait retrouvé Caradoc et les autres chasseurs à la croisée de deux chemins. Sa chute de cheval avait mis le précepteur de très mauvaise humeur, mais ce n'était rien à côté de la fureur qui le prit quand Lenfant lui raconta avoir donné le chevreuil à un vieil homme de rencontre et échangé son excellent roncin avec la monture à demi morte du varlet.

— Qui vous a donné le droit d'offrir ce chevreuil ? Et ce cheval ? C'étaient la chasse et le cheval de Dame Viviane. Rien ne vous permettait d'en disposer !

— Ma mère me nomme « beau fils de roi ».

Pour l'honorer, je me conduis comme tel, répliqua fièrement Lenfant.

C'est alors qu'il reçut la gifle qui le jeta à bas de son cheval. Peu après, remis debout et soutenant le regard de Caradoc, il dit avec calme :

— D'ailleurs peu m'importent un cheval et une chasse. Le vieil homme m'a offert ce lévrier qui vaut bien deux chevaux et deux chasses.

Caradoc fut piqué au vif par cette insolence. Il leva sa badine et frappa de toutes ses forces l'échine du lévrier. Le chien poussa un glapissement de douleur et se recroquevilla au sol. Son flanc était marqué d'une longue blessure sanglante.

— Monsieur, s'écria Lenfant, frappez-moi tant que vous voudrez, si vous croyez que je le mérite ! Mais je vous interdis de toucher à ce chien !

— Vous *m'interdisez ?* rugit Caradoc.

Les narines du garçon palpitaient de rage contenue.

— Prenez garde, Monsieur !

— Vous allez voir qui est le maître !

Caradoc leva à nouveau sa badine sur le lévrier qui gémissait de terreur. D'un geste sec, Lenfant se saisit de l'arc qu'il portait en bandoulière. Et, avant que le précepteur eût eu le temps de cingler le flanc du chien, il lui en assena un coup si violent à la tête que l'arc se brisa et que Caradoc, étourdi, s'effondra. De son front à sa tempe, une plaie saignait, semblable à celle qu'il avait infligée au chien.

Avant que les chasseurs accompagnant Caradoc interviennent, Lenfant courut à la monture du précepteur, sauta prestement en selle et partit au galop, suivi de son braque et du lévrier.

Il était plein d'une rage comme il n'en avait jamais connu, comme il ne s'en croyait pas capable. Il galopa longtemps dans les collines.

**

Cette longue chevauchée sans but apaisa la colère de Lenfant. Quand il rentra au château de la Dame du Lac, il n'y pensait plus. Il ne songeait plus qu'à lui raconter ses deux rencontres sur le chemin et à lui faire admirer le magnifique lévrier que le vieil homme lui avait offert.

Mais, lorsqu'il arriva dans la salle, Caradoc, son précepteur, se trouvait déjà auprès d'elle. Le visage ensanglanté, il paraissait d'une humeur plus noire encore que d'habitude.

— Vous voilà enfin, lui lança Viviane dès qu'il apparut devant elle. Approchez.

Elle avait un air sévère qu'il ne lui avait jamais vu montrer à son égard. Il obéit, s'avança jusqu'à elle.

— Votre maître m'a raconté ce que vous avez fait. Qui vous a permis de faire don de mon meilleur cheval et de la chasse que vous aviez prise pour moi ? Expliquez-vous.

— Madame, répliqua vivement Lenfant, j'ai fait ce que j'ai jugé être bien. Si vous et mon maître n'êtes pas satisfaits, alors j'aimerais que vous m'expliquiez pourquoi vous m'appelez toujours « beau fils de roi ».

— Que je vous appelle ainsi vous donne-t-il tous les droits, selon vous ?

— Cela me donne celui de me conduire en fils de roi.

Viviane admira la fierté du garçon, mais n'en laissa rien paraître. Elle reprit, d'un ton de reproche :

— Et est-ce votre droit, selon vous, de frapper votre maître ? Je vous ai confié à sa garde et à son autorité. Vous devez lui obéir en tout.

Les yeux de Lenfant étincelèrent de colère.

— Est-ce son droit de frapper mon lévrier ? Qu'il me batte, s'il lui en prend l'envie, je m'en moque. Les coups reçus d'un tel personnage n'ont aucune importance. Mais qu'il s'avise encore de toucher à un chien qu'on m'a offert, et je réagirai de la même manière.

Viviane n'attendait pas de lui une autre réponse, qui révélait sa nature orgueilleuse et forte. Cependant, elle ne voulait pas lui laisser croire que tout lui était permis.

— Vous allez faire la paix avec Caradoc. Il est le maître que je vous ai choisi et, en tant que tel, vous lui devez le respect.

Lenfant jeta un regard de mépris sur le précepteur.

— Par égard pour vous, je me soumettrai, Madame. Mais soyez sûre de ceci : si jamais celui que vous m'avez infligé pour maître porte encore la main à mon lévrier ou à quoi que ce soit qui m'appartienne, je partirai d'ici aussitôt. Je sais que je suis capable de vivre par moi-même n'importe où ailleurs et je n'ai pas le tempérament à supporter d'avoir un maître.

Sur ces mots, il tourna les talons. Il allait quitter la salle, lorsque Viviane le rappela. D'un signe, elle congédia Caradoc qui obéit de mauvaise grâce. Lorsqu'il fut sorti, la Dame défronça les sourcils et sourit à Lenfant.

— Tu as raison, beau fils de roi. Malgré ton âge, je vois bien que tu n'as plus besoin de précepteur. Alors écoute-moi : je te fais, dès cet instant, le seul maître de toi-même. Tu viens de prouver aujourd'hui que tu vaux, par la générosité et le courage, l'homme dont tu es le fils.

Lenfant pâlit d'émotion. C'était la première fois que Viviane évoquait devant lui cette ombre énigmatique, ce fantôme inconnu qui avait été son père.

— Qui est cet homme, Madame ? Dites-moi son nom.

La Dame du Lac le dévisagea avec tendresse. Il se tenait droit, le menton haut, les narines frémissantes, attendant une révélation. Elle secoua doucement la tête.

— Non, Lenfant. Il n'est pas encore temps.

11

CHEVALIER SANS NOM

1
Le voyage

L'escorte était splendide. Tous ceux qui la voyaient passer en parleraient longtemps comme de la plus belle et la plus noble qu'ils aient vue de leur vie. Quarante chevaux blancs portaient quarante chevaliers, varlets, écuyers et sergents tous vêtus de blanc. En un double alignement, ils accompagnaient une litière drapée elle aussi d'étoffes blanches, où voyageaient la Dame du Lac et trois de ses suivantes. À son côté, chevauchait un jeune homme, également habillé de blanc, et portant un écu marqué de deux bandes vermeilles.

Lenfant avait grandi, forci, embelli encore si la chose était possible. Il venait d'avoir dix-huit ans. L'avant-veille, Viviane l'avait appelé auprès d'elle et lui avait annoncé ce voyage qu'elle avait fait préparer en si grand secret qu'il ne s'était douté de rien. Il était temps, lui avait-elle dit, de se rendre à la cour du roi Arthur qui le ferait chevalier. Il en avait l'âge et l'éducation. Coupant court aux démonstrations de joie du jeune homme, elle lui avait montré l'épée qu'elle avait fait forger pour lui : longue et légère à la fois, d'un maniement si souple qu'elle semblait ne peser rien dans le poignet. Lenfant s'était diverti à frapper autour de lui des ennemis imaginaires. Riant, Viviane lui avait demandé de lui rendre l'épée : il n'aurait le droit de la porter que lorsque le roi Arthur aurait fait de lui un chevalier.

Le voyage durerait douze jours : il faudrait traverser de nombreuses plaines, collines et forêts avant de parvenir au port, dans le nord du pays, où l'escorte embarquerait pour le royaume de Logres, de l'autre côté de la mer. Puis on ferait route vers Camaalot, la ville d'Arthur, afin d'y arriver pour la veille de la Saint-Jean, fête durant laquelle le roi adouberait de nombreux jeunes varlets.

Viviane, qui délaissait souvent le confort de sa litière pour chevaucher auprès de Lenfant, ne craignait pas les fatigues et les dangers de cette traversée. Elle riait beaucoup, plaisantait avec le jeune homme, le défiait parfois d'un galop sur la pente d'une colline. Elle n'avait jamais paru si heureuse. Mais c'était pour mieux cacher sa mélancolie : elle savait que, lorsque son « beau fils de roi » serait chevalier, il servirait Arthur et qu'elle le perdrait, ne le verrait plus chaque jour au Lac. Elle s'était attachée à lui comme s'il avait été vraiment son fils.

Elle n'avait pourtant d'autre choix que de se séparer de lui. Il devait accomplir son destin, elle l'avait formé pour cela.

Le soir du onzième jour, alors qu'ils avaient franchi la mer et se reposaient à Lawenor, un château situé à vingt lieues anglaises de Camaalot, elle était si triste à l'idée que le lendemain elle serait à nouveau seule, qu'elle ne put trouver le sommeil. Alors elle descendit aux écuries, monta à cru sa jument blanche et partit au galop dans la lande et la nuit. Là, loin de tous les regards, ombre blanche déchirant l'obscurité, elle laissa couler ses larmes. Jamais auparavant elle n'avait pleuré.

Elle rentra peu avant l'aube, laissa sa jument épuisée aux soins des palefreniers et monta à la chambre où dormait le jeune homme. À la lueur dorée d'une bougie de suif, elle le contempla dans son sommeil. Durant son enfance, il lui était souvent arrivé de se glisser près de la couche de Lenfant et d'admirer sa beauté, tout en songeant à l'avenir qui l'attendait. Cette fois, elle savait qu'elle n'aurait plus l'occasion de le voir ainsi, et elle cherchait à imprimer à jamais son image dans son cœur. Enfin, avec un soupir, elle le réveilla.

— Beau fils de roi, j'ai à te parler.

Il ouvrit les yeux, sourit du plaisir de voir Viviane et posa sa main sur la sienne, qu'elle avait placée au bord du lit.

— Nous partons déjà ? demanda-t-il.

— Tout à l'heure. Avant midi, nous serons à Camaalot. Mais auparavant, je veux te dire encore quelque chose.

Il se redressa sur sa couche, aussitôt attentif.

— Je vous écoute.

— Je ne vais pas t'enseigner les vertus du chevalier. Tu les as toutes, je crois, sinon je ne t'aurais pas conduit chez Arthur. Je dois pourtant te rappeler un principe que jamais tu ne devras oublier.

Elle s'assit près de lui. Elle posa doucement sa main blanche sur la poitrine du jeune homme.

— Un chevalier, dit-elle, a deux cœurs : l'un dur et dense comme le diamant, l'autre malléable et tendre comme la cire chaude. Avec son cœur de diamant, il sait être brutal, violent et cruel. Avec son cœur de cire, il sait être bon, compatir aux chagrins et aux peines, y remédier, il sait, lorsqu'il le faut, faire preuve de douceur et d'humilité.

— Je comprends.

— Bien. Mais rappelle-toi toujours que tu dois être brutal, violent et cruel avec ceux qui sont brutaux, violents et cruels. Et tendre avec ceux qui le sont, doux avec les doux, bon envers les faibles, les malheureux et les déshérités. Si jamais tu te montrais faible envers les cruels, cruel envers les faibles, tu perdrais non seulement le droit d'être appelé chevalier, mais aussi ton âme.

— Je comprends, répéta-t-il.

— J'en suis sûre.

À regret, elle retira sa main de la poitrine du jeune homme. Elle se mit debout et reprit :

— Je t'ai promis qu'un jour tu connaîtrais ton nom et celui de ton père. Ce jour va venir bientôt. Je ne peux rien t'en dire, car tu dois les apprendre par toi-même. À la cour d'Arthur, nous t'appellerons simplement le varlet.

— Le roi ne sera-t-il pas fâché que je ne lui donne pas mon nom ?

— Les événements, demain, seront si surprenants et si rapides qu'il n'en aura pas le loisir.

— Comment le savez-vous, Madame ?

Viviane hésita. Devait-elle lui parler de Merlin, de l'amour qu'elle lui avait inspiré, des ruses qu'elle avait employées pour le circonvenir, le trahir et finalement l'emprisonner ? Non. Il n'avait pas assez vécu pour comprendre ce qui se passe, parfois, entre deux êtres d'exception qui s'attirent et s'affrontent à la fois.

— J'ai connu autrefois un homme hors du commun qui possédait l'effrayante faculté de prévoir l'avenir. Il m'a parlé de toi avant même ta naissance. Et il m'a fait le récit des aventures que tu vas vivre demain.

Le jeune homme bondit hors de son lit.

— Alors racontez-moi, Madame ! Que va-t-il m'arriver ? Est-ce que ce sera du bien ou du mal ?

— Je suis obligée de me taire. Si je te confiais ce que m'a dit cet homme, cela suffirait à modifier ton avenir.

— Donc... Vous savez tout de moi, et cela jusqu'aux circonstances et à l'heure de ma mort ?

— Non, rassure-toi. Je ne connais que le déroulement des quelques jours à venir et quelques prouesses que, peut-être, tu accompliras plus tard.

— Pourquoi « peut-être » ? Puisque c'est mon avenir ?

Viviane leva lentement la main et lui toucha la joue.

— Un tel avenir n'est jamais certain. Une faiblesse de ta part, ou une déloyauté, et tout serait remis en cause.

— Je ne serai ni faible ni déloyal !

Elle sourit avec une sorte de tristesse.

— Je l'espère, beau fils de roi. Je l'espère.

Puis elle lui posa un baiser sur les lèvres et sortit.

2

La présentation

Quand elle entra dans Camaalot par la Porte Galloise, l'escorte de la Dame du Lac fit grande impression. Il y avait là réunis quelques-uns des chevaliers les plus fameux de la cour : Yvain le Grand, fils du roi Urien, le sénéchal Ké, Tohort le fils d'Arès roi d'Autice, Lucain le Bouteiller, Béduier le Connétable, et beaucoup d'autres, parmi lesquels Gauvain, neveu d'Arthur, célèbre pour ses exploits à la guerre et auprès des dames. Ce fut lui qui s'approcha le premier de l'escorte dont les cavaliers avançaient deux par deux, dans leurs habits immaculés, précédant Viviane et Lenfant.

Reconnaissant Gauvain aux descriptions qu'on lui en avait faites, la Dame du Lac laissa l'escorte pénétrer dans la ville en direction de la forteresse et, suivie à deux pas de Lenfant, s'avança à sa rencontre.

Quand ils se furent salués et présentés, Gauvain lui demanda la raison de sa venue à la cour, en si splendide équipage.

— Je suis là parce que nous fêtons la Saint-Jean, Monsieur, et que le roi adoubera demain de nouveaux chevaliers. Conduisez-moi à lui, je vous prie, je veux lui présenter ce varlet.

Elle lui désigna le jeune homme qui se tenait en retrait, une main à la bride de son roncin, l'autre portant l'écu marqué de deux bandes vermeilles. Gauvain fit approcher son cheval de Lenfant et l'examina avec une moue à la fois moqueuse et admirative.

— Beau et solide garçon, Madame. Le roi serait heureux de le compter parmi ses chevaliers, je crois. Mais pourquoi n'a-t-il pas tenu son service de varlet auprès de lui, selon l'usage ?

— Il l'a tenu auprès de moi et je demanderai à ce qu'il porte les armes que je lui ai données.

— Exigence inhabituelle, Madame. Il faut que ce garçon soit bien exceptionnel.

Puis s'adressant au jeune homme, il demanda :

— Quel est ton nom ?

— N'ayez crainte, intervint Viviane, il est de haute lignée.

Gauvain dévisagea encore un instant le varlet, qui demeura impassible sous l'examen.

— Il en a l'allure, admit-il enfin.

La Dame éperonna sa jument.

— Allons, Monsieur. Nous avons hâte d'être présentés au roi.

***

Quand Viviane et Lenfant entrèrent au château, une vingtaine de varlets, accompagnés de leurs écuyers, attendaient l'arrivée du roi.

Un grand nombre de demoiselles s'étaient rassemblées autour de la salle. Elles étaient venues là admirer les jeunes gens, comparer leurs allures et leurs visages, échanger des commentaires et des rires, évaluer entre elles lequel leur plairait le plus, lequel saurait montrer sa valeur lors du prochain tournoi.

Celle-ci disait : « Voilà celui qui sera mon champion. Il a de belles épaules. » Celle-là faisait la moue : « Je préfère le blond, derrière lui. Il a les joues si roses. » Une autre rétorquait : « Ce n'est pas à la couleur des joues qu'on voit le chevalier ! Regardez les jambes du brun,

là-bas : il doit tenir fort au sol et en selle. »
Elles riaient.

Elles cessèrent de rire lorsque Lenfant entra et, conduit par Viviane, se fraya un chemin jusqu'au premier rang. Elles ne dirent plus un mot. Elles le mangeaient des yeux. Jamais elles n'avaient vu un jeune homme d'aussi parfaites et solides proportions, d'aussi clair regard, d'aussi tranquille assurance. Elles comprirent que chacune le voudrait pour champion lors du prochain tournoi affrontant entre eux les nouveaux chevaliers. Et qu'une seule — peut-être — obtiendrait ce plaisir. Elles se jalousèrent d'avance. Elles ne voyaient plus qu'un seul varlet, ne s'imaginaient plus que des rivales.

Enfin Arthur fit son entrée, la reine Guenièvre à son bras. Les demoiselles alors consentirent à quitter des yeux le beau varlet inconnu.

Elles ne regardèrent pas le roi, mais Guenièvre. Elles auraient toutes voulu lui ressembler. Arthur l'avait épousée très jeune et, par un miracle dont elles souhaitaient qu'il les touche à leur tour, elle l'était restée. Guenièvre paraissait toujours n'avoir que dix-huit ans. L'âge des jeunes gens qu'on adouberait aujourd'hui et dont les demoiselles savaient qu'ils ne les regarderaient plus dès qu'elle serait entrée. Elles n'avaient jamais vu d'autre femme en qui s'allient comme en elle les qualités les plus contradictoires : forte et délicate, douce et autoritaire, blonde au teint de brune, souriante et sévère, jeune fille et femme, reine et princesse. Elles ne détestaient pourtant pas Guenièvre : elles rêvaient de lui ressembler — et c'était là la preuve ultime du pouvoir de son charme, de son éducation et de son naturel.

Les demoiselles ne furent pas les seules à concentrer leurs regards sur la reine. Tous les varlets, tous les écuyers, tous les hommes et jeunes gens présents dans la salle ne purent s'empêcher de la contempler. Il y eut un grand silence, qui parut celui qui marque le respect pour le roi. Certes, la présence d'Arthur, le meilleur souverain et le plus valeureux depuis Pendragon, avait son rôle dans ce silence soudain. Après tout, les varlets étaient venus là pour lui, parce qu'il n'y avait pas de meilleur suzerain qu'Arthur, et pas de plus grand honneur que d'être fait chevalier par lui. Mais la beauté de la reine était telle que tout jeune homme, la voyant, faisait le rêve de devenir Arthur, afin d'être aimé d'elle.

Gauvain avait prévenu le roi de la présence à la cour de la Dame du Lac. Il lui avait décrit la sobre magnificence de son escorte et l'allure du varlet qu'elle avait conduit à Camaalot pour qu'il fût fait chevalier. Arthur connaissait les pouvoirs de Viviane ; il savait que Merlin, qui, aux premiers temps de son règne, avait été son meilleur conseiller, l'avait aimée jusqu'à en perdre sa liberté — et lui, Arthur, en perdre un homme auquel il devait son trône et ses premières victoires.

Aussi s'approcha-t-il d'abord de la Dame du Lac. Elle n'était ni sa vassale ni son ennemie. Elle était bien plus que cela : une femme libre, une magicienne, et le seul être au monde qui se fût montré capable de vaincre Merlin, « l'enfant du diable ». Arthur la respectait et la craignait. Être un grand roi ne consiste pas seulement à remporter toutes les batailles, toutes les guerres : il s'agit aussi — surtout — d'être un grand politique, de savoir gagner à sa cause les possibles et dangereux adversaires.

— Madame, dit-il à Viviane, rien ne pouvait me faire plus plaisir que votre présence ici. Gauvain m'a prévenu que vous m'ameniez un varlet. Est-ce ce jeune homme ?

Lenfant redressa les épaules quand le roi le désigna. Mais il eut du mal à détourner les yeux de la reine. Depuis qu'elle s'était approchée, au côté d'Arthur, il ne cessait de la regarder à la dérobée. Certes, il n'était pas le seul. Mais Guenièvre lui avait rendu ce regard, et il en avait eu comme un éblouissement.

— Ce varlet, dit Viviane, vous servira comme vous ne l'avez jamais été.

— J'ai beaucoup de chevaliers autour de moi. Et les meilleurs. Dieu fasse qu'avec les années il parvienne à leur prouesse*.

— Les années n'y changeront rien, répliqua Viviane. Sa prouesse n'a pas d'égale.

Un peu surpris de tant d'assurance, Arthur sourit et posa sa main sur l'épaule de Lenfant.

— Dame Viviane semble te tenir en très haute estime. Quels sont ton nom et ton lignage ?

— Il ne peut vous répondre, déclara Viviane. Il ne les connaît pas. C'est à votre service qu'il les apprendra.

— Quelle est cette énigme ?

— Je l'ignore, Sire. C'est une prophétie que je tiens de la bouche du grand Merlin.

De plus en plus étonné, Arthur jeta un dernier coup d'œil intrigué au varlet, puis appela son neveu Gauvain.

— Emmène ce garçon et prépare-le pour la cérémonie.

À voix basse, il lui demanda :

— Qu'en penses-tu ?

— S'il montre autant de valeur au combat qu'il en a l'apparence, vous n'aurez pas plus beau chevalier à votre service.

Le roi se tourna vers Guenièvre.

— Et vous, Madame, vous le croyez aussi ?

Elle baissa les yeux.

— C'est bien possible, murmura-t-elle.

**

Tandis que partout dans les rues de Camaalot on parlait du varlet qui n'avait pas de nom et de la grande impression qu'il avait faite, Gauvain l'emmena dîner avec lui. Il lui posa de nombreuses questions sur son enfance, son éducation et la vie qu'il avait menée chez la Dame du Lac, auxquelles le jeune homme répondit avec simplicité. Il évoqua avec enthousiasme ses chasses dans les bois et dans les collines, et bientôt Gauvain, qui, dès qu'il le pouvait, aimait courre* le sanglier et le chevreuil, fut conquis par ce varlet et par la précision et la vivacité de ses récits.

— Nous irons chasser ensemble. Tu verras, le gibier ne manque pas dans les forêts de Logres.

— Je serai heureux de chasser en votre compagnie, Monsieur. Mais j'ai surtout hâte de me battre à vos côtés.

Gauvain hocha la tête.

— Tu en auras bientôt l'occasion, peut-être. Le nord du royaume a été attaqué, le mois dernier. Des dizaines d'hommes, de femmes et d'enfants sont maintenant détenus par l'agresseur. Aussitôt les fêtes de la Saint-Jean terminées, il faudra que certains d'entre nous aillent les délivrer.

— Qui est cet ennemi du roi ?

— Méléagant, fils d'Elfride de Gorre. Il a été varlet à Camaalot, il y a quelques années. Il était attaché au service de Ké, le sénéchal. Son orgueil et sa brutalité étaient tels, et l'indulgence de Ké si coupable à son égard, que le roi l'a renvoyé.

Lenfant cogna du poing sur la table.

— Je le défierai moi-même !

Gauvain éclata de rire.

— Du calme, garçon ! Les chevaliers nouveaux doivent d'abord faire leurs preuves. Méléagant sera tué avant que tu obtiennes le droit de l'affronter !

Baissant la voix, il se pencha par-dessus la table.

— Il n'y a qu'un seul chevalier capable de tenir tête à ce fou de Méléagant : moi.

Il cligna de l'œil.

— Tu peux me croire : ma plus grande qualité est la modestie...

À la nuit tombée, ils se levèrent de table pour se rendre à l'église. Là, selon la tradition, Lenfant veilla la nuit entière. Gauvain ne le quitta pas un instant. Au matin, il le conduisit à une chambre et lui dit de se reposer jusqu'à l'heure de la grand-messe, où il ferait partie du cortège du roi.

Lenfant s'endormit aussitôt d'un profond sommeil. Il ne fit qu'un rêve : il était dans la salle, en armure, portant l'écu à deux bandes vermeilles, et lorsqu'il recevait son épée, celle que Viviane avait fait forger pour lui, le roi s'effaçait du songe pour laisser place aux grands yeux clairs et au visage sans défaut de Guenièvre...

***

— Qu'avez-vous appris de ce varlet ?

On avait répandu au sol de la paille fraîche. La reine était assise au bord de sa couche. Elle avait fait appeler Gauvain.

72

— Madame, il m'a paru avoir toutes les qualités pour que le roi en fasse un chevalier.

— Sans doute, fit Guenièvre avec agacement. Ce n'est pas la question que je vous pose. A-t-il dit quelque chose qui vous éclaire sur le mystère de sa naissance et de son nom ?

— Pas un mot, Madame. Il a grandi et vécu au Lac. Ses distractions favorites sont les échecs et la chasse. Nous avons parlé chevreuils, sangliers et chevaux.

— Tu ne changeras jamais, Gauvain. Tu ne penses qu'aux plaisirs.

Il inclina la tête, blessé.

— Pardon, Madame. J'ignorais que le roi voulait que j'interroge ce varlet sur son nom et sa naissance.

— Tu ne t'es pas demandé pourquoi Viviane nous l'amène et nous l'impose sans nous révéler qui il est ?

— Que croyez-vous ? Qu'il s'agit d'un piège ?

— Rappelle-toi ce qu'elle a fait à Merlin. Pourquoi ne manigancerait-elle pas un nouveau tour, cette fois-ci contre Arthur ?

Gauvain parut réfléchir un instant.

— Je crois, dit-il enfin, que s'il y a manigance ce jeune homme n'y est pour rien. Il est droit, franc, presque enfantin encore. Plein d'une fougue qu'il faudra discipliner.

— Alors pourquoi nous cache-t-il son nom ?

Gauvain haussa les épaules.

— Parce qu'il ne le connaît pas lui-même. Ou parce qu'un serment l'empêche de le révéler.

Guenièvre fit quelques pas. L'odeur puissante de la paille embaumait la pièce.

— Il ne faut pas vous inquiéter pour le roi, ajouta Gauvain.

Elle s'arrêta, le regarda comme si elle ne le voyait pas, perdue dans un songe. Mal à l'aise, Gauvain répéta :

— Ne vous inquiétez pas, Madame.

Elle sembla revenir à la réalité. Elle examina soucieusement le chevalier.

— Ce n'est pas pour le roi que je m'inquiète...

Puis, d'un geste distrait, elle fit signe à Gauvain de la laisser. Restée seule, elle s'approcha de la fenêtre à large embrasure qui ouvrait, en contrebas, sur les jardins de Camaalot. Depuis son réveil, ce matin, un rêve qu'elle avait fait ne la quittait plus : le rêve d'une épée flamboyante qu'elle prenait dans ses mains, et ses mains saignaient, et pourtant elle ne ressentait pas la moindre douleur, mais au contraire une exaltation très vive et très douce à la fois lorsqu'elle tendait cette épée au varlet inconnu...

3
L'épée

Au cours de la grand-messe, Lenfant se sentit inexplicablement nerveux. Il gardait son rêve en tête et se demandait quelle en était la signification. Il croyait aux présages et aux prémonitions. Mais celle-ci l'inquiétait : pourquoi la reine se substituait-elle au roi pour lui donner son épée ?

La grand-messe terminée, il suivit Gauvain jusqu'au château. Ils montèrent à sa chambre. Là, le chevalier l'aida à s'armer de pied en cap comme il devait l'être lors de la cérémonie. Lenfant portait sur un haubert en maille d'argent une cotte et un mantel d'étoffe blanche et, au bras, l'écu de neige aux deux bandes vermeilles.

Gauvain, écartant les mains avec admiration, l'assura qu'il serait le plus remarquable et le plus remarqué tout à l'heure. Il allait pour prendre l'épée, qu'Arthur après l'adoubement donnerait au nouveau chevalier, quand une voix s'exclama dans son dos :

— Laisse-moi t'embrasser une dernière fois, beau fils de roi.

C'était Viviane, qui s'était glissée sans bruit dans la pièce. Elle était somptueusement vêtue d'une robe blanche fourrée d'hermine. Lenfant la prit dans ses bras avec joie — mêlée pourtant d'un sentiment étrange : soudain, malgré lui, il répugnait au baiser que la Dame lui posait sur les lèvres. Et quand il s'écarta, peut-être un peu trop vivement, il se rendit compte que, depuis qu'il avait vu la reine Guenièvre, il ne trouvait plus Viviane aussi belle. Qu'aucune femme jamais ne pourrait lui être comparée.

— Ne t'en fais pas, lui chuchota Viviane. Je sais ce qui se passe dans ton cœur et je n'en ai pas de chagrin. Cela devait être ainsi. Cette journée décidera de ton destin. Sache la vivre comme tu le dois.

Avant qu'il ait pu lui répondre, elle prit Gauvain par le bras et l'accompagna jusqu'à la porte.

— Monsieur, je vous confie ce varlet. Le roi l'attend, je crois.

Lenfant les rejoignit. L'écu porté au bras gauche — et la main droite vide.

***

Les vingt varlets étaient alignés au centre de la salle. Ils avaient revêtu leurs plus belles armes*, celles dont ils devraient porter haut les couleurs dans les tournois comme à la bataille.

Tous avaient suivi le long apprentissage des fils de la noblesse. Jusqu'à leur septième année, ils étaient demeurés au château sous la garde des femmes, leur nourrice, leur mère et ses suivantes. À partir de cet âge, ils avaient accompagné partout leurs pères — sauf sur les champs de bataille. C'est ainsi qu'ils avaient appris à monter à cheval, à chasser, à manier l'arc et l'épée. À l'anniversaire de leurs douze ans, ils avaient été confiés à leur suzerain, le roi Arthur. Si leurs pères leur avaient enseigné les activités qui feraient d'eux des hommes, et aguerri leur corps, à la cour d'Arthur ils avaient suivi le véritable apprentissage qui les conduirait à la chevalerie.

Ils s'étaient montrés auprès du roi et de son entourage des serviteurs muets, dociles et infatigables. Ils avaient été chargés de réveiller leur maître, de le laver et de le vêtir ; ils s'étaient occupés de ses chevaux, les avaient nourris, pansés et harnachés ; ils avaient servi à table, où ils avaient pour fonction principale de découper les viandes. Pour la chasse, ils avaient dressé les meutes de chiens, les braques et les lévriers, appris aux faucons à obéir et à se poser sur leur poing ganté, puis, ôté le capuchon qui les aveuglait, à saisir leur proie en plein vol et à la rapporter. Au tournoi et à la guerre, ils avaient entretenu les armes de leur seigneur. Ils n'avaient assisté aux batailles que de loin, en spectateurs. Et aujourd'hui enfin, quand le roi les aurait adoubés, ils obtiendraient le droit de combattre à son côté et de jouter parmi les autres.

Lenfant arriva le dernier et se plaça à l'extrémité du rang. Lui seul n'avait été formé par aucun maître ; lui seul n'avait pas été un varlet d'Arthur. Et c'était un honneur extraordinaire que le roi l'accepte malgré tout — un honneur rendu à la Dame du Lac. Aussi Lenfant savait-il, vingt et unième et dernier, qu'il devrait se montrer en tout le premier et le meilleur. Cela ne lui déplaisait pas. Au contraire. Il avait hâte de recevoir l'épée des mains du roi et de la mettre à son service.

Le rituel était simple et d'apparence brutale. Arthur s'arrêtait devant chaque varlet qui, alors, mettait un genou à terre. Le roi lui disait simplement : « Au nom de Dieu, je te fais chevalier » et lui administrait la colée : une gifle du poing fermé qui frappait le jeune homme au cou ou à l'épaule — la « seule gifle qu'un chevalier doive recevoir sans la rendre ». Elle symbolisait le don de chevalerie. Désormais, le nouveau chevalier serait tenu de répondre à toute provocation, à n'importe quel outrage.

Lorsque Arthur parvint enfin à lui, Lenfant s'agenouilla lentement et inclina humblement le front. Son cœur battit plus fort quand il entendit les mots sacrés :

— Au nom de Dieu, je te fais chevalier.

Le roi lui assena au cou une colée plus violente qu'il ne l'avait fait aux autres varlets. Mais Lenfant ne bougea pas sous le choc, ne frémit pas sous la douleur. Une rumeur d'admiration courut parmi les demoiselles qui assistaient à la cérémonie. Arthur tendit les mains et releva lui-même Lenfant.

— Te voici prêt à prendre place, un jour, à la Table Ronde. Me feras-tu le plaisir, à présent, de me confier ton nom ?

— Sire, je ne peux que vous répéter ce que vous a dit la Dame : j'ignore tout de mes origines.

Arthur le contempla pensivement.

— Je ne veux pas croire que tu me mens.

— Je ne mens pas, Sire.

— Bien.

Le roi rejoignit Guenièvre qui se tenait en retrait, sur l'estrade que l'on avait jonchée d'herbe fraîche d'un vert cru. Il était temps d'achever la cérémonie par le don, en mains propres, de l'épée.

À cet instant, Lenfant croisa le regard de la reine. Il y devina à la fois de la douceur, du défi et une sorte d'inquiétude. Il détourna aussitôt les yeux. Il se rappela son rêve. *Guenièvre lui donnait l'épée.*

L'épée.

Lenfant pâlit. L'épée. Il avait oublié l'épée là-haut, dans la chambre, après la visite impromptue de Viviane. Il n'hésita que très peu. Il ne pouvait subir la honte que le roi vienne à lui les mains vides.

Il s'écarta du rang, vit que la Dame du Lac, à l'autre bout de la salle, l'observait avec ce qui lui parut une attention amusée. Alors qu'il se frayait un passage parmi les chevaliers

assistant à l'adoubement, on l'attrapa fermement par le bras.

— Où vas-tu ?

C'était Gauvain.

— J'ai oublié mon épée. Je vais la chercher.

— Je n'aime pas ça. C'est un mauvais
présage.

— Pardonnez-moi, Monsieur.

— Dépêche-toi.

***

Lenfant courut dans les escaliers. Il se
perdit d'abord — le château était si grand, bien
plus que celui de Viviane. Il revint plusieurs
fois sur ses pas, avisa un sergent, lui demanda
son chemin. Enfin, il fut dans la chambre.

L'épée était posée sur la table. Un rai de
soleil faisait luire sa lame d'acier. Lenfant s'en
saisit et, l'arme à la main, se précipita dans
les escaliers et les coursives.

Quand il déboula au sommet des larges
marches de pierre descendant dans la salle, il
s'immobilisa, stupéfait. Bousculant et culbu-
tant du poitrail de son cheval noir les sergents
qui tentaient de le retenir à la porte, un chevalier vêtu et armé de noir venait de faire
irruption.

4
Le défi

— Roi Arthur, quand nous nous sommes vus la dernière fois, j'avais quinze ans ! Mais je pense que tu me reconnais. Je devrais me trouver aujourd'hui parmi ces chevaliers nouveaux, si tu ne m'avais pas fait l'affront de me chasser !

Un nom parcourut la salle, porté de bouche en bouche :

— Méléagant...

— Oui, Méléagant, prince de Gorre ! s'écria le chevalier noir en levant son épée. Celui que tu as honni quand il venait se mettre à ton service. Celui que tu as voulu charger de honte. Celui à qui tu as refusé de devenir ton chevalier !

Son destrier noir piaffait d'impatience. Les sabots, claquant sur les dalles de pierre, en tiraient de brèves étincelles. Les demoiselles avaient reflué en désordre le plus loin possible. Les chevaliers, anciens et nouveaux, s'étaient rassemblés devant le roi, prêts à le protéger d'un acte de folie du Chevalier noir.

Mais celui-ci maîtrisait aussi bien sa monture que sa colère. Il parlait haut, d'une voix claquante. Tête nue, chevelure de jais portée très long sur les épaules, il semblait ne faire qu'un avec son cheval, un seul corps puissant et sombre. Ses yeux vairons rendaient sa physionomie indéchiffrable. Si l'œil gauche, couleur de noisette, semblait calme et réfléchi, l'œil droit, bleu comme un ciel d'avant l'orage, concentrait toute sa violence et sa colère.

— Que veux-tu ? lui cria Arthur.

— Je veux (et il s'arrêta sur ce mot, le laissa en suspens et le répéta :) Je *veux*, Roi Arthur, te prouver que tu as commis la pire des fautes en me renvoyant. Je *veux* bafouer ton orgueil et celui de tes vassaux.

Soudain, Méléagant et son cheval s'immobilisèrent. Plus un muscle de la bête, plus un trait du Chevalier noir ne bougèrent. Il parla d'une voix basse, paisible et pourtant infiniment menaçante :

— Roi Arthur, je tiens prisonniers sur mes terres, tu le sais, beaucoup de tes gens. Je ne viens pas ici dans l'intention de te les rendre. Je viens te montrer que tu n'as ni la force ni la prouesse de les libérer. Je viens te défier.

Il y eut un murmure parmi les chevaliers. Gauvain et, près de lui, le sénéchal Ké firent un pas en avant, la main au pommeau de leur épée. Méléagant leur sourit avec mépris et reprit :

— Roi, s'il y a ici un seul chevalier capable de relever mon défi et de me vaincre, alors je fais le serment que tes gens te seront rendus, sains et saufs. Mais j'y mets une condition.

— Je t'écoute, dit Arthur.

— Lorsque ce chevalier viendra m'affronter, tout à l'heure, dans le bois au nord de Camaalot, il sera accompagné de la reine Guenièvre. Et si je le vaincs — et, crois-moi, je le vaincrai —, j'aurai conquis la reine et l'emmènerai captive à Gorre !

Cela dit, Méléagant tira sur les rênes et son cheval recula lentement vers l'entrée de la salle. Il contemplait avec satisfaction l'impression qu'il avait produite. Personne ne disait mot. Pas même Gauvain, dont le poing avait relâché son épée.

— Eh bien, s'exclama Méléagant tout en continuant de faire reculer sa monture, personne ? Personne dans cette assemblée pour avoir ce courage ?

Du haut des marches, Lenfant avait assisté à toute la scène, et l'indignation avait fait place en lui à la rage — une rage comme il n'en avait plus connu depuis le jour lointain où Caradoc, son maître, avait frappé son lévrier. Il balaya la salle d'un regard : non, ce Chevalier noir avait raison, personne, *personne* ne semblait vouloir relever son défi. Lenfant n'y comprenait rien. Il ressentit une grande honte pour tous ces chevaliers. Déjà, leur silence avait trop duré. Ils ne se rendaient donc pas compte qu'ils passaient désormais pour des lâches ?

Lenfant dévala les marches, l'épée à la main. Il était prêt à se précipiter aussitôt sur Méléagant. Il ne réfléchissait plus. Il était tout entier possédé par cette rage qui lui brouillait la vue et l'esprit. Mais, alors qu'il parvenait près des chevaliers réunis autour du roi et s'apprêtait à hurler sa réponse au défi de Méléagant, une voix éraillée déclara :

— Moi ! Moi je t'affronterai, Méléagant, pour l'honneur de mon roi et la sauvegarde de ma reine !

C'était Ké, le sénéchal. Il avait fait un pas en avant et, redressant ses épaules voûtées par le temps et de trop nombreuses et anciennes batailles, il avait tiré son épée du fourreau. Arrêté en plein élan, Lenfant demeura là, le souffle court, le cœur battant, le sang aux joues. Il éprouva d'abord de la rancune envers le sénéchal. Comme s'il lui volait son combat. Puis il se calma, vint se placer au côté de Gauvain.

— Voilà un homme courageux, lui soufflat-il. Pourquoi ne vous êtes-vous pas proposé, Monsieur ?

Sourcils froncés, Gauvain lui fit signe de se taire.

— Tu ne sais pas ce que tu dis. Ké est courageux, mais il est idiot. Il est tombé dans le piège comme un enfant.

— Quel piège, Monsieur ? Le combat ne sera pas loyal ?

— Regarde le sénéchal, et regarde Méléagant. Vois-tu quoi que ce soit de loyal dans un tel affrontement ?

— Mais il fallait bien que quelqu'un relève ce défi !

— Tais-toi donc. Moi-même je n'aurais pas pris ce risque.

Lenfant n'y comprenait décidément plus rien.

— Ce *risque*, Monsieur ? C'est le devoir d'un chevalier d'en prendre.

Exaspéré, Gauvain se tourna brusquement vers lui.

— Le devoir d'un chevalier est de protéger sa reine, pas de la livrer à un enlèvement.

Lenfant n'eut pas l'occasion de répliquer. Méléagant, à la porte de la salle, lança :

— Je vois que vous n'avez pas changé, Monsieur le sénéchal, depuis le temps où j'étais votre varlet. J'en étais sûr, et j'en suis très satisfait.

Il rit et, brusquement, fit volter son cheval.

— Je vous attends, Ké, au Bois du Nord ! Avec la reine !

Cavalier et monture disparurent dans un bruit de galop.

***

Rien n'avait jamais autant surpris Lenfant que la scène à laquelle il assista après le départ de Méléagant.

Il s'attendait à une certaine effervescence, à ce qu'on s'affaire à préparer le sénéchal pour ce jugement*. Il n'en fut rien. Pendant un moment, il régna la plus grande consternation. On entendit des demoiselles pleurer, d'autres les consoler. Les chevaliers, la mine grave, évitaient de poser les yeux sur Ké, sur Arthur et sur la reine. Ké lui-même, seul au centre de la salle, paraissait à présent réaliser ce qu'il avait fait. L'accablement lui voûtait les épaules encore davantage. Il jeta un regard triste autour de lui, vit que personne, hormis ce varlet inconnu, n'osait le lui rendre et le leva alors vers le roi.

Celui-ci le dévisagea en silence. On ne savait, à son visage, s'il éprouvait plus de chagrin ou de colère. Puis il ferma les yeux, reprit la maîtrise de ses émotions et rouvrit les paupières.

— Approche-toi, Ké.

Le sénéchal hésita. Arthur lui tendit les bras — et Lenfant admira ce geste du roi. Ké se jeta alors aux pieds d'Arthur, buste et tête inclinés vers le sol.

— Pardonnez-moi, Sire. Je n'ai pas réfléchi.

Le prenant aux aisselles, Arthur le releva avec douceur.

— Tu as fait ce que ton cœur t'a dicté.

— Ce n'était pas mon cœur, Sire... C'était mon vieux sang de bourrique, ma sottise...

— Je te connais, Ké : j'ai grandi avec toi. Nous te connaissons tous. Méléagant, aussi, t'a bien connu. Nous ne pouvons te reprocher ta nature.

— Il s'est joué de moi, Sire. Il avait prévu que s'il y avait ici un seul idiot pour répondre à son défi, ce serait moi.

— Oui, il s'est joué de toi. Il s'est joué de nous tous. Il est trop tard pour le regretter. Nous ne pouvons plus éviter ce jugement qu'il nous a lancé comme un piège.

Le sénéchal voulut répondre, mais le roi l'en empêcha d'un geste.

— Assez parlé. Prends ton destrier, arme-toi. La reine va se préparer à te suivre.

À ces mots, le sénéchal se tourna vers Guenièvre comme un enfant en faute vers sa mère. Il s'inclina à nouveau, les poings serrés sur sa poitrine.

— Madame, je suis un vieil âne. Mais je vous défendrai jusqu'à la mort, s'il le faut. Dieu permette que j'aie autant de force que de bêtise...

— J'ai confiance en toi, dit simplement la reine.

Accompagnée de ses suivantes en larmes, elle se dirigea vers l'escalier. Croisant Lenfant, elle posa les yeux sur lui. Surpris, ému, il crut y lire une question, qu'il déchiffra de la sorte : qui es-tu ? que me veux-tu ? Il fut sur le point de lui répondre, mais elle se détourna comme pour l'en empêcher et, d'une voix brève, ordonna à ses suivantes de cesser de pleurnicher. Tandis qu'il la regardait monter l'escalier, Viviane le rejoignit.

— Que penses-tu de cette journée ? lui murmura-t-elle. Je t'avais prévenu qu'elle t'étonnerait.

— Que dois-je faire à présent, Madame ?

— À toi d'en décider. Tu es chevalier maintenant.

— Non, pas encore. J'ai... je n'ai pas reçu mon épée des mains du roi...

— Tu as reçu la colée. Quant à ton épée...

La Dame sourit mystérieusement. Lenfant s'impatienta.

— Que voulez-vous dire, Madame ?

— Ne te fais pas aussi sot que le sénéchal.

— Je ne comprends pas.

— L'épée du chevalier est au service de celui qui la lui ceint après l'adoubement.

— Oui... Eh bien ?

— Eh bien, penses-y, beau fils de roi. Mais vite.

Viviane lui effleura la joue d'une caresse rapide et s'éloigna. Lenfant, indécis, perplexe, la suivit un moment du regard. Puis il leva la tête vers le haut de l'escalier où, peu avant, avait disparu Guenièvre.

5

Le nain à la charrette

— Où est le jeune chevalier ? demanda Gauvain. Celui qui n'a pas de nom ?

Les chevaux avaient été amenés par les écuyers. Yvain mit le pied à l'étrier et se hissa en selle.

— Je ne sais pas, Gauvain. La Dame du Lac aussi a disparu.

Ils étaient sept chevaliers, les uns en armure, d'autres en simple cotte, enfourchant leur monture. Plus de trois heures avaient passé depuis le départ du sénéchal Ké et de la reine Guenièvre. Le combat, c'était certain, avait eu lieu. N'y tenant plus, Gauvain avait sollicité la permission d'Arthur afin de se rendre au plus vite jusqu'au Bois du Nord pour savoir ce qu'il était advenu au cours du jugement.

— Sire, nous ne pouvons plus attendre. Nous avons respecté les règles du défi. Et si ça n'avait tenu qu'à moi...

— Que veux-tu dire, neveu ?

— Rien, Sire. Simplement... Il y a des circonstances où l'on devrait agir contre les règles.

— Toi, tu le peux peut-être. Moi pas. Je suis le roi de Logres et, quoi qu'il m'en coûte, je dois respecter les lois de la chevalerie.

— Jusqu'à perdre la reine...

Arthur avait frappé du poing sur la table.

— Plus un mot, Gauvain ! Personne, tu m'entends, personne n'éprouvera autant de douleur si Méléagant capture Guenièvre ! Mais *je n'ai pas le choix*. De quelle autorité pourrais-je me prévaloir si je transgressais les lois lorsqu'elles me sont défavorables ?

— Pardonnez-moi, Sire. Vous avez raison.

— Ce n'est rien. Tu m'as parlé avec franchise, je ne t'en veux pas.

— Permettez-moi alors d'interpréter la loi du jugement à ma manière. Méléagant a obtenu le combat qu'il est venu chercher. Rien ne m'empêche, à présent, de le poursuivre, avec quelques bons chevaliers, et de lui reprendre la reine.

— Tu es bien sûr que Ké a été vaincu...

— Et si, par miracle, il a gagné, alors je le ramènerai ici, ainsi que la reine, et nous fêterons sa victoire. Laissez-moi aller, Sire, je vous en prie.

— Très bien. Mais je ne peux pas t'accompagner : ce serait rompre le pacte du jugement, aux termes duquel, si Méléagant est vainqueur, il emmène Guenièvre à Gorre.

— Je comprends, Sire. La honte d'avoir renié le serment retombera sur moi seul. Mais je me paierai du plaisir de traquer Méléagant comme une bête.

C'est ainsi que les chevaux avaient été sellés et harnachés aussitôt. Et que Gauvain, accompagné d'Yvain et de cinq autres chevaliers, sortit au galop de Camaalot en direction du Bois du Nord. Il aurait voulu que le jeune chevalier sans nom chevauche à son côté ; il s'était attaché à lui et avait l'envie de le voir à l'œuvre, c'est-à-dire maniant l'épée — cette épée qu'étourdiment il avait oubliée pour le rite d'adoubement. Il ne l'avait pas trouvé dans la salle, ni aux abords. Il en avait été mécontent, comme d'une sorte de trahison.

Mais Gauvain oubliait aussi vite ses rancunes qu'il prenait des colères et, sur le chemin du Bois du Nord, il n'y pensait plus. Il avait hâte de retrouver Ké. Et sa colère était toute occupée déjà de l'impudence de Méléagant, de la sottise du sénéchal et du comportement du roi. Certes, Ké était le fils d'Antor, l'homme qui avait élevé Arthur, et cela expliquait, sans les excuser, l'indulgence du roi envers les balourdises de celui qu'il avait longtemps cru son frère aîné. Certes, lui aussi, Gauvain, croyait aux lois de la chevalerie et avait fait le serment de les respecter ; mais doit-on se conformer encore à ces lois quand un Méléagant se servait d'elles pour satisfaire sa nature brutale et jalouse ? Quand la victime de cet abus serait la reine ?

Non. Gauvain ne le croyait pas.

**

Comme ils approchaient du Bois du Nord, ils en virent sortir un cheval, selle vide, brides battantes. Yvain mit sa monture au galop. Il le rattrapa près d'un ruisseau, le saisit par les rênes et cria aux autres que c'était bien le cheval de Ké.

96

— Il y a du sang sur les étrivières ! ajouta-t-il. Et la selle est lacérée !

Sans plus se préoccuper du cheval, Gauvain pénétra parmi les arbres. Il ne prenait pas garde aux branchages qui l'accrochaient au passage. Il appela plusieurs fois le nom du sénéchal. Il n'obtint pas de réponse. Enfin, il aperçut une trouée de lumière qui indiquait une clairière proche. Il s'y dirigea rapidement.

L'herbe était foulée, labourée, la terre retournée, sur tout le pré de la clairière. Les deux morceaux d'une lance brisée, les débris d'un bouclier de bois jonchaient le sol. Gauvain sauta à bas de son roncin. Dans l'ombre bleue à l'orée des arbres, il vit un homme à demi étendu, les épaules appuyées contre une souche. Il courut jusqu'à lui.

Ké avait retiré son heaume. Sa barbe grise était tachée de sang. Le fer d'une lance lui transperçait le flanc. Gauvain s'accroupit près de lui.

— Le roi me pardonnera-t-il ma stupidité ? murmura le sénéchal.

— Taisez-vous, sénéchal. Et cessez de vous prétendre bête, nous finirions par vous croire. Méléagant est-il parti d'ici il y a longtemps ?

— Longtemps, oui... Notre combat s'est achevé dès le premier assaut... Voyez...

Il montra le fer de lance planté dans ses entrailles.

— La reine l'a suivi sans résistance ?

— Elle n'aurait pu résister... Une dizaine de ses hommes attendaient Méléagant... Des géants roux, montés sur des chevaux deux fois gros comme les nôtres...

Yvain et les autres chevaliers avaient à leur tour pénétré dans la clairière. Gauvain les héla, puis, laissant là le sénéchal, il remonta sur son roncin.

— Yvain, occupez-vous de Ké. Ramenez-le à Camaalot.

— Et vous, Gauvain ?

— Je pars sur les traces de Méléagant. Il ne s'agit pas qu'il prenne trop d'avance sur nous.

— N'y allez pas seul. Emmenez Erec et Cligès.

— Non. Méléagant a une escorte que, même à nous sept, nous serions fous d'affronter. Je laisserai des indications sur mon chemin. Dès que le roi le pourra, qu'il vous envoie avec trente chevaliers me rejoindre. Adieu, Yvain !

***

La trace de Méléagant et de ses hommes fut facile à suivre. Ils avaient sans doute trois ou quatre lieues d'avance et, à en juger à l'écartement des empreintes et à leur profondeur, ils allaient grand train. Gauvain savait qu'il ne les rattraperait pas avant la nuit. Peu lui importait. S'il fallait les pourchasser jusqu'au royaume de Gorre, il le ferait.

L'été commençant était chaud et clair. La nuit viendrait tard. Gauvain décida qu'il marcherait jusqu'à ce que l'obscurité soit complète. Il avait l'espoir que Méléagant fasse halte avant lui.

Peu après le gué d'une rivière, il franchit un petit monticule. Là, en travers du chemin, au bas de la pente, gisait un cheval blanc. Gauvain arrêta sa monture et mit pied à terre. L'animal, couvert d'écume, était mort d'épuisement. Combien de temps son cavalier l'avait-il fait galoper jusqu'à ce que le cœur cède ? Son cavalier... D'un coup d'œil, Gauvain examina le harnachement. C'était bien cela. Ce roncin, il l'avait déjà vu : à l'entrée dans Camaalot de l'escorte de la Dame du Lac.

Le cadavre du cheval était chaud encore. Gauvain se redressa et regarda autour de lui. Le chemin, pavé par endroits, descendait jusqu'à un vallon où il disparaissait.

— Il n'est sans doute pas bien loin... Le jeune fou...

Gauvain remonta en selle. En voilà au moins un qu'il rattraperait bientôt...

***

Il l'aperçut, allant d'un bon pas, moins d'une lieue plus tard. Il se sentit à la fois soulagé et heureux de ne s'être pas trompé. Ni sur l'identité du cavalier qui avait crevé sous lui sa monture, ni sur la valeur que, dès l'abord, il lui avait prêtée.

— Eh bien, jeune chevalier qui n'a pas de nom, lança-t-il, je vous croyais disparu au moment même où j'avais besoin de vous !

Lenfant fit volte-face, la main à la garde de son épée. Il était en sueur, comme son cheval mort. Il eut un mouvement de surprise en reconnaissant Gauvain.

— Monsieur ? Que faites-vous là ?

— Je te retourne la question.

— Je poursuis Méléagant.

— Tu le *poursuis* ? À pied ? se moqua Gauvain.

— Mon roncin a chuté, par là-bas.

— Je le sais. Je l'ai vu. Qu'espérais-tu à lui faire tenir cette allure ?

Lenfant eut l'air interloqué d'une telle question.

— Rattraper Méléagant, Monsieur.

— Le rattraper ? Méléagant ? Et ses dix géants roux ? Et, bien sûr, tu comptais les terrasser à toi tout seul ?

— Je n'y ai pas pensé. Je n'ai pensé qu'au sort de la reine.

Gauvain le contempla avec une amicale ironie.

— Es-tu certain qu'il ne te manque que ton nom ? Et ta tête, qu'en as-tu fait ?

Vexé, le jeune homme haussa brutalement les épaules, tourna le dos au chevalier et repartit à grands pas furieux sur le chemin.

— Sais-tu à qui tu me fais penser ? lui cria Gauvain. À Ké, le sénéchal, lorsqu'il avait ton âge. Riche de fougue, pauvre d'esprit.

Sans ralentir l'allure, Lenfant répliqua par-dessus son épaule :

— Et savez-vous, Monsieur, à quoi m'ont fait penser les fameux chevaliers de la Table Ronde quand Méléagant les a défiés ?

Gauvain talonna son cheval, qui se mit au trot pour rattraper le jeune homme.

— Prends garde à tes paroles, garçon ! N'en prononce pas que tu puisses regretter.

Lenfant s'immobilisa net. Il se retourna vers Gauvain, les yeux étincelants de rage.

— Voilà, Monsieur, les mots que j'aurais aimé entendre lorsque le Chevalier noir était en face de vous !

— Et toi, pourquoi ne les as-tu pas dits, après tout ?

— Parce que Ké a parlé trop vite !

Gauvain ne put s'empêcher de sourire tant le jeune homme avait déclaré cela avec indignation, comme s'il avait été volé d'une prérogative.

— Ké t'a sauvé la vie.

— Non. Il a risqué inutilement la sienne. Moi, j'aurais remporté le jugement et ramené Guenièvre.

— Ton orgueil t'égare. Qui t'a permis la familiarité d'appeler la reine par son nom ?

À l'étonnement de Gauvain, cette simple remarque suffit à faire taire Lenfant. Il rougit, baissa vivement les yeux et se remit à marcher.

Gauvain prit le parti de trottiner derrière lui. En toute logique, il aurait dû lui ordonner de rebrousser chemin. La place d'un chevalier nouveau n'était pas là. Mais ce garçon peu ordinaire, qu'avait-il à faire de la logique ? Et puis, Gauvain n'était pas mécontent d'avoir un compagnon.

***

Le crépuscule de la Saint-Jean étirait sans fin ses bleus passés et ses premières touches d'or. À aucun moment, Lenfant n'avait ralenti le pas. Son ombre s'allongeait à mesure que le soleil glissait vers l'horizon. Plusieurs fois, Gauvain avait tenté de renouer la conversation. Il s'était heurté à un silence farouche. Même à ses plaisanteries et à ses piques, Lenfant ne répondait plus. Lassé, Gauvain avait fini par renoncer.

Ils parvinrent enfin en vue d'un gros village que la lumière du couchant couvrait d'or et d'écarlate. À la première croisée de chemins, ils rencontrèrent une charrette conduite par un nain. Avec une grimace de mépris, Gauvain fit faire un écart à sa monture dans l'intention de passer au large, mais Lenfant se dirigea résolument vers la charrette.

— Hé, toi ! N'as-tu pas vu passer une troupe de cavaliers ?

Le nain fit arrêter son cheval de trait et examina ce jeune homme à la cotte blanche maculée de terre. Il ricana.

— La chose est possible. À quoi ressemblaient-ils ?

— Dix géants roux et un chevalier noir.

Le nain se gratta le menton sans cesser de dévisager moqueusement Lenfant.

— Ah, non, dit-il. Ce n'est pas cela...

— Tu ne les as pas vus, alors ?

— Non. Ou plutôt, ce que j'ai vu, c'était une dame.

— Une dame ? Très belle, blonde, noble, impérieuse et sensible ?

Le nain éclata de rire. Cela faisait un bruit de crécelle, un affreux craquètement. Gauvain s'écria :

— Rejoins-moi, chevalier ! Tu vois bien qu'il se paie ta tête, ce vilain nabot !

— Eh, grand seigneur, fit le nain, il faut bien de vilains nabots tels que moi, sinon qui conduirait la charrette ? Et d'ailleurs, le portrait que le damoiseau m'a dressé de cette dame était si chargé de sentiment, si émouvant, que mon méchant cœur de vilain nabot n'y résiste pas.

Il s'adressa à Lenfant :

— La dame que tu as si joliment décrite est, je crois bien, celle que j'ai vue.

— Elle était seule ?

— À la réflexion, il est possible qu'elle ait été accompagnée de dix gros bâtards roux et d'un homme en noir... Oui, je crois bien... Mais je suis comme toi, damoiseau : mes yeux n'ont vu qu'elle !

Il éclata à nouveau de rire. Lenfant, s'appuyant d'un pied sur le timon de la charrette, se hissa brusquement face au nain et l'attrapa par le col.

— Ton rire me déplaît ! Dis-moi plutôt quand tu les as vus et par où ils sont partis !

Le nain exorbita comiquement les yeux et fit mine de ne plus pouvoir respirer, battant exagérément l'air de ses bras courts comme des moignons. Lenfant le relâcha.

— Merci, jeune seigneur, dit le nain en contrefaisant l'humilité, de ne pas prendre ma misérable vie... Tu es si magnanime (et si amoureux ? fit-il en baissant la voix comme un conspirateur) que je ne peux que te venir en aide. Tu as touché mon cœur, mon méchant cœur de vilain nabot. Oui, je sais où ces bâtards ont emmené ta dame.

Il prit un temps, hocha longuement la tête, jouissant du suspens.

— Eh bien ? s'impatienta Lenfant.

— Eh bien ?... Eh bien, mon beau garçon, si tu y tiens vraiment, je suis prêt à te conduire en un lieu où tu apprendras ce que tu veux savoir.

— Allons-y !

— J'y mets une petite, toute petite, mais incontournable condition...

— D'accord. Dépêche-toi, parle.

Le nain se mordit les lèvres sur un mauvais sourire, jeta un bref regard vers Gauvain, se gratta songeusement le nez.

— Voilà : je t'y conduirai si tu acceptes de monter dans ma charrette.

— Si ce n'est que cela ! fit Lenfant, en haussant les épaules.

Il sauta à bas du timon et se dirigea rapidement vers l'arrière, pour y grimper.

— Non ! lui cria Gauvain. Ne monte pas !

Lenfant se tourna vers lui avec étonnement.

— Pourquoi ? Quel mal y a-t-il ?

— Tu n'as donc jamais vu ces charrettes conduites par des nains ?

— Non, Monsieur. Il n'en existe pas au Lac.

— Ce nain cherche à t'humilier. Cette charrette est un pilori. On oblige à y monter les meurtriers et les traîtres, les voleurs et les bandits de grand chemin. On les promène par toute la ville pour les couvrir de honte avant leur condamnation.

— Je n'ai tué ni volé personne, Monsieur. Alors où serait le mal qu'on me voie sur cette charrette ?

— Jeune idiot ! Quand tu entreras dans le village, là-bas, crois-tu qu'on devinera à ton visage que tu n'as pas commis de méfait ? Ne monte pas sur ce pilori, tu te déshonorerais.

Lenfant ne réfléchit pas plus d'un instant.

— Je ferai ce que je dois faire, si c'est pour la sauvegarde de la reine.

Et il sauta dans la charrette. Le nain eut un bref éclat de rire et fit claquer son fouet. Ils roulèrent en direction du village. Gauvain fut tenté de les laisser aller sans lui, tant il était furieux contre le jeune chevalier. Puis il se rappela que lui aussi était parti à la poursuite de Méléagant et que, si ce nain savait quelque chose, il lui fallait bien l'accompagner.

Mais il mit son cheval au pas, et garda une bonne distance entre la charrette et lui.

6

Le Lit Périlleux

— Alors, chevalier ? On va te pendre ?

— Non ! Qu'on l'écorche !

— Qu'on le noie !

Un fruit pourri frappa Lenfant en pleine poitrine. La charrette traversait la grand-rue du village. La foule s'amassait à son passage. On sortait en hâte des maisons pour la suivre, en hurlant des menaces de mort et des saletés. Des femmes se mettaient à leur fenêtre et jetaient sur le jeune chevalier toutes les ordures qui leur tombaient sous la main.

— Au supplice !

— Quel est son crime ? demandait-on au nain. Il a été vaincu en jugement ? Il a été lâche, il a volé, il a tué ?

Le nain ne répondait pas. Il riait, il riait, et cet abominable rire excitait encore les insultes et les huées. Lenfant, debout en équilibre instable dans la charrette, s'efforçait de garder bonne figure. Son premier mouvement, à la première injure et à la première poignée de boue reçue au menton, avait été de tirer son épée, de bondir dans la rue et de tailler les oreilles des villageois. Une simple pensée avait retenu sa main et fait taire son orgueil : Guenièvre. Il subissait cette honte pour elle. Il devait, pour elle, se laisser conduire et bafouer par le nain. Alors il ferma les yeux, n'entendit plus rien, se réfugia en lui-même comme en une forteresse.

— Nous y sommes, damoiseau.

Lenfant rouvrit les paupières. Le nain lui désignait le pont-levis d'un château en bordure du village.

— Si tu veux avoir des nouvelles de ta bien-aimée, présente-toi à la demoiselle qui habite ici.

— Elle n'est pas ma bien-aimée, se défendit le jeune homme. Elle est ma reine.

— Ah, oui ?... Maintenant, descends, l'amoureux, tu m'as assez diverti.

Lenfant obéit. La charrette aussitôt s'éloigna. Alors qu'il s'engageait sur le pont-levis, Gauvain, à cheval, surgit à son côté.

— Tu es fier de toi ? Qu'est-ce qui t'a pris ?

Lenfant ne répondit pas. Il était troublé, non par les insultes dont la foule l'avait souillé sur le pilori, mais par le mot du nain : « ta bien-aimée ». Jamais, de lui-même, il n'aurait eu l'audace de le prononcer, voire de l'écrire dans son cœur. Et pourtant... Pourtant ce mot était sorti de la bouche immonde de ce nabot et ne cessait désormais de tourner, tournoyer, s'enflammer dans sa tête.

***

Dans la cour, trois jeunes filles vêtues en écuyers vinrent à leur rencontre. L'une d'entre elles emmena le cheval de Gauvain aux écuries ; les autres les escortèrent dans l'aile sud du château. Lenfant voulut leur poser des questions au sujet de la reine et de ses ravisseurs, mais Gauvain l'en empêcha.

— Sachons d'abord où nous sommes et qui est notre hôte, lui souffla-t-il à l'oreille. La hâte est rarement le meilleur chemin pour connaître la vérité. Fie-toi à moi, pour une fois.

Ils se laissèrent donc conduire par les deux jeunes filles. Elles étaient ravissantes et peu loquaces. Elles les menèrent dans une pièce où tout avait été préparé pour qu'ils puissent prendre un bain. Puis elles se retirèrent.

Lavés, récurés, rafraîchis, Gauvain et Lenfant découvrirent dans la pièce attenante des vêtements neufs qui leur étaient destinés. Ils les enfilèrent. À peine furent-ils rhabillés que les deux jeunes filles réapparurent et leur demandèrent de les suivre.

Ils furent introduits dans une salle où la table avait été dressée pour le souper. Une demoiselle, très brune, à l'œil noir scrutateur, les accueillit. Gauvain eut un imperceptible mouvement de surprise.

— Je suis Errande, leur dit-elle. Ce château est le mien.

Gauvain ne répondit pas aussitôt. Puis, sans la quitter des yeux, il inclina galamment la tête.

— Demoiselle, je suis Gauvain, neveu du roi Arthur.

Quant à Lenfant, il se tut. Errande le regarda, attendit un moment, fronça le nez, mécontente.

— Et vous, Monsieur, vous ne vous présentez pas ? N'avez-vous pas un nom ?

— Précisément, Demoiselle.

— Pardon ?

— Je n'ai, en effet, pas de nom.

Elle l'examina avec une surprise qui se changea en mépris.

— Sans doute préférez-vous le taire, et vous avez raison. On n'est plus digne du nom de son père quand on a été exposé sur la charrette.

— J'y suis monté de mon propre gré.

— Je ne vous crois pas. Il faut être un fou pour choisir cette honte, et vous n'en avez pas l'air.

— Je ne vous oblige pas à me croire, Demoiselle.

Elle plissa les yeux.

— Ne jouez pas l'humilité, ça ne vous va pas.

Après quoi, elle tendit gracieusement la main à Gauvain.

— Monsieur, passons à table. Vous me raconterez les dernières nouvelles de Camaalot.

Elle le conduisit au haut bout de la table, où elle le fit asseoir près d'elle. D'une main négligente, elle désigna à Lenfant une place à l'autre extrémité, là où l'on convie les vavasseurs* et, en général, les gens de peu d'importance. Lenfant rougit de colère.

— Vous cherchez à m'humilier, Demoiselle.

— Vous faites bien le difficile, pour quelqu'un qui est monté sur la charrette et qui n'a pas de nom.

— Je m'assiérai à la place que je mérite, gronda le jeune homme.

Et, illustrant le propos par l'action, il alla résolument s'asseoir en face de Gauvain, à la gauche d'Errande.

— Je vais vous faire chasser, Monsieur, dit-elle d'une voix égale.

— Si vous tenez à vos gens, répliqua-t-il, gardez-les loin de moi.

Errande se tourna vers Gauvain.

— Est-il fou, insolent ou simplement très jeune ?

Gauvain se mit à rire.

— Les trois à la fois, Demoiselle ! Et bien plus encore ! Croyez-moi, il mérite la leçon que vous venez de lui donner, mais il ne mérite pas l'affront que vous lui faites.

— Puisque c'est vous, Monsieur, je m'incline. Quant à vous, ajouta-t-elle à l'adresse de Lenfant, mangez. Mais ne m'adressez plus la parole.

Il se conforma à cet ordre. Il en était furieux, mais il avait faim et il lui fallait réparer ses forces pour la suite de l'aventure. Il écouta d'une oreille distraite la conversation d'Errande et de Gauvain. Ce ne furent que potins et anecdotes sur la vie de la Cour. Gauvain racontait bien, Errande riait souvent,

Lenfant jugeait ces propos d'une incroyable futilité. Plus d'une fois, il eut l'envie d'intervenir et de demander à Gauvain pourquoi il ne posait pas les seules questions intéressantes : la demoiselle avait-elle vu Méléagant et Guenièvre ? Que savait-elle qui pourrait les aider ? Il se tut pourtant. D'abord pour ne pas subir d'Errande un nouvel affront. Et surtout parce qu'il commençait à apprendre — apprendre la vertu chevaleresque qui lui faisait encore défaut : la patience. Gauvain lui avait intimé de ne rien dire de Guenièvre ni de Méléagant tant qu'il ne le jugerait pas à propos. Or, bien que le chevalier lui parut un peu ridicule avec ses histoires et ses ragots de bonne femme, il le respectait trop pour ne pas suivre, cette fois, son conseil. Il prit donc son mal en patience, se disant que Gauvain savait ce qu'il faisait et que, s'il ne posait pas ces questions, c'est qu'il estimait ne pas devoir le faire.

Le souper achevé, Errande accompagna Gauvain et Lenfant à leurs chambres. Un lit magnifiquement paré attendait le chevalier. Il la remercia et lui souhaita la bonne nuit. Ensuite, elle fit entrer Lenfant dans une pièce éloignée. Là aussi se trouvait un lit richement et douillettement apprêté. Errande lui désigna une paillasse jetée au coin d'un mur.

— Voilà où vous dormirez, chevalier sans nom.

— Pourquoi pas dans ce lit ? Il me paraît beaucoup plus confortable.

— Il l'est. Mais il n'est pas pour quelqu'un qui est monté sur la charrette.

— Cessez avec cela ! s'irrita-t-il. Je coucherai dans ce lit, que vous le vouliez ou non.

— Vous auriez grand tort.

— Je vous affirme que je vais m'y coucher.

— Et moi je vous affirme que vous le regretterez.

— Je voudrais bien voir ça ! s'écria-t-il en s'avançant vers le lit.

Errande ne fit pas un geste pour l'arrêter. Elle inclina légèrement la tête et dit, d'un ton bénin :

— Vous le paierez très cher.

Sur ces mots, elle quitta la chambre.

Lenfant ôta sa cotte et ses chausses et s'assit sur le lit. Il était très haut, couvert d'une épaisse courtepointe jaune semée d'étoiles d'or et brodée d'une fourrure que le jeune homme caressa et reconnut pour de la zibeline. Il jugea que c'était un lit digne d'un roi, donc tout à fait digne de lui. Il s'y installa avec délices. Les longues lieues parcourues au galop puis à pied, la nuit qu'il avait passée blanche la veille l'avaient rompu.

Fermant les yeux, il vit se dessiner sous ses paupières l'image de Guenièvre — si précise qu'elle lui sembla être là, toute proche. Il voulut lui parler, ne trouva pas de mots et, tout à coup, s'endormit.

**

Il ne saurait jamais ce qui l'avait éveillé. La prémonition d'un rêve ? Un instinct de son corps toujours aux aguets, malgré le sommeil ? Peu importe. Il ouvrit soudain les paupières et, sans réfléchir, sans savoir même ce qu'il faisait, il roula vivement sur lui-même et se retrouva sur le sol.

Presque au même instant, le bruit sec d'un ressort qui claque retentit au plafond. Une lance plongea droit sur le lit. Elle s'y ficha presque entière, le traversant de part en part, à l'endroit exact où, la seconde d'avant, Lenfant était couché.

Il se remit sur ses pieds. Il attendit un peu, les yeux levés vers le plafond. L'obscurité de la chambre était à peine dissipée par le foyer rougeoyant de la cheminée. Il ne distingua rien. Il saisit la lance et, d'un seul coup, l'arracha du lit. C'est alors seulement, quand il en vit le fer, long d'un pied et aiguisé comme une faux, que la fureur le prit. La lance à la main, il se précipita hors de la pièce, bien décidé à débusquer Errande, où qu'elle dorme, et à lui demander des comptes.

Au tournant d'une coursive, une ombre lui fit face. Il brandit la lance, prêt à l'embrocher, qui que ce fût.

— Chevalier ? fit la voix de Gauvain. J'allais te chercher.

— Monsieur ?

— Que fais-tu avec cette arme ?

Lenfant lui expliqua en quelques mots le sort auquel il avait échappé par miracle.

— La Providence te protège, commenta Gauvain.

— Mais vous, Monsieur, pourquoi êtes-vous debout ?

— J'ai le sommeil léger comme une plume. Viens. Descendons. Je t'expliquerai.

Gauvain le précéda dans la coursive et trouva l'escalier menant à la salle.

— Des bruits m'ont réveillé. Une rumeur de voix, des souffles de chevaux. Je suis allé à ma fenêtre. J'ai vu des ombres près des écuries. J'en ai compté une quinzaine.

118

— Que croyez-vous... ?

— La même chose que toi. Nous avons couché sans le savoir dans le même château que Méléagant et ses hommes.

— Et la reine.

— Oui. Ils étaient sans doute dans l'aile nord.

Ils traversèrent la salle au pas de course. Quand ils parvinrent dans la cour, les portes des écuries étaient battantes et le pont-levis abaissé. Ils perçurent, au loin, le grondement étouffé d'une nombreuse cavalcade.

— Aux chevaux ! s'écria Lenfant. Poursuivons-les !

Gauvain le retint par le bras.

— Attends !

— Le temps presse !

— Tu ne peux pas y aller, chevalier.

— Pourquoi ?

— Regarde-toi...

Décontenancé, Lenfant baissa la tête et se vit tel qu'il était : à moitié nu. Gauvain lui tapota l'épaule.

— Il vaut mieux épargner la pudeur de la reine, fit-il en souriant d'un air moqueur.

***

Gauvain et Lenfant, après s'être rhabillés et armés, parcoururent le château à la recherche d'Errande. Ils ne la trouvèrent nulle part. Ils ne découvrirent que l'une des trois jeunes filles déguisées en écuyers qui les avaient accueillis à leur arrivée.

Elle leur apprit ce dont ils se doutaient déjà : oui, Méléagant et ses hommes avaient soupé ici et s'étaient installés dans l'aile nord du château. C'est d'ailleurs pourquoi, sur les instances de la demoiselle, elle les avait, eux, fait entrer dans l'aile sud.

— Pourquoi la Demoiselle nous a-t-elle trompés ?

— Elle ne vous a pas trompé, Seigneur. Elle vous a reconnu de loin et, voyant que vous étiez le fameux Gauvain, elle a voulu vous épargner une rencontre qui vous aurait été fatale.

— C'est bien des égards pour ma personne. Elle en a moins eu envers mon compagnon. Le lit qu'elle lui a offert était un embrochoir.

— Elle l'avait vu de loin, lui aussi. Et il était sur la charrette, déclara-t-elle comme si ceci expliquait cela.

— Je vous avais prévenu, chevalier, dit Gauvain, monter sur cette charrette était une piètre idée.

Lenfant haussa les épaules avec exaspération.

— Assez, avec cette charrette... Et assez discuté. Pendant que nous parlons, Méléagant prend de l'avance.

— Une dernière chose : où est... Errande ?

— Partie avec le seigneur Méléagant, Monsieur.

— Qu'a-t-elle à faire avec lui ? demanda Lenfant.

— Elle rejoint son fils à Gorre.

— Son fils ?

— Attends, chevalier, intervint Gauvain. Je dois te parler.

Il congédia la jeune fille et tira le jeune homme à l'écart.

— Errande, lui confia-t-il, n'est pas plus demoiselle qu'elle n'est Errande. Son véritable nom est Morgane.

— Pourquoi ce mystère ?

— Morgane est la demi-sœur du roi. Elle ne fréquente plus la Cour depuis bien longtemps. Je n'étais encore qu'un enfant quand elle a quitté Camaalot, mais dès notre entrée dans la salle, je l'ai reconnue. C'est pourquoi je ne lui ai posé aucune question au sujet de la reine et de ses ravisseurs.

— Je ne comprends pas...

— Morgane a un fils de ton âge, Mordret. Elle désire depuis toujours qu'il succède à Arthur sur le trône de Logres. Mais si Arthur et Guenièvre ont un fils, Mordret devra renoncer à ses prétentions.

— Eh bien ?

— Morgane ne voit sans doute pas d'un mauvais œil l'enlèvement de Guenièvre. Je me demande même si, à défaut d'y prêter la main, elle ne l'a pas suggéré à ce fou de Méléagant. Cela lui ressemblerait assez.

— C'est une ignominie ! s'emporta Lenfant. La propre sœur du roi ?

— Elle est plus que la sœur, et Mordret plus que le neveu d'Arthur... Tu l'apprendras un jour.

111

Le roi pêcheur

1

Le gué

L'aube pointait quand Gauvain et Lenfant quittèrent le château d'Errande. Le jeune chevalier y avait emprunté un roncin de belle allure, à la robe feu. Ils prirent un chemin empierré qui les mena dans une forêt. Aux branchages brisés, à l'herbe foulée de part et d'autre de la route, ils virent que Méléagant et ses hommes étaient bien passés par là.

Ils gardaient le silence. Gauvain, par nature et par civilité, aurait volontiers fait la conversation, mais il se rendit compte que Lenfant était si fort enfermé en ses propres pensées qu'il serait resté sourd à ses remarques. Le jeune homme laissait aller son cheval de lui-même, ne voyant rien autour de lui. Plusieurs fois, il se heurta le front à une branche trop basse. Ni la douleur, ni la surprise, ni le rire que l'incident répété arrachait à Gauvain ne le tirèrent de sa profonde mélancolie.

Au sortir de la forêt, le soleil était haut dans le ciel. Ils approchèrent d'une rivière. Sans y prendre garde, Lenfant poussait son roncin dans l'eau quand Gauvain vint le saisir par la bride et le ramena sur la berge.

— Qu'as-tu dans la tête ? Tu veux te noyer ?

Lenfant battit plusieurs fois des paupières. Il sortit enfin de son rêve.

— Que dites-vous, Monsieur ?

— Je dis que ta compagnie est la plus ennuyeuse que j'ai eue de ma vie. À quoi penses-tu donc ?

Le jeune homme rougit et ne répondit pas. Il ne pouvait avouer que, depuis leur départ, la pensée de Guenièvre l'obsédait. Et que ces mots du nain : « ta bien-aimée », à force de lui tournoyer dans le cœur, y avaient creusé une si large place qu'il n'avait plus d'yeux ni d'oreilles pour ce qui l'entourait. Il talonna son cheval, s'éloigna, afin de dissimuler son embarras.

— Venez, Monsieur. Vous avez raison, cette rivière est trop profonde. Cherchons un gué en amont.

Gauvain avait une grande expérience de l'amour des demoiselles et des dames. On le prétendait à juste titre le chevalier le plus galant et le plus courtisé de Camaalot. Mais sa manière d'aimer était insouciante, joueuse et versatile. Et si nul ne parlait mieux d'amour que lui, c'était qu'il se plaisait à ses propres mots, ses charmants et habiles discours, et aux effets qu'ils produisaient sur celles, nombreuses et changeantes, auxquelles il les adressait. Aussi son expérience et sa subtilité ne lui servaient-elles à rien pour comprendre, ou simplement deviner, ce qui bouleversait le cœur trop jeune, trop sérieux et trop entier de son compagnon. Même les allusions du nain à un éventuel amour du jeune chevalier pour la reine ne lui avaient paru que des provocations ignobles. Comment lui serait-il venu à l'esprit que Lenfant, à peine arrivé à Camaalot et accolé par le roi, pût commettre la déloyauté d'aimer Guenièvre, son épouse ? Il crut donc que Lenfant, simplement, manquant de sommeil, se ressentait encore des lieues et des lieues qu'il avait parcourues à grands pas la veille.

Franchi un bosquet de saules, ils découvrirent le gué. L'eau transparente coulait à maigres filets entre de larges pierres plates. Lenfant y engagea sa monture.

De l'autre rive, une voix rocailleuse et grave lui cria :

— Chevalier, je garde le gué ! Personne ne passe !

Ils virent, sortant de l'abri des rochers où il s'était tenu, un Guerrier Roux, barbu, large comme un bœuf et monté sur un cheval au poitrail et aux pâturons plus épais que ceux d'une bête de labour. Il portait l'écu de la maison de Gorre : léopard rampant de gueule sur fond de sable[1].

Le roncin de Lenfant se mit à boire l'eau claire qui tourbillonnait autour de ses sabots. Gauvain approcha le sien contre son flanc.

— Chevaliers, reculez hors du gué ! Ou je devrai vous fracasser la tête !

— Ce gros Saxon* n'a pas de manières, dit Gauvain en s'accoudant avec désinvolture sur l'encolure de son cheval. Crois-tu qu'il soit seulement chevalier ?

— Chevalier ou pas, je suis comme vous, Monsieur : ses manières me déplaisent.

---

1. En termes de blason : léopard dressé sur ses pattes arrière, rouge, sur fond noir.

— N'est-ce pas ? Cependant, il me semble un peu trop grand pour toi... Qu'en dis-tu ?

— J'en dis que lorsque je l'aurai mis par terre il vous paraîtra bien petit.

— Oh, oh ! Je vois que tu as retrouvé ta langue. Mais ton bras est-il aussi vif qu'elle ?

— Vous en voulez la preuve ?

— Tu piques ma curiosité. Voyons ce que tu vaux.

Aussitôt Lenfant poussa son roncin dans le gué. Le Guerrier Roux empoigna sa lance.

— Gamin, je t'aurai prévenu !

— Je m'ennuyais sur l'autre rive. La vôtre me paraît plus riante.

— Tu me défies ?

— Je viens me divertir. Mon épée s'engourdissait dans son fourreau.

Lenfant entendit le rire approbateur de Gauvain dans son dos. Il avait franchi la moitié du gué quand le Guerrier Roux, pointant sa lance, le chargea. Ils étaient si lourds, sa monture et lui, que le sol en trembla. Lenfant assura sa prise au plus court sur la bride et tint son épée prête. Au moment où le guerrier entrait dans l'eau, dans une grande éclaboussure, il fit dégager le roncin sur la gauche, déroba souplement le buste pour éviter le fer de la lance — qui passa si près que sa cotte et sa peau furent déchirées à la taille — et, se redressant soudain sur sa selle, frappa son adversaire derrière l'épaule et la nuque. Étourdi, le guerrier chuta lourdement dans la rivière.

Le jeune homme sauta aussitôt dans le gué, laissant son cheval rejoindre l'autre rive. Du sang souillait sa cotte blanche, à son flanc. Il ne s'en soucia pas. L'épée haute, il s'avança vers le guerrier qui se relevait et tirait une épaisse et longue lame.

— Tu m'as eu par traîtrise, gamin !

— Tais-toi, Saxon. Et montre-moi si tu tiens mieux sur tes pieds qu'à cheval.

Le Guerrier Roux se jeta en avant. Cette fois, le chevalier choisit l'affrontement. Il se jeta en avant, lui aussi, et le choc des lames et des corps faillit lui être fatal. Trop léger, il lui sembla rebondir contre un mur. Il se retrouva projeté en arrière et tomba à plat dos sur une pierre du gué. Il ignora la douleur — et il fit bien : il n'eut que le temps de parer le coup d'épée que lui assenait son adversaire, puis de rouler sur le côté, avant de se remettre prestement sur ses pieds.

— Te voilà trempé, chevalier ! lui cria la voix moqueuse de Gauvain. Tu vas prendre froid, à condition que ton Saxon te laisse la vie !

— Pas d'inquiétude, Monsieur ! Le jeu me réchauffe !

Le guerrier revint à la charge. Les épées s'entrechoquèrent. Une fois, deux fois, dix fois. Le Saxon semblait infatigable, chacun de ses coups plus puissant que l'autre. Lenfant reculait sous l'assaut. Au trentième coup, il sentit son bras faiblir. Au trente et unième, il manqua sa parade et fut entaillé à l'épaule.

Dans l'instant, il se vit bientôt mort. Or, mourir, songea-t-il, serait de peu d'importance s'il n'avait pas un serment à tenir. Ma vie appartient à Guenièvre, personne, hormis elle, n'a le droit de me la prendre.

Une feinte à droite, une feinte à gauche : le Saxon frappa deux fois de suite dans le vide, en perdit l'équilibre. Il posa un genou dans l'eau. L'épée de Lenfant s'abattit sur sa nuque et lui trancha la tête.

— Enfin ! s'exclama Gauvain. Je m'impatientais.

Le jeune chevalier vacillait sur place, les yeux fixés sur le corps décapité qui s'effondrait lentement dans le gué. Il n'avait jamais tué un homme.

2

L'anneau

— Nous savons désormais que nous suivons les bonnes traces, dit Gauvain.

Ils avaient repris la route, une fois la rivière franchie. Lenfant était encore tout retourné d'avoir fait et vu rouler la tête hirsute du Saxon dans l'eau du gué. Il n'en avoua rien à Gauvain, qu'il supposait aguerri depuis longtemps à cette sorte d'incident.

— Quoi qu'il en soit, poursuivit le chevalier, ton comportement m'a plu. Avec un peu de pratique, tu t'en sortiras plus vite la prochaine fois.

Lenfant ne répondit pas. Ils chevauchèrent plusieurs lieues dans la forêt. Les traces du passage de Méléagant et de sa troupe étaient nombreuses et très visibles. On aurait dit que le Chevalier noir leur ouvrait le chemin jusqu'à lui. Ils parvinrent enfin à la lisière des arbres. Une colline se dressait un peu plus loin, surmontée d'une tour solitaire.

— Grimpons là-haut, dit Gauvain. Nous y aurons une vaste vue sur ces terres.

Ils piquèrent des talons. Leurs chevaux escaladèrent d'un galop rythmé le flanc de la colline. La porte de la tour était ouverte. Tout autour, les ronces, les orties et les mauvaises herbes désignaient un lieu depuis longtemps abandonné. Ils mirent pied à terre.

— Allons-y, chevalier. Sors ton épée du fourreau. Je me méfie des embuscades.

Avec précaution, ils franchirent l'entrée de la tour. Il y avait à l'intérieur une salle circulaire, de plain-pied, où une petite table avait été dressée. Un gobelet et une écuelle d'argent étaient posés sur une courte nappe blanche, près d'un pain entamé et d'une carafe de vin clair à demi vide.

— Holà ! cria Gauvain. Y a-t-il quelqu'un ?

Sa voix résonna en écho entre les larges murs de pierre. Il répéta sa question. Il n'obtint aucune réponse.

Cependant, Lenfant s'était approché de la table.

— Venez voir, chevalier !

Gauvain le rejoignit, non sans avoir jeté un dernier coup d'œil méfiant autour de lui. Lenfant lui montra un coin de la nappe.

— Il est brodé d'un V. Et regardez le gobelet et l'écuelle : le même V y est gravé. Je ne comprends pas...

— Qu'y aurait-il à comprendre ?

— C'est le monogramme de Viviane, ma Dame.

À ces mots, Gauvain jeta un nouveau coup d'œil rapide autour d'eux.

— Que ferait-elle là ? Comment nous aurait-elle précédés ?

— Vous n'ignorez pas, chevalier, qu'elle dispose de certains pouvoirs...

— Il paraît. Tu le sais mieux que moi.

Ils se turent un instant, inspectant la salle des yeux, puis l'amorce de l'escalier de bois qui menait, en colimaçon, aux étages.

— Allons voir, dit Gauvain.

Ils montèrent les premières marches lentement, tête levée, prêts à toute rencontre. Le jour lumineux de l'été tombait droit et dru d'une ouverture pratiquée au sommet de la tour. Ils ne distinguèrent aucune ombre suspecte au-dessus d'eux.

Ils franchirent deux paliers. Sur chacun, ils virent une porte. Ils tentèrent de les ouvrir ; elles leur résistèrent. Ils poursuivirent leur progression jusqu'au haut de la tour.

Lenfant fut le premier à s'appuyer aux créneaux. L'horizon semblait très loin, comme repoussé par la hauteur de laquelle il le contemplait. Par-delà des collines de plus en plus basses, on distinguait une bande d'un beige pâle, surmontée d'une bande bleu cobalt qui épousait le bleu plus clair du ciel.

— C'est la mer, dit Lenfant.

— Oui. Je ne t'ai pas prévenu ? Le royaume de Gorre est une île.

— Et ce château, chevalier ?

Lenfant désignait la silhouette trapue et minuscule d'un manoir qui semblait proche du rivage, loin vers le nord. On le voyait d'autant mieux, malgré la distance, que les terres aux environs étaient grises, pelées, sans arbres ni prés. Gauvain fit la grimace.

— C'est Corbénic, l'ancien château du roi Pellès. Plus personne ne s'y rend.

— Pourquoi ?

— La Terre Gaste est une terre maudite. Je ne sais quel méfait a commis Pellès, mais depuis des années plus un arbre, plus un brin d'herbe ne pousse sur son domaine.

136

Gauvain se détourna.

— Partons. Nous avons assez perdu de temps.

— Attendez !

Lenfant s'était brusquement penché entre deux créneaux.

— Regardez ! Là-bas !

Gauvain chercha des yeux l'endroit que le jeune homme lui désignait, la main tendue dans le vide. Sortant de l'abri d'un bois, à moins d'un quart de lieue, il vit des cavaliers. Il n'eut aucun mal à reconnaître, marchant en tête, un chevalier noir monté sur un destrier également noir. Même d'aussi loin, la stature des Saxons qui l'accompagnaient restait impressionnante. Elle ne suffisait pourtant pas à dissimuler tout à fait la silhouette de la cavalière qu'ils entouraient. On ne percevait, sur le bleu royal de son mantel, que la tache d'or lumineux de ses cheveux blonds.

— Ils sont tout près ! cria Lenfant. Nous pouvons les rattraper avant qu'ils parviennent à la mer !

Il se penchait tant par-dessus le créneau que Gauvain craignit qu'il ne bascule dans le vide. Il l'empoigna vigoureusement par l'épaule et le tira en arrière.

— Tu es décidément fou, mon garçon !

— La reine est là ! Allons-y, chevalier !

— Un instant de patience, s'il te plaît. Quelque chose me paraît...

Il n'acheva pas sa phrase et, plissant les yeux, observa la lointaine escorte de Méléagant.

— C'est bien ce que je pensais...

— Quoi donc, chevalier ?

— Compte les Saxons : ils ne sont plus que sept.

— Eh bien ?

— Eh bien, si l'on retranche celui du gué, cela devrait faire neuf. Où sont les deux autres ?

— Qu'importe ! Retournons aux chevaux !

Et, avant qu'il ait pu dire un mot de plus, Lenfant s'engouffra dans l'escalier de bois. Grognant avec agacement, Gauvain le suivit. Il ne s'accoutumait pas aux manières brutales du jeune homme. Il avait l'habitude que les chevaliers fraîchement accolés montrent plus d'humilité, de patience et de respect. Celui-là ne savait qu'obéir à ses impulsions. Comme s'il n'avait qu'une hâte : se mettre en danger.

À peine Gauvain venait-il de se faire cette réflexion que les événements se chargèrent de l'illustrer : ils s'étaient engagés entre le second et le premier palier lorsque, presque ensemble, s'ouvrirent deux portes. Celle du second, puis celle du premier. Jaillirent de chacune un Saxon roux, une hache à la main.

— Les voilà, soupira Gauvain, les deux qui manquaient pour faire le compte...

Quant à Lenfant, il ne prit pas le temps d'une phrase ni d'un mot. Il se jeta sur le Saxon du premier palier, bondissant par-dessus les dernières marches qui l'en séparaient. Surpris par l'audace, le Guerrier Roux eut, d'instinct, deux pas de recul. Ils lui furent aussitôt fatals : Lenfant roula sur le plancher et le frappa sous le genou. Jarret tranché, le Saxon bascula en arrière. Il dévala l'escalier sur le dos, se reçut lourdement sur les dalles de la salle. Il tenta de se relever ; il n'avait plus que l'usage d'une jambe. Déjà le jeune homme était devant lui et lui fendait et le casque et le crâne du tranchant de l'épée.

Il remonta aussitôt au premier palier. Au-dessus, il vit Gauvain qui ferraillait contre l'autre Saxon. Celui-ci cognait à grands coups de hache, dont le fer sifflait dans l'air comme un serpent, parfois tout près du menton ou de la poitrine de Gauvain.

— Allons, Monsieur ! s'écria Lenfant. Vous êtes bien lent à vous défaire de cette brute !

Piqué au vif, Gauvain moulina de plus belle, forçant le guerrier à rompre l'assaut.

— Je t'attendais, répliqua-t-il, afin que tu assistes à la leçon !

La hache du Saxon lui frôla la hanche. Il fit un pas de côté.

— En effet, dit Lenfant, belle leçon de danse, Monsieur !

Gauvain rugit de colère. Sa lame entailla l'épaule de son adversaire. Lenfant cherchait une autre plaisanterie, quand il sentit qu'on lui touchait le bras. Il fit volte-face, l'épée pointée.

— Saraïde ?

C'était la suivante préférée de Viviane. La femme posa son index sur ses lèvres et chuchota :

— Venez, chevalier. Je dois vous parler.

Elle recula dans la pièce du premier étage. Après une hésitation, Lenfant l'y rejoignit en rengainant son arme.

— Que fais-tu ici ?

— La Dame m'a envoyée vous attendre. Je dînais dans la salle lorsque les deux Saxons ont surgi et m'ont fait prisonnière.

— Comment es-tu arrivée ici avant nous ? Nous avons chevauché à grand train depuis hier.

Saraïde sourit.

— J'ai quitté Camaalot bien avant vous. La Dame savait que votre aventure vous conduirait jusqu'ici.

Lenfant faillit rétorquer qu'à son départ l'aventure n'avait pas commencé, mais se tut. Viviane ne lui avait-elle pas dit qu'elle connaissait d'avance les péripéties qu'il allait vivre ?

— Tu as un message pour moi ?

— Oui, chevalier. Mais attendons votre ami pour en parler.

Lenfant hocha la tête, lui fit signe d'attendre un instant, ressortit sur le palier et lança à Gauvain, qui se battait toujours contre le Saxon :

— Monsieur, je m'impatiente !

Puis, diverti de son mot — et vengé des railleries de Gauvain lors du combat du gué —, il revint près de la suivante.

— Donnez-moi la main, je vous prie, lui demanda-t-elle.

Étonné, il la lui tendit. Elle la prit, la tourna paume en l'air et y déposa un minuscule objet. Il regarda : c'était un anneau d'argent.

— La Dame m'a envoyée vous le remettre. Gardez-le avec soin. Mais ne le passez à votre doigt que lorsque le moment sera venu.

— C'est-à-dire ?

— Vous le saurez.

— Je le saurai ! Décidément, à toutes les questions que je pose, on me répond toujours : « Tu le sauras le moment venu » ! C'est irritant, à la fin.

Ils entendirent alors un grand fracas de bois brisé. Puis un cri d'agonie. Un instant plus tard, Gauvain, en sueur, saignant d'une épaule et balafré à la joue gauche, pénétra dans la pièce.

— Enfin ! ironisa Lenfant.

Gauvain redressa le menton et fit celui qui n'avait pas entendu. Il avisa la suivante.

— Qui est-ce ?

Le jeune homme le lui expliqua en quelques mots. Sans mentionner l'anneau de Viviane.

— Et quel est ce message ? demanda Gauvain, tout en tapotant délicatement la plaie de sa joue, dont il craignait qu'elle le défigure et ternisse sa séduction auprès des dames de la cour.

— Le royaume de Gorre est une île, dit Saraïde.

— Je le sais. Et alors ? Nous trouverons bien une barque.

— Les courants sont tels, et si traîtres dans la passe, que vous ne parviendriez pas à y aborder. Un bac permettra à Méléagant de rentrer dans son royaume. Vous pensez bien qu'il ne le laissera pas ensuite à votre disposition.

— Que proposes-tu ?

— Il existe deux autres passages pour atteindre Gorre. Mais ils sont très périlleux.

— Peuh ! fit Gauvain, d'un air de mépris.

Vexé d'avoir mis plus de temps et de sueur à se débarrasser de son Saxon que Lenfant à occire le sien, il en oubliait l'intelligente prudence dont doit faire preuve tout chevalier et n'attendait qu'une nouvelle, et rapide, occasion de démontrer sa prouesse.

— Si périlleux, reprit Saraïde, que personne ne peut se vanter de les avoir franchis avec succès.

— Assez de bavardage, grogna Gauvain. Va droit au fait.

— Au sud se trouve un passage que l'on nomme le Pont dessous l'eau. C'est un chemin tracé à un pied et demi de la surface de la mer. Parfois, il est plus profond et le voyageur se trouve véritablement sous l'eau. De plus, il ne faut pas s'en écarter d'un pas : il est plus étroit que les épaules d'un homme et bordé de chaque côté par un gouffre. Que le pied se dérobe, et la noyade est certaine.

— Bien. Parle-nous de l'autre passage.

— Il est pire, Monsieur.

— Allons bon...

— On le trouve au nord. Il s'appelle le Pont de l'Épée. Aucun nom ne lui conviendrait mieux, car, en effet, il est tranchant comme une lame. Il est impossible de le franchir sans s'y blesser gravement.

— Et, bien entendu, fit Gauvain, si l'on en tombe, c'est également dans un gouffre où l'on se noie tout aussi également ?

— Vous avez compris, Monsieur.

Gauvain examina Saraïde d'un air préoccupé, puis se tourna vers Lenfant.

— Qu'en penses-tu ? Entre deux maux, choisissons le moindre : nous passerons par le Pont dessous l'eau.

Lenfant secoua pensivement la tête.

— Je crois, Monsieur, qu'il vaut mieux que nous nous séparions. Nous aurons plus de chances que l'un de nous, au moins, réussisse.

— Encore une folie ! Comment penses-tu franchir un pont fait d'une lame ? En volant comme un étourneau ?

— Lorsque j'y serai, j'aviserai, Monsieur.

— Je te reconnais bien là ! Agissons, nous réfléchirons ensuite !

Lenfant l'affronta les yeux dans les yeux, le regard buté.

— J'ai pris ma décision.

— À ton aise ! Va donc te faire découper comme un rôti !

— Ce sera un plaisir de vous obéir, Monsieur.

3
Le Cimetière futur

Alors que le soleil avait passé le haut point de midi, Gauvain et Lenfant arrivèrent à un carrefour de sept routes. Saraïde les avait prévenus que ce serait là que leurs chemins devraient se séparer. La route la plus au nord conduisait au Pont de l'Épée, la plus au sud au Pont dessous l'eau.

— Tu es bien certain d'avoir fait le bon choix ? demanda Gauvain.

Lenfant eut un petit rire de défi railleur.

— Je vais vous répondre comme on me le fait depuis hier : *je le saurai le moment venu.*

Gauvain approuva simplement d'un hochement de tête et poussa son cheval vers la route du sud. Il se retourna une dernière fois :

147

— Quant à moi, je m'en vais avec une autre question : es-tu un écervelé ou es-tu le plus hardi gamin que j'aie rencontré ?

— Monsieur...

— Oui, je sais : je le saurai le moment venu !

Et, talonnant son roncin, Gauvain partit d'un ample galop.

***

Lenfant chevaucha jusqu'à la nuit. Il pensait, pour l'avoir aperçue du haut de la tour, parvenir à la mer dès ce soir-là. Pourtant il ne sortit pas même de la forêt où l'avait rapidement conduit la route du nord. Il alluma un feu dans une petite clairière, y fit rôtir un lièvre qu'il avait pris peu avant le crépuscule et dîna seul, ce qui, songea-t-il, ne lui était jamais arrivé.

Cette solitude ne lui déplaisait pas. Il pouvait enfin tout à loisir rêver à Guenièvre sans craindre qu'un mot prononcé par mégarde ne laisse Gauvain soupçonner l'objet de ses songeries. Dès le premier regard qu'il avait échangé avec elle, lors de sa présentation au roi, il avait éprouvé un sentiment à la fois doux, brutal et inconnu. Il n'avait pas su — pas osé ? — y mettre un nom jusqu'à ce que le nain à la charrette se moque de lui. Amour. C'était un mot qu'il croyait réservé aux chevaliers dont Caradoc, son précepteur, et Viviane lui avaient longuement conté les aventures dans son enfance, des chevaliers qui méritaient cet Amour après, et seulement après, avoir vaincu des dragons et des géants, échappé aux traîtrises et aux maléfices, prouvé cent fois leur vaillance. Il découvrait qu'Amour était comme un éclair tombé droit sur le cœur, une révélation et non une récompense, le début des épreuves et non leur fin ultime.

Lorsque, la veille à Camaalot, la reine était montée à sa chambre s'apprêter pour suivre le sénéchal Ké jusqu'au Bois du Nord, Lenfant s'était glissé jusque chez elle. Il avait attendu, dissimulé dans la coursive, que les suivantes, en pleurs, aient quitté la pièce, puis il y était entré et, par respect mais aussi parce qu'il ne se sentait pas la force d'affronter les yeux de Guenièvre, il avait aussitôt mis un genou au sol et courbé la nuque.

La reine ne l'avait pas congédié, comme il l'avait craint. Elle avait laissé passer un long silence. Enfin, d'une voix troublée — et il n'avait su si ce trouble était dû à l'épreuve qui l'attendait ou à sa propre présence —, elle lui avait demandé ce qu'il voulait. Levant alors la tête, il lui avait présenté son épée. « Madame, ce serait un très grand honneur de recevoir cette épée de vos mains. » Elle avait hésité, avant de lui remontrer qu'il avait reçu la colée du roi et qu'en conséquence il devait aussi en recevoir l'épée. « Madame, acceptez que mon bras se mette à votre service. Ceignez-moi l'épée et j'assurerai votre sauvegarde. »

Cette fois, elle avait ri. Oh, un rire léger, bref, sans moquerie. Il l'avait regardée dans les yeux et il y avait lu ce trouble entendu auparavant dans sa voix. Il avait compris que seuls les convenances et le respect du roi la retenaient encore d'accéder à sa demande. Il s'était dès lors laissé guider par cet instinct très tendre qui le portait irrésistiblement vers elle. Il s'était redressé, approché, lui avait tendu l'épée, lame posée sur ses paumes offertes. Elle avait baissé les yeux ; il percevait son souffle, rapide, oppressé. « Je vous en prie, Madame. »

Sans un mot, elle avait tendu les mains à son tour. Et, dans le geste de prendre l'épée, elle avait touché les siennes. Imperceptible frôlement qui lui parut la plus brûlante des caresses. Relevant enfin les paupières et le regardant en face, elle avait dit les mots qu'il attendait : « Je vous fais mon chevalier. » Elle lui avait glissé l'épée à la ceinture, sans qu'ils se quittent du regard.

« Accordez-moi une faveur, chevalier. Ne privez pas Ké de son jugement, ne rompez pas le serment : ce serait une faute impardonnable. »

Il lui avait obéi. Parti peu après Ké et Guenièvre, il s'était tenu à l'orée du Bois du Nord le temps nécessaire au combat. Il bouillait d'impatience — et de cet autre sentiment, auquel le nain n'avait pas encore donné de nom. Entré enfin dans la clairière, il y avait vu Ké à terre, ensanglanté, l'avait porté à l'ombre et adossé à une souche, puis était parti à la poursuite de Méléagant — à la recherche de Guenièvre.

Amour. Amour, Amour, Amour, se répétat-il à mi-voix, seul dans la nuit de la forêt, devant les braises du feu qui mourait.

Il s'émerveillait de cet étrange sentiment qui avait le don de susciter la présence de Guenièvre comme si elle était près de lui et, tout à la fois, d'aviver la douleur de son absence et l'inquiétude de son sort. Il ne se souciait pas de son destin personnel : il ne le savait pas, mais c'était une marque de son Élection. Il ne désirait que consacrer son épée et sa vie à Guenièvre : il ne le savait pas non plus, et aurait refusé de l'entendre, mais c'était son erreur.

***

Lenfant repartit au matin. Il parcourut encore plusieurs lieues avant d'atteindre enfin l'orée des bois.

Un chemin empierré passait non loin. Il s'y engagea, traversa un vallon, parvint à une rivière presque à sec. Quand il arriva sur la rive, le ciel soudain s'assombrit. Il leva la tête : de gros nuages noirs glissaient lentement dans le ciel, occultant le soleil. Il talonna son roncin.

Le cheval renâcla. Lenfant, agacé, l'éperonna au sang. Sans plus de succès. L'animal s'était mis à trembler. Le jeune homme sauta à terre, prit le cheval par la bride et s'engagea dans l'eau très basse de la rivière.

Un froid glacial le saisit aux chevilles. Il fit encore deux pas, forçant le roncin à le suivre. L'eau n'était pas seulement plus froide que le gel, mais dense comme le mercure. Par endroits, elle s'irisait étrangement et se dérobait sous le pied, comme si quelque vie inquiète et sournoise l'animait, lui faisant fuir tout contact. Lenfant sentait ses jambes s'engourdir. Le froid, déjà, lui glaçait les entrailles et il comprit que, lorsqu'il aurait atteint sa poitrine, son cœur gèlerait. Il eut la brève tentation de reculer, de renoncer.

La pensée de Guenièvre et de la quête à accomplir lui épargna cette lâcheté. Tirant de toute sa force sur la bride, il se mit à courir, malgré la résistance anxieuse du cheval. À présent, le froid lui coupait le souffle, et il ne sentait plus la partie inférieure de son corps. Il courait, mais comme sur des jambes de pierre.

Dans un dernier élan, il se jeta sur la berge opposée. Il lâcha la bride : le roncin, hennissant de terreur, partit d'un bref galop titubant et chuta dans l'herbe. Lenfant rampa sur la rive, arrachant ses jambes qui ne le portaient plus de l'eau meurtrière.

Il mit quelque temps à se réchauffer, étendu sur le pré. Plus loin, il vit son cheval cesser peu à peu de trembler, puis, dans un sursaut, se relever. Il tenta de se redresser à son tour, y parvint sans trop de mal et frissonna.

Il se dit ensuite qu'il n'avait jamais vu une rivière semblable, qu'elle devait être sous le charme de quelque maléfice, rattrapa son cheval, lui flatta l'encolure et le rassura à mi-voix, puis, sans même se retourner et ne pensant déjà plus à la mésaventure, il reprit son chemin.

Il n'alla pas bien loin. Encerclant le sommet d'une colline large et basse, une muraille l'arrêta. Elle était bâtie de pierres noires, haute comme quatre hommes. Lenfant entreprit d'en faire le tour. À l'est, il découvrit une grand-porte, dont les deux battants étaient ouverts. Sans hésiter, il pénétra dans l'enceinte. Elle donnait sur un second mur.

Un bruit sourd fit sursauter le roncin et se retourner Lenfant : la grand-porte s'était refermée sur lui. Il n'aperçut pourtant personne, ni ne remarqua quelque système de chaînes permettant d'agir à distance sur les battants. Au-dessus de lui, le ciel était à présent d'un noir de nuit, chargé d'étincelles couleur de soufre. Un grondement roula au travers des nuages.

Lenfant descendit de son cheval et poussa la grille qui permettait de franchir le second mur. La main à la garde de l'épée, aux aguets, il entra avec précaution.

L'endroit était vaste comme un village, mais, en lieu et place de maisons, Lenfant ne vit que des tombes. Des dizaines de tombes. Disposées en cercles concentriques, les dalles funéraires, très simples, de pierre blanche, entouraient une chapelle, blanche elle aussi, semblable à un château de très petite taille. Le tonnerre explosa deux fois dans le ciel, tandis que Lenfant s'approchait des premières tombes.

Sur chacune était gravée toujours la même inscription :

Ici reposera le chevalier

suivie d'un nom. Avançant de plus en plus vite entre les dalles, stupéfait, mal à l'aise, le jeune homme lut : *Cligès*, *Sagremor*, *Hector*, *Girflet*, *Erec*, *Ké*... Tous des chevaliers d'Arthur, qu'il avait rencontrés à Camaalot, bien vivants. *Bréhu*, *Caradigas*, *Tohort*, *Béduier*, *Lucain*... Parmi les tombes du dernier cercle, près de la chapelle, il trouva le nom d'Yvain, puis celui de Gauvain.

Plusieurs éclairs déchirèrent coup sur coup l'obscurité de l'orage. Lenfant regarda autour de lui, dans cette lueur fulgurante, les pierres du cimetière alignées jusqu'au pied de l'enceinte. Pour la première fois de sa vie, il éprouva quelque chose qui ressemblait à de la peur. Lenfant était prêt à affronter n'importe quel adversaire, les armes à la main, mais, dans ce lieu désert, mortuaire, autour duquel s'abattait la foudre, il ne savait quelle contenance prendre, ni ce que signifiait l'aventure.

Il agit donc comme sa nature l'y disposait : il alla de l'avant.

Quatre autres tombes se trouvaient au pied de la chapelle. Deux à gauche, deux à droite de l'entrée. Sur celles de gauche il lut la même inscription et ces noms : *Perceval* et *Galahad*. Des chevaliers qu'il ne connaissait pas.

Les dalles de droite avaient été scellées si proches l'une de l'autre que leurs bords se touchaient, qu'elles ne semblaient faire qu'une. Une nouvelle série d'éclairs transperça le ciel quand il se pencha pour y déchiffrer les noms gravés.

Au premier qu'il lut, sa vague frayeur se transforma en angoisse : *Guenièvre.*

Il eut un sursaut de recul. De refus et de dégoût. Son cœur ne pouvait supporter ce que ses yeux avaient vu. Il ne pouvait imaginer la mort de celle qu'il aimait. Sans même jeter un regard à la seconde dalle, il tira son épée, leva la tête vers la tempête et chercha des mots pour la défier — comme il aurait défié la mort.

Mais ce fut elle qui lui parla — du moins, effrayé, le crut-il d'abord.

— Chevalier ! Chevalier, venez jusqu'à moi !

— Qui parle ?

— Chevalier ! Là, dans la chapelle !

La frayeur de Lenfant se dissipa aussitôt. C'était une voix de jeune fille, une voix à la fois douce et pressante. Enfin l'aventure lui parut redevenir humaine. Il pénétra dans la chapelle.

De l'intérieur, elle semblait beaucoup plus vaste que ne le laissaient supposer ses proportions. Lenfant fit quelques pas au hasard dans l'obscurité : il y eut un grésillement et il vit sept torches s'enflammer, suspendues sur les murs.

La chapelle était vide, à part un autel sommaire fait d'une table de bois brut. Derrière cet autel, liée par les poignets à une chaîne scellée au mur, une demoiselle en robe vert prairie l'appela :

— Chevalier...

Il se précipita à sa rencontre. Elle était blonde, ses yeux d'un bleu vif luisaient étrangement dans la pénombre, reflétant les flammes rousses des torches. De la pointe de sa dague, Lenfant força les bracelets de fer.

— Qui vous retient prisonnière, demoiselle ? Je n'ai vu personne ici, à part... à part sur les tombes les noms de cent chevaliers pourtant bien vivants...

— Baudemagus le magicien a jeté un charme sur ce lieu.

— Qui est ce Baudemagus ?

— Le conseiller du prince Méléagant de Gorre.

— Encore ce Méléagant ! s'emporta Lenfant. Qu'a-t-il contre vous ?

La demoiselle eut un frisson. Le chevalier retira sa cape et la lui déposa sur les épaules. La jeune fille lui adressa un faible sourire de remerciement, leurs regards s'accrochèrent : elle le dévisagea avec tant d'intensité qu'il baissa les yeux le premier, embarrassé.

— Ainsi, chevalier, vous avez vu les tombes ? Lu les noms ?

— Oui...

Il se rappela celui de Guenièvre, et l'angoisse revint poigner son cœur.

— Avez-vous vu le vôtre, chevalier ?

— Non. La chose, d'ailleurs, est impossible.

— Pourquoi ? N'êtes-vous pas chevalier du roi Arthur, comme tous ceux dont la place est marquée dans ce cimetière ?

— Je suis chevalier d'Arthur, reconnut-il.

— Alors votre nom figure forcément sur l'une de ces tombes.

— Je vous dis que la chose est impossible. Maintenant, répondez-moi : pour quel motif Méléagant vous a-t-il infligé ce traitement ?

Elle le contempla encore, de ses grands yeux d'un bleu d'océan, sérieuse et comme interrogative. Puis elle se décida à s'expliquer.

— J'étais de passage chez le fils du seigneur d'ici, Galehot, lorsque Méléagant est arrivé, hier soir. Il conduisait une escorte de plusieurs Saxons roux et tenait captive une Dame, que nous avons très vite reconnue : la reine Guenièvre. Galehot est un varlet et son père le vassal de Méléagant, il lui doit obéissance et hospitalité. Mais, quand il a vu qui était sa prisonnière, il a déclaré qu'il ne se rendrait pas complice de cet enlèvement et que Méléagant devait partir sur-le-champ. Le Chevalier noir, vous le savez sans doute, n'a pas l'humeur accommodante. Il s'est emporté et a menacé de raser Sorelois, le village. Il l'aurait fait, si une autre escorte n'était arrivée sur ces entrefaites. Elle venait rejoindre Méléagant. Elle avait à sa tête Dame Morgane, son fils Mordret et Baudemagus le magicien. Dame Morgane s'est enquise des raisons de la fureur du Chevalier noir. Et, quand elle les a apprises, elle a ri et a dit à Galehot : « Vassal, puisque tu as tant de respect pour Arthur et ses vantards de chevaliers, nous allons te faire un grand honneur : que ce village devienne un sanctuaire à leur gloire. Posthume ! » D'un geste, elle a commandé à Baudemagus de prononcer certains enchantements. Comme vous le savez, chevalier, Dame Morgane est nécromancienne*. C'est ainsi que le village s'est métamorphosé en ce Cimetière des morts futurs...

— Morgane... murmura Lenfant. Savez-vous, demoiselle, pourquoi elle déteste tant Arthur ? Il est pourtant son frère !

La jeune fille sourit mystérieusement.

— Je ne crois pas que Dame Morgane déteste son frère, chevalier. Elle déteste son amant.

Lenfant fronça les sourcils.

— Que voulez-vous dire ? Je ne vous comprends pas...

Elle posa sa main sur la sienne.

— Il y a des choses dont il vaut mieux ne pas parler...

Les doigts de la demoiselle lui caressaient tendrement le poignet. Troublé, Lenfant ne posa pas d'autre question et retira brusquement sa main.

— Partons d'ici, dit-il en se détournant. Ce cimetière me fait horreur.

— Nous ne pouvons pas, chevalier !

— Fiez-vous à moi. Ni la tempête ni les portes ne me retiendront.

Elle l'agrippa par le poignet. Dans ses yeux, maintenant, il y avait davantage que le simple reflet des torches enflammées.

— Je me fie à vous, croyez-moi. Vous êtes celui que j'attendais.

— Vous m'attendiez ?

— Dites-moi votre nom, supplia-t-elle, et je serai sûre que c'est bien vous.

La situation déplaisait autant à Lenfant qu'elle le mettait mal à l'aise. Il n'osait pas soutenir le regard avide, dévorant, de la jeune fille et ne savait comment, sans la froisser, l'obliger à lâcher son poignet.

— Demandez-moi tout ce que vous voulez, mais mon nom c'est impossible. Partons, maintenant.

Elle le retint avec une force qui l'étonna.

— Gardez secret votre nom, si cela vous plaît. Mais alors laissez-moi vous prendre au mot.

Il se mordit les lèvres, furieux contre lui-même. « Demandez-moi tout ce que vous voulez », il avait dit cela sans réfléchir.

— Que voulez-vous ? demanda-t-il d'un ton méfiant.

— Mon souhait principal, vous le connaîtrez plus tard. Je veux d'abord que vous brisiez les enchantements de Baudemagus.

— Comment le pourrais-je ? Je ne suis pas magicien.

— Vous êtes chevalier, cela suffira. Venez !

Le tirant par le poignet, elle l'amena à un petit huis de fer qu'il n'avait pas vu dans l'ombre et qu'il l'aida à repousser, tant il était lourd. À peine entrés, ils eurent tous deux un mouvement de recul et d'effroi : un concert de voix d'épouvante, tantôt aiguës et tantôt graves, poussant des cris déchirants, des plaintes chargées d'une douleur inconnue ici-bas, tourbillonnait dans une petite salle aux murs de cuivre, luisant comme des braises sous l'effet d'une lumière dont la source était invisible.

— Quel est cet endroit ? s'écria Lenfant.

La main de la demoiselle tremblait sur son poignet.

— Ce sont les diables et les morts sans sépulture que Morgane et Baudemagus ont suscités...

Lenfant se ressaisit : il pénétra dans la salle, les mains plaquées sur les oreilles, pour échapper aux cris et aux plaintes qui lui glaçaient le cœur. Au centre, il vit le trou noir d'un puits. La jeune fille l'entraîna jusqu'au bord. Avec précaution, il retira les mains de ses oreilles. Il lui sembla que les voix d'épouvante

162

étaient faites d'une chair intangible et glacée et lui frôlaient hideusement le front, le cou, les lèvres.

— Descendez dans ce puits, chevalier, et vous briserez les enchantements.

Il n'avait pas d'autre choix que d'obéir. C'était la règle : toute promesse faite par un chevalier doit être tenue.

— Je vous répète, demoiselle, que je ne peux rien contre les pouvoirs d'un magicien. Ce que vous me demandez est inutile.

— Et moi je vous répète, chevalier, que vous briserez les enchantements. Il vous suffira d'en trouver les clefs.

— Des clefs ?

— Voyons, vous savez bien que tous les enchantements ont une clef, d'où sortez-vous ? À moins que vous n'opposiez tant de difficultés parce que vous avez peur ?

C'était exactement la phrase qu'il fallait prononcer pour décider Lenfant. Il releva le menton, carra les épaules, fit le geste superflu de chasser les voix qui tournoyaient à ses oreilles comme on chasse des mouches et, d'un air dédaigneux, dit à la demoiselle :

— S'il y a une clef, considérez qu'elle est d'avance entre vos mains.

Après quoi, il s'assit au bord du puits, suspendit à son cou son écu blanc à deux bandes vermeilles, s'agrippa à la chaîne qui descendait dans ses obscures profondeurs, où il commença à s'enfoncer, parmi les ténèbres et comme dans le foyer même des cris infernaux — jusqu'à disparaître aux yeux de la demoiselle.

***

Il posa les pieds au fond du puits. Il lâcha la chaîne. Au-dessus de lui, il ne voyait plus qu'un faible point d'une luminescence rougeâtre. À sa gauche, il distingua l'entrée d'un couloir souterrain. Les voix l'assourdissaient et il lui fallut penser très fort à Guenièvre pour les empêcher de s'emparer de son cœur et d'y insuffler un désespoir si profond qu'il n'aurait plus songé qu'à mourir. L'image claire, bleu et or, de la reine lui donnait assez de joie pour résister. Il s'engagea dans le souterrain.

Il n'y avait pas fait deux pas qu'un vacarme de tremblement de terre couvrit les voix et lui fit perdre l'équilibre. Autour de lui des pierres de toutes tailles se descellèrent des murs ; une poutre s'abattit derrière son dos. Il se précipita en avant. Il eut la sensation de pénétrer vers la source même des plaintes et des cris, comme on nage à contre-courant, tandis qu'à son passage, comme à sa poursuite, le souterrain s'effondrait dans un bruit et une poussière de fin du monde. Soudain, le couloir fit un coude sur la gauche : une lumière éblouissante l'aveugla.

Il n'y voyait plus rien mais n'en continua pas moins de courir. Il déboucha enfin dans une vaste caverne. Dans un dernier et long fracas de moellons et de poutres écroulés, le souterrain se referma derrière lui.

L'étrange lumière ne provenait pas de cette caverne, mais d'un autre couloir, du côté opposé. Il s'avança, ses yeux s'accoutumèrent à la vivacité de la lumière et il distingua, qui gardaient l'entrée du second souterrain, deux chevaliers en armure, l'épée au poing, l'un en avant de l'autre de trois pas.

— Messieurs ! leur lança-t-il. Je viens briser les enchantements ! Prenez garde à vous si vous m'en empêchez !

À son étonnement, ni l'un ni l'autre ne répondit à son défi. Ils demeurèrent immobiles, impassibles.

— Allons, messieurs ! Êtes-vous sourds ?

Il avança de quelques pas, lentement. Il allait répéter son défi, mécontent du silence méprisant des chevaliers, quand, ensemble, ils levèrent leur épée au-dessus de l'épaule, prêts à frapper, et cela produisit un curieux cliquètement de métal.

Encore un pas : il les observa attentivement. Certes, il avait vu dès son entrée qu'ils étaient d'une taille hors du commun — plus hauts d'au moins deux têtes que le plus fort des Saxons de Méléagant. Ce qu'il comprit alors, c'est que ces chevaliers n'étaient, en somme, que leurs armures et leurs heaumes. Ils luisaient tels les murs de la salle du puits.

— Des chevaliers de cuivre... murmura-t-il, stupéfait. Des statues...

Mais des statues douées de mouvement. Il s'en aperçut à ses dépens lorsqu'il s'approcha trop près de la première d'entre elles. L'épée, qui n'était pas, elle, de cuivre mais d'acier, s'abattit sur lui à la vitesse de l'éclair. Il n'eut que le temps de protéger sa tête avec son écu. Un coin du bouclier fut tranché net ; la lame entailla l'épaule de Lenfant.

Il se jeta à terre, hors de portée de l'arme qui, avec le même cliquètement de métal, s'était relevée et frappait à nouveau. Lenfant se remit sur ses pieds. La seconde statue de cuivre se tenait à l'entrée du couloir souterrain. Comment passer ?

Il ne réfléchit pas longtemps. Il leva son bouclier au-dessus de sa tête et, prenant son élan, courut le plus vite qu'il put vers le souterrain. Il entendit le claquement d'un ressort, puis le sifflement de l'épée qui fendait l'air. Juste derrière lui. Il crut sentir le froid de la lame frôlant ses reins.

Peu importait. Il était passé.

Il marcha en direction de la lumière. En direction des voix, leurs cris, leurs plaintes.

Ce souterrain-là était plus court que l'autre, et il ne s'effondra pas. Il parvint au seuil d'une chambre. Au centre se dressait un pilier de cuivre, devant lequel se tenait une demoiselle — de cuivre, elle aussi.

Lenfant s'approcha prudemment de la statue. Un déclic... Il eut le réflexe d'un pas de recul. Les lèvres de cuivre s'entrouvrirent et une voix, douce et sans timbre, et pourtant parfaitement audible dans le vacarme infernal des diables et des morts — comme si elle lui parlait à l'oreille —, lui dit :

— Chevalier, la grosse clef ouvre le pilier. La petite ouvre le coffre.

Un autre déclic... La main de cuivre lui présenta les deux clefs. Après une courte hésitation, il s'avança pour les prendre. Mais les doigts de cuivre se refermèrent d'un coup sec.

L'instant d'après, un rugissement énorme fit trembler les murs de la chambre — et les voix, les cris, les plaintes, comme épouvantés, se turent.

Un être comme Lenfant n'en avait même jamais imaginé dans ses cauchemars venait d'apparaître derrière le pilier. Sur le corps musculeux d'un homme à la peau plus noire que le charbon, grondaient trois têtes de molosses. Il dégageait une puanteur affreuse de charnier — de chairs pourrissantes et de soufre. De ses trois gueules aux crocs comme des dagues, sortaient de courtes flammes bleuâtres ; ses trois paires d'yeux brûlaient d'un rouge incandescent. Il tenait une hache dans sa main noire et griffue.

— Par la Sainte-Croix, s'exclama Lenfant pour se donner du courage, êtes-vous un homme ou trois chiens ? Quoi qu'il en soit, vous êtes d'une laideur et d'une odeur repoussantes !

Le monstre lui répliqua d'un triple rugissement. Lenfant resserra les courroies de son écu sur son avant-bras. Le monstre, après avoir craché trois flammes de fureur, leva sa hache. Ils se jetèrent l'un sur l'autre.

Le choc fut terrible. Mais Lenfant eut la chance ou l'adresse de parer de l'épée le coup de hache et de frapper violemment de l'écu les trois gueules de chiens. Le chevalier et le monstre, rebondissant l'un sur l'autre, se retrouvèrent projetés à terre. Lenfant fut le premier à se relever. Il fit un bond pour éviter la hache qui tentait de lui trancher les chevilles et se laissa tomber, l'épée pointée, sur le monstre. La lame s'enfonça dans la poitrine jusqu'à la garde. Les trois gueules exhalèrent un triple gémissement et un triple souffle effroyablement nauséabond. Écœuré, asphyxié, les entrailles retournées de dégoût, Lenfant roula aussitôt sur le côté.

Il toussa, cracha, faillit vomir, puis se releva. L'être à têtes de molosses ne bougeait plus. Le rouge de ses yeux s'assombrit comme des braises vont à la cendre. La patte griffue relâcha la hache.

Les voix infernales, peu à peu, crescendo, reprirent leurs cris et leurs plaintes.

Lenfant arracha son épée de la poitrine du monstre, la remit au fourreau et revint auprès de la demoiselle de cuivre. Dans un déclic, les doigts de sa main droite s'écartèrent, lui offrant les clefs.

Il tourna la plus grosse dans la serrure du pilier central. Lequel s'ouvrit alors comme une porte à double battant, révélant un grand coffre noir. Lenfant s'accroupit et, à l'aide de la petite clef, en défit le cadenas. Puis il en souleva le couvercle.

Les voix, les cris, les plaintes en jaillirent si puissamment que Lenfant en tomba sur le dos. Au même instant, le plafond de la chambre s'ouvrit sur le ciel tumultueux et noir de la tempête. Effaré, Lenfant vit des fumées fantomatiques s'élever du coffre en colonnes torsadées, dans une clameur de délivrance — comme le chant, sur une seule note bourdonnante, de cent mille gorges invisibles —, vers les nuages bas couturés d'éclairs. Elles se mélangèrent aux nuées, y tournoyèrent. Le tonnerre gronda, la foudre illumina la pénombre d'orage et de deuil, frappant partout à la fois.

Puis, tout à coup, aspirés, dévorés par un tourbillon central, nuages et fantômes s'évanouirent. Lenfant, le souffle rapide, le cœur battant, contempla sans comprendre le ciel soudain redevenu d'un bleu tendre et paisible.

4
Le nom

Un escalier apparut, menant de la chambre vers l'extérieur. Lenfant s'aperçut que le pilier, la statue de cuivre et le cadavre du monstre s'étaient volatilisés. Il sortit à l'air libre.

La demoiselle l'attendait dehors, au sommet de l'escalier. Un sourire éclaira son joli visage et elle tendit les bras au chevalier. Mais ce qu'il découvrait autour de lui l'étonnait trop pour qu'il lui prête attention.

Il n'y avait plus de cimetière. À la place des tombes, des maisons s'élevaient à présent, charmantes et fleuries, inondées d'un brillant soleil d'été. Les uns après les autres, des hommes, des femmes, des enfants en sortaient, clignant des yeux comme s'ils revenaient d'un profond sommeil. La femme retrouvait le mari, le frère sa sœur, l'enfant sa mère, et, avec des exclamations de joie, se prenaient dans les bras, se serraient, riaient aux larmes. Le village était le lieu de grandes retrouvailles.

La demoiselle, bien que blessée de l'indifférence que lui avait témoignée le chevalier, lui expliqua :

— Vous avez brisé les enchantements. Ces gens sont libres grâce à vous. Ils ont dû vivre des heures d'épouvante.

— Croyez-vous ? demanda ingénument Lenfant. Où Morgane et Baudemagus avaient-ils bien pu les envoyer ?

— Je préfère n'en rien savoir. Et je doute qu'ils en aient conservé le souvenir. Venez, chevalier. Il faut que vous vous fassiez connaître.

Il eut un geste d'agacement.

— À quoi bon ? J'ai assez perdu de temps. J'ai un serment à tenir, je dois repartir aussitôt.

— Une fois à Gorre, la reine n'en bougera plus. Un jour de plus ou de moins, quelle différence ?

Il la regarda avec colère.

— De quoi vous mêlez-vous, demoiselle ? Et d'abord, qui vous a dit que j'allais à Gorre pour la reine ?

172

— Sachez que je le sais, cela vous suffira.

— Je vous trouve insolente et indiscrète !

Le sourire de la jeune fille s'effaça. Une tristesse inattendue assombrit ses yeux bleus.

— Pardonnez-moi, chevalier. Ne me détestez pas.

— Que je vous déteste, ce ne serait pas une grande affaire ! Dans moins d'une heure, nous ne nous verrons plus.

— Et vous m'aurez oubliée...

Elle avait dit cela avec une telle mélancolie que Lenfant fronça les sourcils et l'examina avec plus d'attention.

— Que vous arrive-t-il, demoiselle ?

Elle baissa les yeux.

— Il m'arrive, dit-elle, que, moi, je ne vous déteste pas...

De plus en plus déconcerté, Lenfant haussa les épaules.

— Vous ne me détestez pas ? Je l'espère bien, car après tout je vous ai sauvée !

— C'était votre devoir, chevalier.

Il rougit de ce rappel à l'ordre.

— En effet, reprit-il, embarrassé. J'étais tenu de vous délivrer. Et je n'ai pas à vous en réclamer la moindre gratitude... Mais, tout de même, à la fin, votre attitude est bien bizarre !

« Je ne vous déteste pas ! » Est-ce une façon de parler ?

— Il y en a une autre, mais vous ne me la permettrez pas.

— Un nouveau mystère ! s'exaspéra-t-il. Parlez donc, au lieu de prétendre savoir mieux que moi ce que je permettrai ou non !

— Chevalier, vous allez vous fâcher...

— Impossible ! Je suis déjà furieux !

Il agita vivement la main devant lui.

— Allons, parlez, parlez...

Elle poussa un soupir, releva les yeux, retrouva tout à coup son délicat sourire.

— Puisque vous m'y obligez... Voilà : je vous aime, chevalier.

— Ridicule !

Il s'attendait si peu à cette déclaration que le mot lui était venu spontanément aux lèvres. Et, comme la situation pour lui était nouvelle, qu'il ignorait comment se comporter, il ne trouva rien d'autre que de répéter :

— Ridicule, ridicule, ri-di-cule.

— Pourquoi serait-ce ridicule ?

— Mais, demoiselle, euh... Nous ne nous connaissons pas depuis une heure !

— Vous avez bien aimé la reine dès le premier regard ?

— Qui vous a... ?

— Vous vous êtes bien lancé dans cette aventure et dans ses périls alors qu'elle n'a pas eu pour vous un mot d'amour ?

— Comment savez-vous... ?

— Voulez-vous que je vous dise, chevalier ? Vous êtes un sot et je vous aime. Et ni vous ni moi n'y pouvons rien.

Sur ces mots, elle saisit le pan de sa robe, le releva sur sa cheville et s'en alla d'un pas martial vers la place du village. Rouge de colère et de confusion, Lenfant la laissa partir, le temps de recouvrer la maîtrise de ses émotions. Puis il la suivit, bien décidé à la rattraper et à conclure cette conversation à son avantage.

***

En lieu et place de la chapelle se dressait désormais un petit manoir flanqué de deux tourelles et couronné d'une frêle échauguette. Un jeune homme en sortit, légèrement titubant. Quand il vit la demoiselle, son visage s'éclaira et il se hâta à sa rencontre. Il lui prit les mains et les serra contre sa poitrine.

— Ellan, vous allez bien ! J'étais si inquiet pour vous... Je ne sais ce qui m'a pris de m'opposer à Méléagant, j'aurais dû songer d'abord à vous, à votre sécurité...

— Croyez-moi, lui répondit-elle, je suis fière de vous. Je n'aurais pas accepté que vous vous comportiez autrement.

— Ellan... reprit le varlet, portant, avec un élan de tendresse, les mains de la demoiselle à ses lèvres.

Elle parut vouloir les lui retirer, mais, apercevant Lenfant qui les rejoignait, elle réprima son geste de retrait et, au contraire, laissa le jeune homme lui embrasser les doigts.

— Il faut que je vous présente celui qui a brisé les enchantements de Morgane, dit-elle quand Lenfant fut à leurs côtés.

Le varlet se tourna vers lui.

— Chevalier, je m'appelle Galehot. Nous vous devons plus que la vie : notre âme. Nous avons, je crois, séjourné quelque temps aux Enfers...

Il frissonna à cette évocation. Ellan, la demoiselle, lui désigna Lenfant.

— Le chevalier vient de Camaalot. Mais il ne m'a pas dit son nom.

Pas plus que vous ne m'aviez dit le vôtre, Ellan, rétorqua Lenfant qui espérait ainsi clore le sujet.

— Vous ne me l'avez pas demandé, chevalier.

— Il est vrai que vous ne m'en avez pas laissé le temps, répliqua-t-il froidement. À prononcer sans cesse des sottises, vous en avez oublié la simple politesse.

— Doucement, chevalier ! intervint Galehot. Ne parlez pas sur ce ton à ma Demoiselle.

Lenfant, un peu surpris, les regarda tour à tour.

— *Votre* Demoiselle ?

— Nous nous marierons à l'automne, déclara Galehot en passant un bras protecteur autour de la taille d'Ellan.

Lenfant réprima un sourire et s'inclina.

— En ce cas, acceptez mes excuses et mes compliments. Je vous demande la permission de reprendre ma route. On m'attend.

— Non ! dit fermement Ellan.

Elle se dégagea de l'étreinte de Galehot.

— Non, répéta-t-elle, un ton plus bas. Vous ne pouvez pas partir, chevalier. Et vous, ajouta-t-elle à l'adresse de Galehot, vous ne pouvez pas m'épouser.

— Pourquoi ? s'exclamèrent, ensemble, les deux jeunes hommes.

Elle prit la main de Galehot dans sa main gauche :

— J'ai beaucoup de tendresse et d'amitié pour vous, Galehot.

Puis celle de Lenfant dans sa main droite :

— Mais c'est vous que j'aime, chevalier.

D'un même mouvement, ils retirèrent chacun sa main, comme piqués par une guêpe. Galehot, très pâle, toisa Lenfant.

— Est-ce la vérité ?

— Je vous assure que la situation me déplaît autant qu'à vous.

— Comment, chevalier ? s'écria Galehot, indigné. Vous osez mépriser l'amour de la demoiselle pour laquelle j'offrirais et mon cœur et ma vie ?

Lenfant chercha une échappatoire. Il ne savait pourquoi, ce varlet mince, aussi doux que fougueux, lui avait plu dès l'abord. Il ne voulait le blesser ni dans ses sentiments ni dans son corps. Si les lois de la chevalerie le lui avaient permis, c'est Ellan qu'il aurait volontiers giflée pour avoir délibérément provoqué ce malentendu.

— Croyez que je ne méprise pas votre amour pour elle. Je sais trop, pour ma part, ce qu'aimer signifie. Encore une fois, permettez-moi de m'en aller. Cela réglera l'affaire.

— Me prenez-vous pour un lâche, chevalier, ou pour un goujat ? s'emporta Galehot.

L'affaire est trop grave : elle se réglera l'épée à la main !

Le jeune homme tira son arme et la pointa vers Lenfant.

— Battez-vous, chevalier !

— Hors de question. Je ne me bats pas avec un varlet.

— Tirez votre épée !

Lenfant haussa les épaules avec exaspération et tourna les talons. Sans plus faire cas de Galehot ni d'Ellan, il commença à traverser la place. Les gens du village, alertés par l'altercation, s'y assemblaient, curieux, inquiets, se chuchotant que leur jeune seigneur ne s'était pas plus tôt tiré des enchantements de Morgane qu'il ne trouvait rien de mieux que de défier un chevalier d'Arthur.

— On ne me tourne pas le dos ! s'écria Galehot.

Il rattrapa Lenfant et lui barra le chemin. Le chevalier fit un écart pour le contourner. D'un pas de côté, Galehot se plaça devant lui.

— Battez-vous, à la fin ! Vous m'humiliez !

— Personne ne m'a jamais donné d'ordre, varlet, répliqua Lenfant en cherchant encore à éviter le jeune homme.

— Je vous obligerai bien à vous battre !

Du plat de la lame, il cingla la hanche du chevalier. Celui-ci poussa un petit cri de surprise et d'indignation.

— Laissez-moi passer, à la fin ! Ne vous comportez pas comme un imbécile !

— C'est la deuxième fois que vous m'insultez ! dit Galehot en le frappant à nouveau à la hanche. Il n'y en aura pas de troisième !

Lenfant ferma les yeux, poussa un long soupir, tout en se frottant la hanche.

— Personne ne m'a fessé, varlet, depuis mon précepteur.

— On a eu tort.

— Puisque vous le prenez ainsi...

Et, tout à coup, sans que rien l'instant d'avant n'ait annoncé le geste, Lenfant agrippa la lame de Galehot dans sa main gauche nue et, ne se souciant pas du sang qui suinta entre ses doigts, lui arracha l'épée sans effort. Il en saisit la garde dans sa main droite et en piqua la pointe sur la gorge de Galehot. Une larme de sang perla, coula lentement sur son cou.

— Tu es allé trop loin, varlet. Tu m'obliges à te tuer.

— Non ! Je vous en supplie, chevalier ! cria la voix d'Ellan.

Elle s'était précipitée. Elle joignit les mains.

— C'est ma faute ! Je n'aurais pas dû parler comme je l'ai fait...

— Il est trop tard pour vous en rendre compte.

Lenfant, feignant un méchant sourire, appuya un peu plus la pointe de l'épée sur la gorge de Galehot. À sa satisfaction, le varlet, bien que très pâle, ne broncha pas, ne réclama pas merci*. C'était un garçon, certes naïf et malhabile au combat, mais courageux.

— Épargnez-le, chevalier ! Je ne pensais pas que l'affaire irait jusque là !

— Vous ne *pensiez* pas ? C'est donc que vous êtes sotte ?

— Oui... Je suis *très* sotte.

— Que vous parlez pour le plaisir puéril de parler, sans savoir ce que vous dites ?

— Oui... J'ai parlé sans savoir ce que je disais...

Lenfant secoua la tête, contrefaisant le plus grand embarras.

— Dommage... Vraiment dommage... Vous auriez compris votre sottise plus tôt, nous n'en serions pas arrivés là et je ne serais pas contraint de tuer ce varlet. Dommage...

Ellan se jeta à genoux.

— Je vous en prie, ne le tuez pas...

D'un air exagérément soucieux, Lenfant agaça le menton de Galehot de la pointe de l'épée.

— Voyons, dit-il. Il y aurait bien une solution... Mais vous n'accepterez pas, demoiselle.

— J'accepte tout ce que vous voudrez !

— Non, c'est impossible. Vous l'avez dit vous-même, tout à l'heure.

— Parlez, chevalier ! Exigez ! Je vous réponds oui par avance.

— Vraiment ?

— Oui !

— Dans ce cas...

Lenfant remit la pointe de la lame sur la gorge du varlet.

— Ellan, dit-il, vous allez me promettre d'épouser Galehot, comme vous l'aviez prévu, à l'automne.

Elle hésita. Elle regarda Lenfant, puis Galehot. L'épée s'enfonça dans la minuscule plaie, y faisant couler un peu de sang.

— Je le promets, dit-elle enfin.

— Bien ! fit Lenfant. Pour finir, vous allez également me promettre qu'il ne sera plus jamais question entre nous des sottises dont vous nous avez entretenus tout à l'heure.

— Je... Chevalier...

Ellan faisait un très grand effort sur elle-même. Les mots qu'il lui réclamait, le serment qu'il exigeait parut un moment au-dessus de ses forces.

— Promettez. Vite !

D'une voix sans timbre, elle récita :

— Je promets que je ne vous parlerai plus d'am...

— Suffit ! la coupa Lenfant. Ne galvaudez pas ce mot.

La jeune fille à genoux courba la nuque et sembla se tasser sur elle-même. Lenfant abaissa l'épée, la rendit à Galehot et se pencha pour relever Ellan.

— Embrassez votre fiancé, dit-il.

Les deux jeunes gens, d'abord, n'osèrent pas se regarder dans les yeux. Lenfant les prit d'autorité chacun par l'épaule et les poussa l'un vers l'autre. Comme à regret, les bras de Galehot se refermèrent sur la taille d'Ellan. Elle leva enfin le front, le considéra avec une douceur coupable et, se hissant tout à coup sur la pointe des pieds, lui posa un baiser sur les lèvres. Les villageois applaudirent.

***

Il était dit que Lenfant ne partirait ni si tôt ni seul. Alors que, laissant le jeune couple s'expliquer à mi-voix, il s'en allait parmi les villageois qui, par discrétion, s'égaillaient dans les ruelles, Ellan et Galehot lui coururent après.

— Quoi, encore ? grogna-t-il.

— Chevalier, dit Galehot, nous devons prendre la route, nous aussi. Nous allons chez le père d'Ellan. Pouvons-nous vous accompagner ?

— Ce ne serait guère prudent. Je ne veux pas que vous couriez les dangers qui m'attendent.

— Faites-moi cet honneur. J'étais au service du prince Méléagant, mais à présent je ne pourrai plus devenir son chevalier. Acceptez-moi pour votre varlet.

— Je n'ai besoin de personne à mon service. Et puis, nous avons le même âge, Galehot, et je ne suis chevalier que depuis trois jours.

— Je ne veux pas d'autre maître que vous.

Galehot prononça cela avec tant de noblesse et de détermination que Lenfant comprit qu'il le blesserait s'il n'acceptait pas. D'ailleurs, ce garçon lui plaisait. Et il se dit qu'une fois chez le père d'Ellan il lui demanderait de l'attendre sur place et repartirait seul pour Gorre — et le Pont de l'Épée.

— Très bien, Galehot. Mais apprête-toi vite, je ne suis que trop resté ici.

Coupant court aux démonstrations de gratitude et de joie du varlet, il l'accompagna jusqu'au petit manoir. Ellan marchait à leurs côtés, sans dire un mot. Lenfant n'avait pas un regard pour elle.

Il laissa les deux jeunes gens entrer seuls dans le manoir, après les avoir pressés encore de faire vite. Il marcha autour des douves, mains croisées dans le dos, réfléchissant aux aventures qu'il avait vécues depuis qu'il avait quitté Camaalot et tâchant de ressusciter en lui l'image bien-aimée de Guenièvre, à laquelle il se reprochait de n'avoir plus pensé depuis bientôt une heure. Il se rappelait avec angoisse la tombe où le nom de la reine était inscrit, quand, ayant fait le tour complet du manoir et se rapprochant de la grand-porte par la droite, il s'arrêta et pâlit.

Là, devant lui, se trouvait une dalle mortuaire blanche. La seule qui n'eût pas disparu après qu'il eût brisé les enchantements.

Plein d'anxiété, il s'en approcha lentement. Il se souvint alors que, après avoir lu le nom de Guenièvre, il n'avait pas eu un regard pour la tombe d'à côté — qui en était si proche qu'elles semblaient ne faire qu'une. Il se pencha, pensant y trouver le nom d'Arthur. Mais ce qu'il lut fut ceci :

Cette dalle ne sera soulevée sans effort que
                              [par la main
De celui qui brisera les enchantements.
Son nom est inscrit dans la tombe.

Il prononça les deux phrases à mi-voix. Puis il examina la pierre : elle était épaisse de deux empans, assez large pour recouvrir deux hommes. Il aurait fallu au moins quatre Saxons de Méléagant pour la faire glisser.

Il s'accroupit. Face à lui, au bas de la dalle, une encoche laissait la place d'y enfouir une main. Il y mit la sienne. Elle semblait s'y adapter parfaitement. Il referma le pouce contre la pierre et la poussa légèrement vers le haut.

Elle ne pesa pas plus qu'une plume. Stupéfait, il se redressa, sans lâcher la dalle, et, sans effort, la souleva à bout de bras.

Dans la tombe reposait un cercueil de métal ouvré d'or, de pierres précieuses et d'émaux. Lenfant déchiffra cette inscription, en grandes lettres d'albâtre :

Ici reposera Lancelot du Lac,
Fils du roi Ban de Bénoïc.
Il engendrera un lion
Surpassant tous les chevaliers.

***

— Je le savais, chevalier. Vous êtes Lancelot.

Brusquement tiré de la stupeur où l'avait plongé cette révélation, le chevalier se retourna et relâcha la dalle, qui, retombant lourdement, se brisa par le milieu. Ellan, vêtue pour le voyage, lui répéta :

— Vous êtes Lancelot.

Il la regarda comme s'il cherchait sur son visage une réponse à toutes les questions qui, maintenant, se bousculaient dans sa tête.

— Je suis Lancelot, murmura-t-il.

Ce nom, qu'il n'avait jamais entendu, lui parut étrangement familier — comme un habit si longtemps porté qu'il semble faire partie de votre corps.

— Qui est Ban de Bénoïc ?

— Un roi trahi par son sénéchal et mort de chagrin quand sa ville et son château ont brûlé.

— Il était faible, alors ?

— Non. Il était bon. Il aimait plus que tout sa jeune femme et le fils qu'elle venait de lui donner.

— Sa femme... Ma mère ? Comment s'appelait-elle ? Qu'est-elle devenue ?

— Elle s'appelle Hélène. Elle pleure le roi et son fils depuis dix-huit ans.

— Comment savez-vous sur moi tant de choses que j'ignore ?

Une lueur mêlée de rancune et de regret passa dans les yeux de la demoiselle — tel un nuage qui assombrit et menace l'océan.

— Je vous ai dit que vous étiez celui que j'attendais. Mais vous m'avez interdit de vous parler de mon amour, Lancelot. Je suis liée par ce serment que vous m'avez imposé par la contrainte. Je ne répondrai à aucune de vos questions.

— Pourquoi ?

— En acceptant mon amour, en le partageant, vous vous ouvriez le chemin de la Quête. Vous avez fait un autre choix.

— Oui, affirma Lancelot avec force. J'aime Guenièvre. Je n'y peux rien.

Les lèvres d'Ellan s'effilèrent sur un mauvais sourire.

— C'est votre tort et c'est une faute.

Guenièvre a épousé Arthur devant Dieu et vous avez prêté serment de fidélité au roi. Aimer la reine, c'est commettre un double péché : contre Dieu et contre la chevalerie.

— Taisez-vous ! C'est Dieu lui-même qui m'a mis cet amour dans le cœur.

— Dieu ? Ou le démon ? Viviane, dit-on, a fort bien connu Merlin, le fils du diable. Songez à cela, chevalier.

Elle ne lui laissa pas le temps de répliquer. Elle courut vers Galehot, qui, armé, précédait les roncins qu'avaient préparés ses écuyers. Elle se jeta dans ses bras avec une violence qui le déconcerta et elle le serra très fort dans ses bras.

— Allons-nous-en, dit-elle. J'ai hâte de revoir mon père.

5
Le roi infirme

Ils quittèrent l'enceinte du village par la grand-porte désormais ouverte et suivirent quelque temps le cours de la rivière dont l'eau maléfique avait failli geler le cœur du chevalier. Elle courait, vive et transparente, délivrée des enchantements. Sous prétexte d'ouvrir la route et de parer à tout danger, Lancelot chevauchait en avant. Il s'épargnait ainsi la compagnie d'Ellan. Il ne voulait plus l'entendre parler de son amour pour lui. Il ne voulait plus soutenir son regard de reproche.

Ils entrèrent dans un bois dont les arbres, bientôt, se clairsemèrent. Certains, de plus en plus nombreux à mesure que les trois cavaliers avançaient, étaient noirs, défeuillés, morts. Le chant des oiseaux s'était tu. La terre elle-même ne portait plus d'herbe, de fleurs, de plantes. Couleur de cendre, elle volait en une fine poussière sous les sabots des chevaux.

Il sembla à Lancelot que la nuit tombait plus vite qu'elle n'aurait dû en cette saison. Ou, plus justement, qu'elle les attendait quelque part, après cette forêt morte, au bout du fil ondoyant du chemin, et qu'ils allaient à sa rencontre — une nuit perpétuelle, non pas noire mais gris cendre comme le sol, installée à tout jamais sur cette terre désolée.

Quand ils eurent dépassé les derniers arbres noirs aux branches nues, ils trouvèrent une fontaine. Les ultimes lueurs du soleil s'évanouirent dans la pénombre étale qui couvrait toutes choses. L'eau de la fontaine semblait seule vivante aux alentours. Coulant dans une vasque en demi-lune, elle s'en déversait par un bec et formait un ruisseau descendant au creux du vallon. Pourtant, pas un brin d'herbe ne poussait sur ses bords caillouteux de basalte et d'obsidienne.

— Nous allons dormir ici en attendant le jour, dit Lancelot en sautant à bas de son roncin. À moins que l'aube ne se lève pas sur cette terre ?

— Il y aura une aube, Monsieur, dit Galehot. Grise comme la nuit — d'un gris plus clair. Nous sommes entrés sur la Terre Gaste, le royaume du père d'Ellan, le roi Pellès.

— Qu'a donc fait votre père, Demoiselle, pour subir cette malédiction ?

— Posez-lui la question, Lancelot, et il vous répondra lui-même.

C'était dit sur un ton sans réplique. Lancelot n'insista pas. Prenant son cheval par la bride, il le conduisit à la fontaine. Il lui tapotait machinalement l'encolure tout en le regardant boire, quand il crut distinguer un reflet jaune de l'autre côté de la margelle. Contournant le roncin, il s'en approcha.

C'était un petit peigne d'or. Il le reconnut aussitôt : il ornait la chevelure de la reine Guenièvre lorsqu'elle lui avait donné l'épée. Quelques cheveux, comme d'un or plus fin, plus précieux et plus rare, y étaient accrochés. Il les caressa délicatement entre le pouce et l'index. Il s'apprêtait à les porter à ses lèvrès quand il entendit un léger bruit de pas derrière son dos. Il referma vivement le poing sur les cheveux et le peigne d'or.

— Avez-vous réfléchi, chevalier ?

Ellan se tenait devant lui et, malgré l'étrange ombre du soir, ses yeux brillaient d'une flamme bleue.

— Réfléchi à quoi ?

— Au destin qui nous a fait nous rencontrer.

— Mon destin n'est pas le vôtre, si c'est ce que vous voulez dire.

— Pourtant, si vous ne m'aviez pas délivrée, je ne vous aurais pas montré le puits des enchantements et vous n'auriez pas lu votre nom dans cette tombe.

— À ce compte-là, je ne l'aurais pas lu non plus si le monstre à têtes de chiens m'avait tué.

— Vous êtes de mauvaise foi, Lancelot.

— Bonne ou mauvaise, j'ai consacré ma foi tout entière à la reine. N'en parlons plus, voulez-vous ?

Elle fit un pas vers lui. Elle soutenait son regard avec une ardeur qu'il souhaitait retrouver un jour dans celui de Guenièvre. Il en était troublé, cependant, comme si cet amour qu'il ne partageait pas le liait, en un recoin secret de son cœur, à Ellan.

— Lancelot, une dernière fois, laissez-moi vous mettre en garde : vous croyez choisir l'amour, vous ne choisissez que la faute. Si vous êtes un chevalier loyal, vous devez l'être d'abord à votre roi.

— Assez ! Vous vous moquez bien de ma fidélité au roi : tout cela n'est qu'un prétexte pour me détourner de Guenièvre.

— C'est pour votre bien, chevalier, seulement pour votre bien que vous devez vous détourner de la reine !

— Quel bien éprouverais-je à rompre mon serment à son égard ? Je ne serais plus qu'une bête errante, sans attaches et sans but.

— Vous garderiez un cœur pur.

— Un cœur pur ? À quoi me servirait un cœur qui ne soit pas à chaque instant empli de l'image de Guenièvre ? Un cœur pur, c'est un cœur vide. Je préfèrerais me l'arracher de mes propres mains !

— Lancelot, seul un cœur pur, un cœur d'enfant dans un corps de chevalier, un cœur loyal et bon, pourra accomplir la Quête...

— De quoi parlez-vous ?

Elle entrouvrit les lèvres, comme pour lui répondre, mais, baissant soudain les paupières, elle se ravisa.

— Je ne peux vous en dire davantage si vous ne renoncez pas à votre amour pour la reine.

Il caressa la margelle de la vasque — l'autre poing solidement refermé sur le peigne d'or.

— Votre insistance me trouble, Ellan, je l'avoue. Et aussi l'intérêt que vous me portez, malgré... malgré ma franchise à votre égard. Détenez-vous donc un si grand secret qu'il vaille que je renie mes sentiments, que je me renie moi-même ?

— Vous ne vous renierez pas, Lancelot, répondit-elle avec ferveur. Au contraire : vous deviendrez celui que vous devez être !

Il hocha soucieusement la tête. Il parut réfléchir.

— Peut-être avez-vous raison. Peut-être dois-je renoncer à cet amour, puisque vous m'assurez qu'il est aussi ma perte...

— Vous le feriez, Lancelot ? Vous y renonceriez ?

— Que j'y renonce, et vous me dévoilerez ce grand secret ?

— Bien sûr, puisqu'il n'est pas le mien, mais le vôtre — si vous le méritez.

Lancelot leva la tête vers le ciel gris cendre. Il n'y vit pas d'étoile.

— Ellan, dit-il avec gravité, je vous crois. Je crois que ce secret est plus important et plus vaste que mon amour pour Guenièvre.

— Oui, chevalier, croyez-moi.

Les yeux toujours levés au ciel, il reprit :

— Je devrais donc renoncer à cet amour ?

— Oui, renoncez-y, Lancelot ! Ce que vous obtiendrez en échange est un trésor sans égal ici-bas.

Abaissant lentement le front, il contempla les yeux exaltés de la jeune fille.

— Regardez, dit-il en ouvrant son poing et en tendant sa paume où luisait le peigne d'or. Je ne veux pas d'autre trésor, Ellan. Oui, je renonce : je renonce à entendre votre secret.

Elle parut d'abord ne pas comprendre. Ses yeux s'ouvrirent plus grand encore, la flamme intérieure y brûla plus fort, puis, comme consumée tout entière, s'éteignit tout à coup. Le visage d'Ellan se contracta en une grimace de colère et de dépit.

— Folie ! cracha-t-elle. Vous êtes un fou...

Il lui tendit la main.

— Ellan...

— Laissez-moi !

Et elle s'enfuit.

Lancelot la regarda disparaître dans la nuit couleur de cendre. Il referma le poing sur le peigne d'or et les cheveux de Guenièvre, se demandant quelle différence, après tout, il y avait entre la folie et son amour.

***

Aussi loin qu'ils pouvaient voir, le chemin se poursuivait tout droit. La plaine grise qu'ils venaient de traverser continuait à perte de vue.

— Vous êtes sûre, demanda Lancelot, que le château de votre père est tout proche ?

Elle ne lui répondit pas. Le visage dissimulé sous une guimpe qui la couvrait jusqu'aux épaules, elle ne lui avait pas adressé un mot depuis leur départ à l'aube. Galehot approcha son cheval près du roncin du chevalier.

L'aspect du ciel avait changé. Des traces plus lumineuses, des coulures bleues, cuivre, violettes le délavaient par endroits.

— Avançons, Monsieur. Nous sommes presque à Corbénic.

Ils trottèrent encore un quart de lieue.

Enfin, Lancelot crut distinguer devant eux, dans l'étendue gris pâle, comme une forme tremblante, un mirage mouvant et noir. Il pressa l'allure.

Peu à peu, la forme se précisa, le mirage se solidifia. Mais ce n'est que lorsqu'il n'en fut plus qu'à une portée de flèche que l'image longtemps indécise se transforma tout à fait en une haute et très large tour carrée, de pierres noires, flanquée de deux tourelles et cernée de l'eau verte d'une douve.

Ellan cravacha alors son cheval et dépassa au galop le roncin de Lancelot. Son long voile battant derrière elle comme une oriflamme, elle traversa le pont-levis et s'engouffra par la grand-porte.

— Ellan ! cria Galehot.

La rappeler était inutile. Son cheval et elle disparurent, silhouettes minuscules avalées par l'immense tour carrée.

— Puis-je vous demander, Monsieur, ce qu'Ellan a contre vous ?

Lancelot lut tant de franchise et de désarroi sur le visage du varlet, qu'il lui fit un geste apaisant et lui mit fraternellement la main sur l'épaule.

— Rassure-toi. Ellan t'épousera, lorsqu'elle aura oublié les émotions et les folies qu'y ont mises les enchantements de Morgane.

Quand ils parvinrent à leur tour près du pont-levis, Lancelot et le varlet virent quatre écuyers se tenant en contrebas, sur le bord de la douve, portant une immense cape d'écarlate. Sur l'eau, où poussaient des nénuphars blancs — les premières plantes qu'ils rencontraient depuis la veille et la forêt morte —, un vieil homme à la barbe grise pêchait, assis au fond d'une barque. Lancelot le salua.

— Je suis Lancelot du Lac, chevalier d'Arthur. J'accompagne Ellan chez le roi Pellès.

— Oui, dit le vieillard d'une voix enjouée, j'ai vu ma fille entrer comme une furie au château. J'ai cru qu'elle vous fuyait. Bien le bonjour, chevalier. Je suis Pellès. Bonjour, Galehot.

Le roi fit un signe : aussitôt deux des écuyers agrippèrent une corde attachée au bord de la douve et halèrent la barque jusqu'à la rive. Les deux autres écuyers montèrent avec précaution à son bord, enveloppèrent le vieillard dans la cape d'écarlate, puis le soulevèrent et le portèrent sur la terre ferme. Lancelot vit alors que ses jambes étaient maigres et sans vie.

Le roi Pellès lui adressa un sourire et lui désigna le pont-levis.

— Entrez et laissez votre roncin aux écuries, chevalier. Je vous rejoins à mon allure. Ma monture, elle aussi, a quatre pattes, ajouta-t-il en passant ses bras autour des épaules des écuyers qui le portaient.

Lancelot obéit. Dans la cour, quatre varlets l'accueillirent et le débarrassèrent de ses armes : l'un prit le heaume, un autre l'écu, le troisième son haubert. Le quatrième lui couvrit les épaules d'un mantel de la même écarlate que la cape du roi. Galehot emmena les roncins aux écuries, tandis qu'on conduisait le chevalier dans la tour.

Il y avait là la plus vaste salle qu'il eût jamais vue. Elle était carrée, comme la tour, mais, quand on y entrait, paraissait trop grande pour y contenir. Dans la cheminée au manteau soutenu par quatre colonnes noires, quatre chevreuils rôtissaient à la fois. Lancelot estima que les murs étaient bien quatre fois plus hauts que ceux de la salle où le roi Arthur l'avait accolé. Quatre cents hommes auraient pu s'installer à leur aise autour de la cheminée.

Mais ce qui étonna le plus le chevalier, ce fut de voir le vieux roi Pellès déjà installé sur un immense lit carré disposé au centre de la salle. Une robe noire avait remplacé la cape d'écarlate. Pellès se tenait nonchalamment étendu sur le côté, appuyé sur un coude.

— Mon ami, dit-il à Lancelot, ne le prenez pas mal si je ne me lève pas pour vous accueillir.

— Je vous en prie, Sire, cela ne fait rien.

— Approchez, approchez. Asseyez-vous donc auprès de moi.

Quand Lancelot se fut assis au bord du lit, Pellès lui tapota la main avec bonhomie.

— Racontez donc, mon ami, les aventures qui vous ont mené jusqu'à moi.

— Sire, j'ai quitté Camaalot le jour de la Saint-Jean. Et je n'ai cessé depuis de chevaucher.

— Pas de rencontres en chemin, bonnes ou mauvaises ?

— Quelques-unes. J'ai dû parfois dégourdir mon épée.

Pellès eut un rire d'approbation.

— Je n'en doute pas ! Vous avez la figure d'un jeune homme honnête mais peu commode. Et, dites-moi, où allez-vous ? Loin ?

— Au royaume de Gorre.

— Je vois... Mais savez-vous qu'il est très difficile d'entrer à Gorre ?

— On m'a dit qu'il existe un pont, au-delà de vos terres, qu'on nomme le Pont de l'Épée.

— Un pont que personne n'a jamais réussi à franchir, vous l'a-t-on dit aussi ?

— Ma foi, lorsque je l'aurai franchi, on ne le dira plus.

— Merveilleux ! s'exclama le roi.

Riant de plaisir, il examina Lancelot. Le chevalier, qui ne comprenait pas la réaction du roi et voyait briller dans ses yeux la même flamme exaltée que dans ceux d'Ellan, lui sourit d'un air interrogatif.

— Mon ami, dit Pellès, il y a des années que je dîne seul dans cette grande salle déserte. Depuis que mes jambes...

Il lui montra ses jambes mortes que recouvrait la robe noire.

— Je crois que, ce soir, je vais faire une exception. Oui, oui, oui... J'en suis même sûr. Nous dînerons ensemble.

Il rit à nouveau, joyeusement — déconcertant un peu plus Lancelot, qui se disait qu'il n'aurait pas eu, lui, l'humeur à rire s'il avait perdu l'usage de ses jambes et régnait sur une terre de cendre.

Pellès adressa un signe bref aux quatre varlets qui, jusqu'à présent, s'étaient tenus devant l'énorme cheminée aux quatre colonnes et aux quatre chevreuils. Ceux qui portaient les armes de Lancelot les déposèrent au pied du lit, puis tous quatre s'éloignèrent et quittèrent la salle par le mur du fond, où une porte s'ouvrit que Lancelot n'avait pas vue auparavant.

— Chevalier, dit le roi, quelle est cette aventure qui vous mène jusqu'à Gorre et vous a fait choisir le Pont de l'Épée ?

— Sire, j'ai un serment à tenir.

— Un serment à Arthur ?

— Je ne peux rien vous en dire de plus.

— Pourquoi ce silence ?

— C'est mon secret. Un chevalier doit savoir se taire en certaines occasions.

Pellès n'insista pas. Lancelot, quant à lui, avait préféré celer son serment à la reine. Depuis son départ de Camaalot, il avait rencontré tant de personnes qui semblaient en savoir davantage sur son destin qu'il ne s'en doutait lui-même, qu'il se méfiait dorénavant : il ne voulait pas donner l'occasion à Pellès de troubler ses résolutions par des questions ou des révélations dont il craignait à présent qu'elles ne cherchent à l'éloigner de la reine, à lui opposer maints motifs de renoncer à son amour. Non pas que cet amour ne soit pas inébranlable, mais il redoutait d'avoir à le justifier. Oui, devant Dieu, Ellan avait raison : aimer la reine, c'était tromper le roi et son serment de fidélité. Elle l'en avait convaincu. Mais tous les raisonnements de la terre ne pouvaient rien contre ce fait : il aimait Guenièvre d'un amour tel qu'il était prêt à y jouer et à y perdre son honneur et son âme.

Alors qu'il s'abîmait tout entier dans ces réflexions, où luttaient une dernière fois en lui son amour et son devoir, l'un des quatre varlets entra dans la salle, tenant une lance à la main. Elle était longue, solide et blanche, armée d'un fer à quatre pans biseautés. Le jeune homme traversa lentement la pièce, à quelques pas du lit. D'un œil distrait, Lancelot remarqua qu'une goutte de sang perlait à la pointe du fer et coulait le long de la lance, jusqu'à la main du varlet. Et cette goutte vermeille ne cessait de sourdre, sans jamais tomber au sol, sans que le fer lui-même soit ensanglanté, comme si elle ne provenait pas d'une blessure infligée par la lance mais naissait inexorablement de sa pointe elle-même.

Il eut la vague pensée que la chose était surprenante, mais, malgré la main de Pellès qui empoignait alors fermement son bras, il ne posa aucune question. Le varlet à la lance qui saigne quitta la salle ; la main du roi quitta l'avant-bras de Lancelot.

Peu après, les trois autres varlets firent leur apparition. Deux portaient des candélabres d'or où brûlaient sur chacun quatre chandelles. Le troisième, en retrait, tenait dans ses mains un plat creux, de ceux que l'on nomme des graals. Quand il pénétra dans la salle, à la suite des varlets porteurs de candélabres, la flamme des huit chandelles produisit une intense lumière, si claire et si blanche qu'elle suffit à éclairer l'immense salle tout entière. Quand Lancelot vit ce curieux prodige, il songea avec espoir et mélancolie que, lorsqu'il reverrait Guenièvre, son cœur ne serait pas moins illuminé que cette salle, qu'il brûlerait plus intensément et plus clair encore que ces chandelles. Et, tout à cette brusque flambée d'amour qui mit, à son insu, un sourire ravi sur son visage, c'est à peine s'il regarda passer près de lui le graal, à peine s'il s'aperçut qu'il était serti de pierres précieuses et incrusté d'émail noir, à peine s'il entendit le soupir désappointé du roi Pellès alors que les varlets disparaissaient par la porte où le varlet à la lance qui saigne avait disparu avant eux.

— J'ai entendu dire, murmura Pellès, qu'on peut aussi bien trop se taire que trop parler à l'occasion...

Lancelot crut que le roi cherchait à revenir sur ses raisons de se rendre à Gorre, aussi ne répondit-il pas. Il soutint le regard curieux de Pellès avec la ferme intention de ne pas prononcer le moindre mot sur l'affaire.

— Dommage, chevalier, fit simplement le roi.

Il leva la main, comme à regret : de nouveaux varlets entrèrent. Ils dressèrent une table d'ivoire le long du lit, apportèrent des nappes qu'ils étendirent tandis que le roi et Lancelot se lavaient les mains dans de l'eau chaude. Le premier plat fut une hanche de cerf au poivre, accompagnée d'un vin râpé servi dans des coupes d'or.

Lancelot avait faim et se mit à manger de grand appétit, s'interrompant parfois entre deux bouchées pour répondre au roi qui l'interrogeait, sans entrain, sur son enfance au Lac. Il avait recouvré sa bonne humeur et ne songeait plus qu'à l'aube du lendemain, qui le verrait partir pour le Pont de l'Épée — au-delà duquel il s'imaginait délivrant très vite Guenièvre. Ainsi était-il trop plein de sa jeune force et de ses prochaines aventures pour s'apercevoir de la tristesse qui voilait les yeux et la voix de Pellès. L'aurait-il vue, d'ailleurs, qu'il ne l'aurait pas comprise...

6
Le philtre trompeur

Le repas terminé, le roi Pellès déclara qu'il était fatigué, que le chevalier devait l'être encore davantage et qu'il devrait aller dormir. Lancelot comprit qu'on le congédiait, mais ne se demanda pas ce qui lui valait cette soudaine froideur du roi. Il le salua avec politesse et suivit les quatre varlets le long d'interminables coursives et de labyrinthiques escaliers.

Sa chambre était au sommet de l'une des tourelles flanquant la grand-tour. Le lit semblait confortable — mais Lancelot aurait couché sur la pierre, tant il se sentait à présent rompu de fatigue. Il s'apprêtait à se déshabiller quand on frappa à sa porte.

C'était Ellan. Il la regarda entrer avec un certain déplaisir. Il redoutait qu'elle ne lui reparle de son amour et de ce grand secret qu'il avait choisi d'ignorer. Mais elle lui sourit avec une parfaite gentillesse et lui montra les deux coupes qu'elle tenait dans les mains.

— Lancelot, je voudrais que vous me pardonniez. Je me suis mal conduite avec vous.

— Je vous en prie, Demoiselle, n'en parlons plus.

— Vous avez raison. Oublions tout cela. Laissez-moi devenir votre amie.

Elle lui tendit l'une des coupes.

— Accepterez-vous de boire à notre réconciliation ?

— Ellan, rien ne me ferait plus de plaisir.

Ému, il prit la coupe. Elle contenait un vin clair, d'un jaune cuivré, qui dégageait un parfum entêtant.

— Je suis heureux, dit-il, que vous vous rendiez à l'évidence. Je n'ai pas *voulu* vous blesser, Ellan, je n'ai pu faire autrement.

— Je sais, chevalier. Le sentiment qui vous possède est trop fort pour je m'obstine à lutter contre lui. J'ai donc décidé d'en faire mon allié.

Il était trop soulagé qu'elle avoue ses torts et lui pardonne les siens pour prendre garde aux mots qu'elle employait. Il leva la coupe joyeusement.

— À notre alliance !

— À vous, Lancelot.

Elle trempa doucement la lèvre dans la coupe, sans le quitter du regard. Il lui sourit et but d'un trait. Le breuvage était plus fort qu'il ne s'y attendait, et d'un goût agréable mais inconnu. La tête lui tourna un instant, les murs semblèrent chavirer autour de lui, puis il reprit ses esprits et vit qu'Ellan l'observait avec attention. Il ressentit à son égard comme un élan de tendresse, qui l'étonna.

Elle lui reprit la coupe.

— Je vous laisse, dit-elle. Dormez, vous en avez besoin. Que vos rêves soient profitables.

Elle sortit de la chambre. Elle referma la porte derrière elle.

Lancelot porta la main à son front. Il était chaud. Était-ce la fièvre, la fatigue ? Il ne se sentait pourtant pas malade, au contraire : il était serein, les veines envahies d'une grande douceur qui l'engourdissait. Il retira sa chemise et ses chausses et se glissa dans le lit.

Jamais un matelas ne lui avait paru si moelleux. Il s'endormit dès qu'il posa la tête sur l'oreiller et se perdit aussitôt dans un rêve...

Derrière ses paupières closes, la chambre s'éclaira brillamment, révélant des étoffes bleu ciel semées d'étoiles, tendues sur les murs, le plafond et le sol. Des volutes parfumées s'élevèrent de nulle part, environnèrent le lit, effleurèrent le visage de Lancelot, le pénétrèrent d'un bien-être étourdissant. Il se mit à rire doucement et sentit qu'on lui touchait l'épaule. Il ne sursauta pas, ne s'inquiéta pas, ne cessa pas de rire de ce plaisir émollient dont les parfums d'herbe fraîche et de roses le grisaient. Il se tourna lentement dans son lit et, avant même de la voir, blonde, calme et sérieuse, il sut que c'était elle et murmura :

— Guenièvre...

Elle était assise près de lui. Elle ne portait qu'une longue guimpe dont le voile translucide laissait deviner la blancheur de lait de ses épaules, de sa poitrine et de son ventre. Elle lui caressa le front.

— Je vous ai longtemps attendu, lui dit-elle.

Il ne répondit pas aussitôt. Il craignait d'interrompre la bienfaisante caresse sur son front. Jamais il ne s'était senti si heureux, si tranquille, si présent au monde. Il songea qu'il renoncerait à toutes les batailles, toutes les joutes, s'il obtenait la grâce de demeurer ainsi jusqu'à la fin des temps.

La main de Guenièvre quitta son front. Du bout des doigts, elle courut sur sa joue, son menton, son cou, son épaule, se posa sur sa poitrine.

— Je vous aime, Lancelot.

Elle s'étendit lentement contre lui. Il n'osait pas bouger d'un cil. Le souffle tiède de Guenièvre réchauffait le creux de son oreille, irradiant tout son corps. Ou étaient-ce les mots qu'elle lui chuchotait, l'ordre suave qu'elle lui donnait ?

— Aimez-moi, vous aussi.

Il passa un bras autour de sa taille. Ses doigts lui effleurèrent la hanche ; sa paume, hésitante, en reconnut tendrement la rondeur.

Elle posa ses lèvres sur les siennes. Il y retrouva le goût inattendu du vin qu'il avait bu avant de s'endormir. Mais, avant même que le moindre soupçon ait pu prendre forme, elle le serra contre elle et, l'esprit égaré de bonheur, il s'enfouit dans sa chaleur vivante et sensuelle.

Il dormit jusqu'au matin. L'aube était depuis longtemps levée quand il ouvrit les paupières. Il n'y avait pas le moindre bruit dans le château. Personne, ni varlet ni écuyer, n'était venu le réveiller comme c'était l'usage. Il se redressa et se rappela soudain son rêve — avec une telle précision dans les détails, les sensations, les souvenirs, qu'il lui en parut plus vrai que la réalité qui l'entourait. Il avait toujours dans la bouche l'arrière-goût du vin d'Ellan, et la tête embrumée.

Il commençait à écarter la courtepointe pour se lever : il arrêta son geste. Près de lui il y avait l'empreinte d'un corps qui ne pouvait être le sien. Il la toucha : elle était tiède. L'oreiller aussi était chiffonné. Les rêves, aussi puissants soient-ils, ne laissent pas de traces — ou seulement dans l'esprit et le cœur. Ni traces, se dit-il en se penchant vivement sur l'oreiller, ni cheveux.

Il en pinça un du bout des doigts, long cheveu blond dont l'extrémité bouclée s'enroula autour de son pouce. Son cœur avait bondi dans sa poitrine à cette découverte. Guenièvre... N'était-ce donc pas un rêve ? L'avait-il vraiment tenue dans ses bras ? Par quel sortilège avait-elle pu le rejoindre dans cette chambre — et pourquoi s'enfuir avant qu'il se réveille ?

Il sauta hors du lit, récupéra ses chausses, en fouilla hâtivement les poches. Il en tira enfin ce qu'il cherchait : le petit peigne d'or. Il l'approcha de ses yeux et compara le cheveu trouvé sur l'oreiller à ceux qui restaient accrochés au bijou doublement précieux.

Ce n'étaient pas les mêmes. Le blond plus pâle de l'un le faisait paraître terne, auprès du blond chaud et doré des autres.

En Lancelot, la première déception laissa la place à la colère. Il avait été trompé.

— Trompé, trompé, trompé ! hurla-t-il, en fureur.

Et, tout en se rhabillant à la hâte, il n'eut aucune peine à reconstituer ce qui s'était réellement passé : Ellan, sous le prétexte d'une réconciliation, lui avait fait boire un philtre — voilà qui expliquait ce brusque élan de tendresse qu'il avait ressenti pour elle, dès après l'avoir bu, cette fébrilité et ce sommeil instantané. Ensuite, lorsqu'il avait été sous l'emprise du breuvage magique, elle s'était introduite dans la chambre, sachant que le sortilège le ferait la confondre avec la reine. Il l'avait touchée, caressée, embrassée. Il l'avait aimée comme il s'était juré de n'aimer que Guenièvre.

Ellan l'avait trompé. Mais, ce qui était infiniment plus grave, et le désespéra quand il le comprit, c'est qu'il avait, lui, en conséquence, trompé la reine. Son amour était-il donc si fragile et si faible qu'un leurre aussi grossier ait pu l'abuser ?

Il remonta rapidement des coursives, dévala des escaliers, entra dans des chambres, appela. Il n'y avait personne dans le château. Les pièces étaient vides de présence et de meubles, les couloirs et les escaliers déserts.

Après s'être égaré plusieurs fois, avoir tourné en rond, Lancelot finit par déboucher, par hasard, dans la grande salle. Elle était jonchée de gravats et de feuilles mortes, à l'abandon. Dans l'énorme cheminée aux quatre colonnes, il ne restait qu'un tas de cendres grises, poussiéreuses, souvenir d'un feu déjà ancien. Les hauts murs étaient mangés d'une mousse glauque, dégoulinaient d'humidité et de salpêtre. Des touffes d'herbe folle poussaient entre les dalles, dont beaucoup étaient brisées ou disjointes.

Personne n'avait habité ici depuis bien des années. Lancelot s'avança d'un pas résolu vers le grand lit carré disposé au centre. La courtepointe en était moisie par endroits ; des araignées avaient tissé leurs toiles sur les montants d'ébène. Le heaume, l'écu et le haubert de Lancelot l'attendaient à l'endroit même où les avaient laissés les varlets de Pellès. Se penchant pour les reprendre, le chevalier posa la main sur le matelas : le lit s'effondra dans un sinistre craquement de bois pourri, dégageant un nuage de poussière.

— Ah, Monsieur ! Vous êtes là !

Galehot apparut par la porte principale, les pans de la chemise battants, sa cotte à la main, décoiffé, dépenaillé comme un homme levé du lit en sursaut. Lancelot marcha sur lui avec un air farouche qui fit reculer le jeune homme.

— Quelle est cette mascarade ? s'écria le chevalier. Où sont Pellès, Ellan et leurs gens ?

— Je ne sais pas, Monsieur... Votre voix m'a réveillé tout à l'heure. Je n'avais jamais dormi aussi profondément. Je me suis habillé en hâte pour vous rejoindre, je me suis perdu, et... et me voilà.

— Explique-moi cette diablerie, demanda Lancelot en montrant la salle délabrée d'un grand geste. Avons-nous dormi cent ans ?

— Monsieur, je n'en sais pas plus que vous...

— Tu connaissais pourtant Ellan et son père ?

— Seulement Ellan, Monsieur, et je n'étais jamais venu ici. Je l'ai rencontrée il y a une semaine. Elle est entrée dans mon village seule, sans escorte. En l'absence de mon père, je lui ai donné l'hospitalité.

— Je croyais que tu devais l'épouser à l'automne ?

— Oui, Monsieur. Je... Je la trouvais charmante, et puis...

— Et puis ? Parle, à la fin !

— Et puis, une nuit, après un souper où nous avons bu un vin provenant de la Terre Gaste, j'ai fait un rêve... Un rêve merveilleux, Monsieur...

Lancelot partit d'un éclat de rire sans gaieté.

— Ah ! Ne me raconte pas la suite, je la devine : au matin, tu étais très amoureux d'elle et tu lui as demandé de t'épouser.

— Comment le savez-vous, Monsieur ?

— Figure-toi que j'ai bu, moi aussi, un vin de cette terre sans vignes... Comment connaissais-tu tant de choses sur la Terre Gaste et le château ?

— C'est Ellan qui m'a tout raconté, dans les jours qui ont précédé l'arrivée de Méléagant.

Puis la vôtre. Elle racontait si bien que j'avais l'impression d'avoir vécu ici...

— Elle a bien joué.

— Joué, Monsieur ?

— Oui, joué ! Elle avait besoin de toi. Si je ne t'avais pas pris en amitié, si je ne m'en étais pas voulu d'avoir failli te trancher la gorge à cause d'un malentendu qu'elle avait elle-même orchestré, crois-tu que je l'aurais suivie jusqu'ici ? Je l'aurais fuie aussitôt. La garce...

— S'il vous plaît, Monsieur, n'insultez pas Ellan.

— Qu'est-ce que cela te fait ? Tu es débarrassé d'elle, à présent, et tant mieux pour toi.

Le varlet enfonça gauchement un pan de sa chemise dans ses chausses.

— Monsieur, c'est que... C'est que je l'aime, comprenez-vous ?

— Tu l'aimes ? Es-tu idiot ? N'as-tu pas compris que ton amour est né d'un philtre qu'elle t'a fait boire ? Tu n'es pas amoureux, Galehot, tu es ivre. En peu de temps, tu seras dégrisé.

— Je ne crois pas, Monsieur. Peu importe le philtre : j'ai l'amour.

Lancelot haussa les épaules et se dirigea à grands pas vers la sortie.

— Imbécile...

Le chevalier traversa la cour. Les écuries étaient à demi effondrées, mais il y trouva son roncin et celui de Galehot. Le varlet se précipita pour seller et harnacher les deux montures, tandis que Lancelot, toujours en proie à la rage, arpentait la cour en maugréant des insultes. Depuis le début de l'aventure, tout le monde le menait à sa guise. Tout le monde — sauf lui ! — savait ce qui était advenu et ce qui adviendrait. Tout le monde se servait de lui. Quant à lui, il avançait tout droit dans les ténèbres, avec pour seul point de repère, seule lumière à atteindre, Guenièvre. C'est cela ! décida-t-il. C'est exactement cela : désormais je m'en tiendrai uniquement à la reconquête de la reine sur Méléagant. Je ne délivre plus de demoiselles, je ne combats plus de monstres infernaux, je laisse les enchantements suivre leur cours. C'est dit !

Galehot sortit des écuries en ruine, amenant les deux chevaux harnachés. Lancelot sauta en selle.

— Rentre chez toi. Retourne à Sorelois. Ne te préoccupe pas de Méléagant, je vais régler son sort moi-même, fais-moi confiance !

Galehot monta sur son roncin et secoua négativement la tête.

— Hors de question, Monsieur, que je vous laisse partir seul.

— Et moi je te dis de rentrer chez toi. Obéis !

— Non, Monsieur.

— Ne m'oblige pas à te tailler les oreilles, benêt !

— Agissez comme vous l'entendez, je vous suivrai tout de même.

— Bougre d'entêté ! Je n'ai pas besoin de toi et il vaut mieux pour toi te tenir très loin de moi.

— Au contraire, Monsieur. Plus je serai près de vous, plus j'aurai de chances de revoir Ellan.

— Que veux-tu dire ?

— Je n'ai pas oublié, Monsieur, qu'Ellan vous aime. Je suis certain qu'elle fera tout pour vous revoir. Donc, plus je serai près de vous, plus...

— Ton raisonnement ne tient pas debout. Veux-tu que je t'explique pourquoi ? Parce que si ton Ellan ose m'approcher à moins de cent pas, je lui ouvre la gorge. Est-ce ainsi que tu veux la revoir ?

— Vous ne le ferez pas, Monsieur, répondit tranquillement Galehot. Vous êtes un chevalier.

Sur ces mots, il fit aller son cheval. Lancelot le laissa franchir le pont-levis, puis, haussant une nouvelle fois les épaules, talonna sa monture pour le rejoindre.

Les douves du château étaient asséchées. Des buissons de ronces poussaient là où, la veille, fleurissaient des nénuphars.

— Où allons-nous, Monsieur ?

— Reprenons le chemin du nord. Le Pont de l'Épée m'attend. Et ma reine.

IV

L'ÎLE DE GORRE

1
Le Pont de l'Épée

Lancelot et le varlet chevauchèrent jusqu'au crépuscule. Après midi, ils avaient enfin quitté la Terre Gaste et son sol de cendre. Passé le gué d'une rivière torrentueuse, ils étaient entrés sous les frondaisons d'une forêt touffue, sans rencontrer âme qui vive. Le chemin les menait droit au nord, et l'été se faisait plus pâle, la température plus fraîche.

Lorsqu'ils sortirent de la forêt, ils virent s'étendre devant eux une lande bosselée dont les bruyères, les genêts et les fougères avaient poussé jusqu'au milieu de la route. À l'évidence, plus personne ne l'avait empruntée depuis bien longtemps. Le noroît soufflait des odeurs d'embruns qui leur empoissaient la peau nue du visage et des mains.

— La mer n'est plus très loin, dit Galehot.

— Avant demain, je serai à Gorre.

Impatient, Lancelot pressa l'allure de son roncin. Les sabots de l'animal ne faisaient presque aucun bruit dans l'épais tapis de fougères. On aurait pu croire qu'il volait au ras du sol. Galehot peinait à les suivre. La silhouette blanche du chevalier se découpait comme un fantôme parmi les verts sombres et les ocres de la végétation et face au ciel engrisaillé par une averse.

Il plut pendant des heures, jusqu'à la tombée du soir. Quand les nuages enfin se déchirèrent, livrant passage aux ors rouges du couchant, Galehot vit Lancelot retenir brusquement son cheval et l'immobiliser net. Le varlet ralentit sa monture et, au pas, rejoignit le chevalier à l'extrême bord d'une falaise. Jetant un coup d'œil en contrebas, il eut un instant de vertige, tant la courte plage de la marée basse lui sembla loin sous leurs pieds.

— Voilà Gorre !

L'île avait la forme d'une montagne surgie de la mer. À son sommet, les murs d'une forteresse surmontée d'un donjon dominaient les maisons bâties sur ses flancs jusqu'au rivage, où une courte digue abritait un port sans navire. Les flots de la passe chahutaient la pierre noire du ponton. Les vagues, plus hautes que trois barques, s'y brisaient en une écume rougie par le soleil du crépuscule, comme du sang.

— L'endroit ne me plaît guère, fit Galehot en frissonnant.

— Il ressemble à son maître.

Lancelot examina les alentours. Avec une exclamation satisfaite, il désigna un point plus au nord.

— Le pont, Galehot ! Allons-y !

Sans attendre, il éperonna son cheval. Galehot le suivit, avant même d'avoir vu ce que lui montrait Lancelot. Et, quand, trottant au bord du précipice marin, il l'aperçut, il se demanda si pareille chose était possible.

Le Pont de l'Épée n'avait pas usurpé son nom. C'était une lame d'acier, étincelante de blancheur, à peine large comme deux épées ordinaires, mais longue d'au moins trois jets de lance. Plantée dans la falaise même, à un pied environ de son sommet, elle surplombait les vagues noires à reflets d'argent qui s'entrechoquaient, se heurtaient, se fracassaient l'une l'autre au milieu de la passe.

Malgré la nuit tombante, la lame du pont était si brillante qu'on en distinguait parfaitement l'autre extrémité, fichée dans la montagne de l'île, au tiers de sa hauteur.

Quand le varlet arriva, Lancelot était déjà descendu de cheval et, les mains sur les hanches, examinait le pont. Galehot démonta à son tour et vint se placer à son côté. Il s'avança prudemment au bord de la falaise. De près, la lame lui parut encore plus menaçante : ses deux tranchants étaient si aiguisés qu'ils n'avaient pas l'épaisseur d'un fil.

— Donne-moi mon écu, lui ordonna Lancelot, et fixe-le-moi sur le dos.

— Voyons, Monsieur, vous ne comptez pas traverser ce pont ?

— Pourquoi suis-je venu ici, d'après toi ? Dépêche-toi de m'obéir.

— Si vous voulez commettre une folie, attendez au moins à demain. Au grand jour, après une bonne nuit de sommeil, vous serez peut-être plus raisonnable...

— Fais ton office de varlet et garde pour toi tes conseils de vieille femme.

De mauvaise grâce, Galehot alla au roncin du chevalier, y prit l'écu à bandes vermeilles et revint près du bord.

— Il va bientôt faire nuit, Monsieur. Par ce temps, vous ne verrez même plus vos propres pieds.

Lancelot, sans prendre la peine de lui répondre, lui tourna le dos et, d'un geste, lui montra où il devait lui accrocher l'écu. Galehot s'exécuta, cherchant un nouvel argument pour empêcher le chevalier de tenter l'impossible aventure.

— À présent, dit Lancelot en éprouvant la solidité des courroies fixées à ses épaules, aide-moi à ôter mes gantelets, mes souliers et mes empeignes*. Avec tout ce fer, je suis maladroit comme un dindon sans tête.

— Ne pensez-vous pas, Monsieur, qu'il existe un passage plus... moins..., enfin un passage véritable, et non ce piège tranchant, pour atteindre Gorre ?

— Il y en a un, répondit Lancelot en enlevant ses gantelets. Le Pont dessous l'eau. Il est au sud. Mais c'est Gauvain qui l'emprunte.

— Gauvain ? Le fameux, le célèbre Gauvain ? s'exclama Galehot en s'accroupissant pour ôter les chaussures de fer du chevalier.

— Au fait, Galehot, inutile que tu m'attendes ici. Emmène mon roncin avec toi. Longe le rivage jusqu'à ce Pont dessous l'eau. Tâche d'y apprendre si Gauvain y est passé. Ensuite, prends la direction de Camaalot. Tu devrais, en chemin, rencontrer un groupe de chevaliers partis en renfort. Apprends-leur ce que tu sais.

Le jeune homme se redressa d'un bond, les souliers et les empeignes dans les mains.

— Je ne peux pas vous abandonner, Monsieur !

Lancelot posa sur lui un regard résolu et lui sourit avec amitié.

— Ou bien tout à l'heure je bascule dans la mer ; ou bien je délivre la reine. Dans les deux cas, je ne repasserai pas par ce pont. Fais ce que je te dis. Quand tout sera fini, je demanderai moi-même au roi Arthur de te prendre parmi ses chevaliers.

Galehot ouvrit de grands yeux émerveillés.

— Vous dites vrai, Monsieur ?

— Ne te réjouis pas trop vite. Tu me dois un combat, dit en riant Lancelot. Quand nous serons d'égal à égal, je t'administrerai une correction !

— Avec grand plaisir, chevalier !

***

À l'ordre de Lancelot de partir aussitôt, Galehot désobéit. Il fit mine de s'éloigner, puis, quand il vit l'ombre blanche du chevalier franchir le bord de la falaise et tout à coup disparaître, il revint vivement en arrière. Il laissa là les deux chevaux et courut près du bord.

Lancelot avançait lentement sur le pont. Mains et pieds nus, il progressait à quatre pattes, agrippé avec force à la lame affilée comme une faux, au mépris de la douleur. Ses paumes, ses doigts, la plante de ses pieds saignaient déjà abondamment. Galehot voyait avec angoisse les traînées vermeilles qui s'égouttaient de la lame, derrière le chevalier. Il voulut le rappeler, se contint : il n'y avait plus d'autre voie pour Lancelot que de continuer ou de tomber à la mer. Il ne pourrait ni reculer ni se retourner sur cette lame étroite. Mais, se dit Galehot, s'il parvient au terme du passage, à quoi cela servira-t-il ? Il n'aura plus une goutte de sang dans le corps...

Lancelot, quant à lui, ne pensait à rien. Et surtout pas à l'effroyable douleur qui lui sciait pieds et mains, sans cesse renouvelée au fur et à mesure qu'il avançait. Il avait suscité en lui une seule image, une image unique et fortifiante, celle de Guenièvre telle qu'il l'avait vue, et connue, en rêve la nuit précédente. Peu lui importait que c'eût été un leurre. Ellan l'avait trompé, sans doute, mais l'image, comme le plaisir qu'il avait éprouvé, eux, ne mentaient pas. Ellan lui avait volé les gestes de l'amour, rien de plus : l'amour était destiné à une autre, et c'était elle, Ellan, au fond, qui s'était contentée d'un simulacre. Ainsi, perché très haut par-dessus les flots tumultueux de la passe, environné d'un brouillard soufré qui montait en même temps que descendait la nuit, les mains et les pieds entaillés jusqu'à l'os, Lancelot ne voyait que le bleu et l'or d'une chambre, la douce blancheur d'un corps, ne ressentait que la plénitude d'un amour partagé.

Quand il parvint environ au milieu du Pont de l'Épée, Galehot cessa de le distinguer. L'épais brouillard et l'obscurité l'avaient dérobé à ses yeux.

***

— Mon fils, tu agirais avec courtoisie si tu cessais de t'obstiner.

La reine Elfride de Gorre reposait dans un lit, près de la cheminée. C'était une femme de plus de quatre-vingts ans, qui avait régné seule un demi-siècle et dont on avait vanté partout, des hautes terres d'Écosse jusqu'à Logres, l'esprit fin et pénétrant et le sens de l'honneur. Une maladie dont on ne guérit pas, la vieillesse, l'avait contrainte d'abandonner l'exercice du pouvoir à son fils et, certains soirs de lassitude, quand elle voyait comment Méléagant en usait et en abusait, elle souhaitait mourir bientôt, avant que l'orgueil, l'envie et la brutalité aient dévasté son île.

— Dieu me damne, ma mère, si je vous écoute ! Je n'ai pas envie de régner toute ma vie sur ce gros rocher lugubre. J'ai de plus hautes intentions et un plus grand destin !

Méléagant arpentait la salle de long en large, comme un animal en cage. Morgane, mollement étendue sur une couche, le regardait d'un œil mi-clos, fixe et minéral de chat, tout en passant tendrement la main dans les cheveux embroussaillés de Mordret, son fils, assis par terre près d'elle. Mordret était un jeune homme au visage émacié, aux yeux d'un vert liquide et changeant, aux cheveux noir corbeau, à la bouche méprisante et sensuelle. Il paraissait s'ennuyer mortellement — mais c'était son expression coutumière.

— Arthur a respecté le jugement, reprit la reine Elfride. Considérez que vous l'avez assez humilié et rendez-lui Guenièvre.

— Arthur est un félon et un traître ! rugit Méléagant. Il a lancé ses chevaliers à ma poursuite, en dépit des lois du jugement ! Je n'ai aucun respect pour lui.

La vieille Elfride tourna les yeux vers Morgane.

— C'est vous, Madame, je crois, qui avez rencontré ces chevaliers ?

— Ils étaient deux, répondit-elle. Gauvain, le neveu d'Arthur. Et un autre, un chevalier nouveau, qui prétend n'avoir pas de nom.

Elfride tressaillit.

— Pas de nom ? répéta-t-elle. Vous en êtes sûre ? Vous savez ce que cela signifie ?

Morgane fit un geste d'ennui.

— Je connais comme vous les prédictions de Merlin. Et après ? Je suis bien placée pour savoir qu'on peut les faire mentir.

Elle caressa la joue de Mordret, qui abandonna sa nuque en arrière, les yeux fermés, comme un chat qui ronronne.

— Regardez mon enfant. Il est né au mépris des prédictions de ce fils du diable. L'avenir, Elfride, n'est pas toujours écrit d'avance. Il y a des êtres d'exception — j'en fais partie — qui le façonnent à leur guise.

— Ou à leurs dépens, murmura la reine pour elle-même.

Elle reprit, plus haut :

— J'ai cru comprendre que ce chevalier sans nom avait passé avec succès l'épreuve du Lit périlleux ? Et Baudemagus m'a avertie que les enchantements du Cimetière futur avaient été brisés...

— Il faut bien que ce chevalier s'amuse, dit dédaigneusement Morgane.

— Et s'il trouve le château du Saint-Graal ?

— N'ayez crainte. S'il prend le chemin que je crois, il doit passer par la Terre Gaste, où il n'y a de château qu'une ruine.

— Nul ne sait où est le Graal. Donc il peut être n'importe où.

— Où qu'il soit, soyez sûre, ma bonne Elfride, que ce petit chevalier ne posera pas les Deux Questions.

— Qu'en savez-vous ?

Morgane eut un petit rire de malignité moqueuse.

— Rappelez-vous la prédiction de Merlin : « Un chevalier sans nom accomplira la Quête du Saint-Graal », certes. Mais il a ajouté : « Il aura le cœur pur. » Je ne prétends pas que notre petit chevalier ait le cœur noir, non. Disons qu'il a le cœur peinturluré de bleu et d'or...

— Soyez plus claire, Morgane. Que voulez-vous dire ?

— Je vous dis, ma bonne Elfride, que le Graal du petit chevalier se nomme Guenièvre. Et que, par conséquent, je ne m'étonnerais pas que la prochaine épreuve qu'il s'inflige soit le Pont de l'Épée.

Méléagant, qui avait écouté la conversation avec de plus en plus d'attention, bondit comme un loup vers la couche de Morgane.

— Pourquoi ne m'en avez-vous pas averti, Madame ?

— Bah ! Aviez-vous besoin de tout savoir ? Nous avons mis nos intérêts en commun, c'est tout. Vous vouliez la guerre contre Arthur, je vous en ai fourni le prétexte. Moi, je veux le Graal, pour mon cher Mordret.

— Êtes-vous certaine que ce chevalier va tenter de franchir le Pont de l'Épée ? Baudemagus n'a rien vu, ni dans les astres ni dans le vol ou les entrailles des oiseaux.

— Votre Baudemagus est un magicien de petite envergure, Méléagant. Sans moi, croyez-vous qu'il aurait pu faire surgir le prodige du Cimetière futur ? C'est un simple exécutant. N'oubliez pas que l'ombre de Merlin — où qu'il soit, dans quelque prison ensorcelée où l'ait fourré Viviane — protège le petit chevalier du Lac...

236

— Dieu me damne ! Il n'empêche, Madame, que vous auriez dû m'avertir !

— Méléagant, s'il te plaît...

Mordret avait rouvert les paupières : ses yeux verts, de liquides qu'ils paraissaient un peu plus tôt, s'étaient faits minéraux. À demi allongé au sol, les épaules appuyées à la couche de Morgane, le corps apparemment relâché, il guignait Méléagant par en dessous. Sa voix était empreinte d'une curieuse lassitude menaçante.

— Ne me crie pas aux oreilles... C'est fort désagréable...

Méléagant ne soutint pas son regard plus de quelques instants. Dompté, il détourna la tête et, d'un pas furieux, se dirigea vers la porte.

— Je prends quelques hommes et je vais au Pont de l'Épée. Si, par miracle ou avec l'aide du fils du diable, il l'a franchi, je l'empêcherai bien d'aller plus loin !

Il sortit et on l'entendit hurler des ordres dans la coursive. Morgane se remit à caresser les cheveux de son fils, qui referma ses yeux redevenus aussi fluides qu'une eau, et dit à la vieille reine Elfride :

— Comment un tel fils est-il sorti de votre ventre ? Ressemble-t-il à son père ?

— En tout cas, répliqua Elfride, Mordret ne ressemble pas au sien.

— N'est-ce pas ? s'exclama Morgane, comme s'il s'agissait d'un compliment. Je me suis appliquée à étouffer en lui tout ce qui aurait pu me rappeler Arthur. La vertu de mon demi-frère est raide et ennuyeuse. J'aime la souplesse, les surprises et certains divertissements...

Elfride ne fit aucun commentaire. Elle tourna ses yeux usés vers le feu de l'âtre.

— Dites-moi, Morgane... Qu'adviendra-t-il de mon fils quand il aura cessé de vous être utile ?

— Vous me peinez, ma bonne Elfride. On dirait que vous vous méfiez de moi...

Morgane avait prononcé cela sur un tel ton de comédie que Mordret, les yeux toujours fermés, ne put s'empêcher de rire. Malgré la proximité du feu, la vieille reine eut froid.

***

Le brouillard se dissipait légèrement. Lancelot avançait toujours. Ses pieds et ses mains n'étaient plus que des plaies sanglantes. La souffrance avait fini par l'emporter sur l'image bienfaisante de la reine, qui, peu à peu, s'était affadie, brouillée, dissoute. Le chevalier restait désormais seul avec lui-même, seul avec sa douleur, suspendu au-dessus d'un gouffre noir d'où montaient les feulements et les cris de la tempête.

Il prononça à mi-voix le prénom bien-aimé :
— Guenièvre...

Cela ne lui servit à rien. Ce n'était plus qu'un mot sans chair, des syllabes qui ne suscitaient rien. Désespéré, il s'immobilisa, relâcha un instant la prise de sa main droite.

Aussitôt il glissa sur le côté, perdant l'équilibre. Il dut empoigner la lame avec encore plus de force pour ne pas basculer dans le vide. Il crut que ses doigts allaient être tranchés net. Il poussa un hurlement — non pas à cause de la douleur, mais parce que son cœur n'avait plus assez de sang pour retenir le souvenir et l'espoir de Guenièvre.

Un rugissement lui répondit, et l'empêcha de céder définitivement à l'épuisement. Il releva la tête, scruta la nuit et la brume, distingua deux silhouettes dont il pensa d'abord qu'il s'agissait d'énormes chiens. Le brouillard se dissipa davantage, repoussé par le noroît qui soufflait en tourbillons. Il vit alors les crinières et comprit que deux lions l'attendaient sur l'autre rive.

L'autre rive...

S'il voyait distinctement ces lions, c'est alors qu'il avait presque touché au but.

Cette pensée lui rendit de la vigueur. Il était tout proche de l'île. Il fallait avancer encore. Des lions l'attendaient ? Et alors ? Une chose après l'autre. Il serait toujours temps de les affronter quand il aurait enfin posé les pieds sur la terre ferme.

Dans un dernier effort, il se tira en avant, agrippant l'épée comme on grimpe à la corde. Quelques instants plus tard, il aperçut le sol en légère pente, à quelques pieds sous lui. Il ouvrit les doigts et, dans un gémissement, il s'y laissa tomber. Il roula sur le dévers, n'eut pas la force de se retenir ; l'écu qu'il portait sur le dos heurta un rocher qui l'arrêta. Il demeura ainsi, étendu, face au ciel noir. Il crut qu'il ne bougerait plus jamais, il se dit qu'il n'avait plus assez de sang dans le corps pour faire un geste de plus, qu'il attendrait la mort.

Un nouveau rugissement, tout proche, le désengourdit. L'idée de servir de repas à des lions lui déplut assez pour qu'il parvienne à se redresser contre le rocher et entreprenne, de ses doigts qui n'étaient plus que sang et os, de délier les courroies retenant l'écu.

Il y parvint au prix de nouvelles et atroces souffrances. Relevant les yeux, il aperçut l'ombre des lions au-dessus de lui, près de l'extrémité du pont. Il voulut tirer son épée. Elle s'était coincée sous le rocher, il n'avait presque plus de forces, il n'y arriva pas. Alors il jeta un regard rapide autour de lui, à la recherche d'une pierre pour se défendre.

Les lions rugirent à nouveau, descendant tranquillement la pente, le museau relevé, flairant le sang. Une pierre... Une pierre... Lancelot n'en vit aucune, mais une lueur argentée brillant dans l'herbe, près de sa hanche. L'anneau.

L'anneau de Viviane que lui avait donné Saraïde, la suivante. Tombé de sa poche.

Les lions s'approchaient. Lancelot saisit l'anneau du bout des doigts, avec difficulté. Ses mains tremblaient, il ne les maîtrisait plus qu'à peine.

Il vit les lions se ramasser sur eux-mêmes, prêts à bondir.

— Vite...

Enfin, il parvint à passer l'anneau à l'auriculaire de sa main gauche.

— Vite ! Plus vite !

À la tête d'une troupe de dix Saxons, Méléagant dévalait les ruelles étroites du village. Cinq des Guerriers Roux portaient des torches qui faisaient courir des ombres spectrales sur les murs des maisons.

Le Chevalier noir tenait son épée à la main. Il courait plus rapidement que les gros Saxons, devait s'arrêter aux carrefours, les attendre.

— Vite ! Plus vite !

Il hurlait son ordre avec fureur. De temps à autre, il cherchait à deviner, au nord, en contrebas, le scintillement du Pont de l'Épée. Le brouillard était trop dense, la nuit trop obscure.

— Vite ! Plus vite !

Ils dépassèrent enfin les dernières maisons du village. Ils s'engagèrent sur le chemin escarpé qui descendait vers l'entrée du pont. Le noroît les frappait en pleine face, comme s'il cherchait à les ralentir, et Méléagant, en proie à une rage de dément, se mit à mouliner de l'épée contre la tempête, le vent, l'air.

— Vite ! Plus vite !

Ils contournaient une masse rocheuse en ressaut sur le flanc de l'île quand une vive lumière verte illumina brièvement l'endroit où s'amorçait le pont, encore loin devant eux. Stupéfaits, ils s'immobilisèrent, doutant d'abord de ce qu'ils avaient vu.

Ils n'en doutèrent pas longtemps : l'éblouissement avait été si fort que, même derrière leurs paupières closes, une lueur verte continuait de danser, imprimée sur leur rétine.

**

— Guéri...

Lancelot n'en revenait pas. Il contempla ses mains, en agita les doigts : elles étaient blanches, saines, sans cicatrices. Il esquissa un pas de danse burlesque : ses pieds le portaient sans douleur.

Quand il avait passé l'anneau de Viviane à son auriculaire, une grande flamme verte l'avait environné, comme jaillie de son propre corps. Cela avait duré un instant à peine. Et ses plaies s'étaient refermées, un sang neuf avait coulé dans ses veines, son esprit avait retrouvé toute la lucidité de l'éveil.

Quant aux lions, ils avaient disparu. Ou plutôt, ils s'étaient métamorphosés en deux jeunes lévriers qui étaient venus, frétillant de la queue, quémander ses caresses.

Lancelot serait volontiers resté là, à s'émer-veiller du prodige et de sa vigueur ressusci-tée, s'il n'avait aperçu, à une portée de flèche au-dessus de lui, les flammes de plusieurs torches. Elles éclairaient les cuirasses et les casques cuivrés d'une dizaine de Saxons, révé-laient l'ombre noire de Méléagant. Le cheva-lier arracha son épée du rocher où elle était prise, la remit au fourreau, passa son écu à son épaule et partit d'un bon pas sur le devers de la pente.

Son intention était de contourner l'île par l'est. Il fallait d'abord éviter l'affrontement avec Méléagant et ses Saxons. Il ne doutait pas que le Chevalier noir fût décidé à l'assassiner dès cette nuit, en dépit de toutes les règles de la chevalerie. Lancelot voulait, lui, un combat face à face, un nouveau jugement qui invalide celui qu'avait perdu le sénéchal Ké. Pour cela, il devait en réunir toutes les conditions néces-saires et déjouer les traîtrises dont Méléagant était capable.

À part cela, Lancelot n'avait pas de stra-tégie particulière. Fidèle à son tempérament, il n'avait rien réfléchi à l'avance, rien prévu, rien préparé. Il faisait confiance au cours des événements.

Il traversa successivement plusieurs bos-quets de pins accrochés au flanc de l'île. Il ne vit bientôt plus la lueur des torches des Saxons. Sans doute descendaient-ils au Pont de l'Épée. Cela lui laissait le temps de prendre de l'avance.

Il fut bientôt à l'abri du vent. C'est donc qu'il avait assez progressé et contourné l'île. De ce côté, la falaise était abrupte qui tombait à pic dans la mer. Lancelot entreprit d'escalader la pente, empruntant un maigre sentier caillouteux. Il avançait dans un brouillard que n'avait pu dissiper le noroît. Il n'y voyait pas à quatre pas devant lui.

Puis, au détour d'une passerelle, il aperçut une porte de bois bardée de fer. Deux sergents en armes la gardaient, lance à la main. Lancelot s'accroupit derrière un buisson d'aubépines. La bâtisse était d'un seul tenant, massive, en grosses pierres grises mal taillées, dépourvue de fenêtres ou de meurtrières.

Lancelot se demanda ce qu'elle pouvait renfermer. Il se glissa sans bruit vers un autre buisson, plus proche de la porte. Il s'y était tapi, surveillant les deux sergents, quand il perçut un bruit dans son dos. Il n'eut pas le temps de se retourner.

On se jeta sur lui. Il se retrouva au sol, étourdi. Par réflexe, il donna un violent coup de coude à son agresseur, qui gémit sourdement. Il en profita pour se dégager à demi, vit une épée qui s'abattait sur lui. Il saisit au vol le poignet de son adversaire, le bloqua au dernier instant : le tranchant de la lame s'immobilisa à moins d'un empan de son front.

— Toi ? Tu es passé ? souffla alors une voix familière.

— Monsieur ?

Gauvain s'écarta de Lancelot, qui lui lâcha le poignet.

— Alors tu as réussi, dit-il à voix basse.

— Vous aussi, semble-t-il.

— J'ai avalé tant d'eau en franchissant ce maudit passage que je m'étonne de n'avoir pas mis la mer à sec. Et mes articulations ont dû rouiller, sinon tu ne m'aurais pas entendu approcher...

— C'est la vieillesse qui les rouille, Monsieur.

— Insolent. Et toi, comment es-tu là ?

— J'ai suivi votre conseil : j'ai voleté comme un étourneau.

— Ca ne me surprend pas. Tu en as la cervelle.

Puis ils rirent silencieusement et leurs mains s'étreignirent.

— Content de ne pas me retrouver seul, chuchota Gauvain. Cette île est sinistre.

— Que comptez-vous faire, Monsieur ?

Gauvain tendit le doigt vers la grosse bâtisse aveugle.

— Entrer là-dedans. C'est la prison de Gorre. Les sujets d'Arthur que Méléagant a capturés sont à l'intérieur. Et quelques-uns de mes amis.

Il mit sa main sur l'épaule de Lancelot.

— Qu'en dis-tu, chevalier sans nom ?

— J'en dis, Monsieur, que j'ai un nom depuis hier : Lancelot. Et que je vous accompagne.

— Alors, allons-y, Lancelot.

Sans avoir besoin de se concerter, ils choisirent la tactique d'approche la plus simple. Ils quittèrent leur cachette et, d'un air dégagé, allèrent à la rencontre des deux sergents.

— On n'avance pas ! les avertit l'un des gardiens, pointant sa lance dans leur direction.

— Allons, allons, fit Gauvain d'un ton bonhomme. Le prince Méléagant nous envoie.

Comprenant à son allure et à sa voix qu'ils avaient affaire à un chevalier, les sergents hésitèrent. Méléagant, leur maître, était rentré à Gorre en compagnie de plusieurs étrangers ; ils ne voulaient pas commettre d'impair. Gauvain et Lancelot, souriants, marchèrent tranquillement jusqu'à eux.

Ensuite, il leur suffit de quelques instants, quelques gestes, pour leur arracher leurs lances et les assommer. Gauvain prit des clefs à la ceinture de l'un des sergents. La plus grosse leur ouvrit la grand-porte.

Ils se faufilèrent avec précaution dans un couloir mal éclairé par trois bougies de suif posées sur une table. Après un coude à angle droit, une ouverture donnait sur une petite pièce d'où leur parvinrent les rires et les conversations de plusieurs hommes. Se glissant le long du mur, ils s'en approchèrent. Gauvain risqua un coup d'œil à l'intérieur.

Trois sergents y étaient attablés autour d'une cruche de vin. Ils semblaient de joyeuse humeur. Gauvain adressa un bref signe de tête à Lancelot. D'un même élan, ils firent irruption dans la pièce.

Les épées sifflèrent. Un sergent eut la gorge tranchée net, un autre la nuque ; le troisième, qui s'était levé de son banc, reçut le coup en plein cœur.

— Deux pour moi, un pour toi, dit Gauvain. Je ne suis pas si rouillé.

À l'aide d'une autre clef, il ouvrit la grille qui barrait l'accès à une coursive. Cette fois,

Lancelot marcha en tête, l'épée dans une main, une chandelle à la flamme tremblotante dans l'autre. La coursive était étroite, humide et puante, si sombre qu'on l'aurait prise pour un passage souterrain.

Les deux chevaliers arrivèrent enfin au bas d'un escalier en colimaçon. Prudemment, ils s'y engagèrent, Lancelot toujours en tête.

À mi-hauteur, la rumeur indistincte de deux voix les arrêta, le temps de moucher la chandelle. Il ne s'agissait pas que sa lueur avertisse quiconque de leur présence. Dans le noir le plus complet, ils reprirent leur ascension.

Le couloir qu'ils découvrirent au sommet de l'escalier baignait dans une luminescence roussâtre. Des portes de fer y alternaient, de chaque côté, avec des torches dont la plupart étaient éteintes. Seules les deux dernières, au fond, prodiguaient cette maigre lumière, éclairant trois nouveaux gardiens en armes.

— Comment procédons-nous ? demanda Gauvain à voix basse. As-tu une préférence ?

— Oui, Monsieur. Droit devant.

Et, laissant Gauvain interdit, Lancelot se mit à remonter le couloir au pas de charge, en poussant un long cri d'assaut. Les sergents, stupéfaits, virent débouler de la pénombre rousse un être hurlant, blanc comme un spectre. Quand, dans l'éclairage des torches, ils reconnurent que c'était un homme, et très jeune, il était trop tard. Le premier sergent était mort avant d'avoir même mis la main à l'épée ; le deuxième vit voler la sienne sous le coup qu'il reçut et, reculant de terreur, s'embrocha sur la lance que le troisième pointait désespérément pour se défendre. Lequel troisième, ainsi désarmé, tomba à genoux et cria grâce.

Lancelot retint son épée.

— Tu as de la présence d'esprit, reconnut-il.

Il remit son arme au fourreau.

— Relève-toi.

Le sergent obéit avec empressement. Poussé par Lancelot, il se retrouva face à Gauvain, qui faisait une moue agacée.

— Tu aurais pu m'attendre, grogna-t-il.

— J'ai voulu épargner vos vieilles jambes, Monsieur.

Gauvain haussa les épaules avec dédain — mais avec une lueur d'amusement dans l'œil.

— Quand nous serons de retour à Camaalot, dit-il, nous jouterons l'un contre l'autre. Tu riras moins.

Puis il bouscula le sergent.

— Allez, toi, ouvre-nous toutes ces portes.

2

Le miroir des amants

Méléagant rentra au château dans un état de très grande agitation. Il marmonnait tout seul en traversant la cour. Il jeta à terre un écuyer qui venait le débarrasser de ses armes et pénétra dans la salle.

Sa mère, la reine Elfride, était seule dans son lit près de la cheminée. Elle sommeillait. Sans égard pour son âge et sa fatigue, Méléagant la secoua par l'épaule.

— Où est Morgane ?

Elfride battit lentement des paupières. Méléagant avait les traits tendus, un rictus sur les lèvres ; jamais ses yeux vairons ne s'étaient tant contredits : alors que l'œil bleu flamboyait d'une rage meurtrière, l'œil brun était trouble, plein de doute et d'angoisse.

— Que vous arrive-t-il, mon fils ? On dirait que vous avez croisé le diable...

— Le diable ! aboya Méléagant. Oui, c'est bien ça, ma mère : l'une de ses créatures rôde dans l'île... Répondez-moi : où est cette sorcière de Morgane ?

— Je crois qu'elle est allée rendre visite à Guenièvre.

Il fit un geste de rage impuissante.

— Guenièvre est *ma* captive ! Elle n'a pas à lui parler !

Elfride lui prit doucement la main.

— Répondez-moi à votre tour : quelqu'un a franchi le Pont de l'Épée ?

Méléagant écarta brutalement sa main.

— Une créature du diable, je vous dis ! Un incube* !

— Non, dit Elfride à voix basse. Une créature de Dieu.

— Sornettes ! hurla Méléagant.

Et, tandis qu'il se hâtait vers l'escalier, psalmodiant sans cesse les mots « incube », « diable » et « sornettes », Elfride ajouta pour elle-même :

— L'Élu.

— Que faites-vous là, Madame ? Cette chambre, je vous l'avais interdite !

Morgane dévisagea Méléagant avec une ironie tranquille.

— Calmez-vous, mon ami. Et entrez ou sortez, mais ne restez pas ainsi à la porte. Guenièvre et moi discutions entre femmes, mais ne vous sentez pas de trop, surtout.

Méléagant lui rendit son regard avec une aigreur farouche et, s'avançant dans la pièce, tourna la tête vers Guenièvre qui était assise près de l'âtre, les mains croisées dans son giron, impassible.

— Arthur est un menteur et un fourbe, Madame, lui cracha-t-il.

Elle n'eut d'autre réaction que de hausser à peine les sourcils. Cela décupla le ressentiment du Chevalier noir. Il grimaça.

— Il n'a tenu aucun compte des lois du jugement. À peine étions-nous sortis de Camaalot qu'il a lancé ses chevaliers à nos trousses !

— Cela m'étonnerait, dit-elle d'une voix égale. Car, si cela était, ils vous auraient rattrapé et taillé en pièces.

— L'orgueil, gronda-t-il. Toujours cet orgueil... Je ne le supporte plus !

Il fit un pas vers elle, la main levée.

— Reprenez-vous, Méléagant ! intervint Morgane. Tenez un peu la bride à vos débordements, ils me lassent. Et racontez-nous plutôt, en termes précis et sur un ton plus civil, ce qui vous met dans cet état.

Il abaissa lentement la main. Il se calma. Il resta un instant sans rien dire, puis se frotta brusquement le visage.

— Quelqu'un a passé le Pont de l'Épée. Il y avait du sang sur la lame, du sang dans l'herbe, du sang sur un rocher. À la place des lions, j'ai trouvé deux lévriers. Mais personne, pas d'autres traces, pas de corps !

— Vous croyiez découvrir un cadavre ?

— On ne peut perdre autant de sang et être encore en vie !

— *On* — puisqu'il vous plaît de l'appeler ainsi — a pourtant pu changer deux lions en jolis chiens de compagnie. Cessez de vous dissimuler la réalité, Méléagant : un chevalier d'Arthur est parvenu à Gorre et vous devrez l'affronter en jugement.

— Je l'éventrerai comme je l'ai fait de Ké !

— Je vous le souhaite, mon ami. Mais je crains que ce chevalier-ci soit un adversaire plus coriace que le sénéchal.

— Je ne comprends pas, Madame : on dirait que vous espérez ma défaite. Sommes-nous alliés, oui ou non ?

Le visage de Morgane se ferma.

— J'ai pour principe de ne m'allier qu'aux vainqueurs. Si vous voulez que nous restions... « amis », agissez en conséquence.

Elle agita les doigts, comme on congédie un domestique.

— Maintenant, allez-vous-en. La solution de vos ennuis ne se trouve pas dans cette chambre.

— Ne me mésestimez pas, Morgane... Un jour, vous n'aurez plus le front de m'humilier, je vous le jure.

Sur ces mots qui ressemblaient plus à du dépit qu'à une menace, Méléagant sortit. Morgane sourit paisiblement à Guenièvre.

— Des nerfs mais pas de tempérament, qu'en pensez-vous ? Ce pauvre Méléagant s'est attaqué à trop forte partie pour lui. Bah ! Tant pis... Il nous aura servi, à vous comme à moi, ma chère.

— Je n'ai rien de commun avec ce personnage, dit la reine avec froideur.

— Oh, que si ! Plus que vous ne croyez... S'il n'était pas opportunément venu lancer son défi le jour de la colée, votre petit chevalier

sans nom n'aurait pas eu l'occasion de mettre
— si vaillamment ! — son épée à votre service.
Il vous aurait aimée, certes, mais en silence,
humblement, rôdant à la Cour comme une âme
en peine, et vous ne lui auriez accordé que
quelques regards, ci et là, au nom de cette
cruauté particulière aux jolies femmes qu'elles
nomment « charité du cœur ».

Les pommettes de Guenièvre rosirent.

— Vous déraisonnez, Morgane.

— Je déraisonne si peu, ma chère, que je
vous vois toute troublée à présent.

— Taisez-vous...

— Je ne vous jette pas la pierre, dit en
riant Morgane. Je vous comprends très bien.
Arthur, mon frère, est un homme si ennuyeux.
Si... bêtement moral. Et toujours à se cacher
derrière ses chevaliers, sous prétexte que sa
« haute » fonction l'oblige à l'impartialité...

Comme pour ne plus l'entendre, Guenièvre
s'était levée de son siège et s'était dissimulée
dans l'embrasure de la fenêtre, à l'autre bout
de la chambre. Morgane se leva à son tour et
s'approcha lentement d'elle.

— Moi aussi, ma chère, si un aussi joli et
aussi preux et aussi jeune chevalier se prenait
de passion pour ma personne, je n'y résisterais

peut-être pas. Je serais flattée, oui... Émue... Touchée au cœur...

Elle rejoignit Guenièvre. Elle resta derrière elle, lui posa la main sur le bras, pencha sa bouche à son oreille :

— Vous tremblez, ma chère ?... L'amour est un sentiment difficile, trouvez-vous ? Laissez-vous aller à vos désirs et tout redeviendra simple...

— Pourquoi faites-vous cela ? murmura Guenièvre, d'une voix altérée. Quel mal cher-chez-vous à commettre ?

— Du mal ? Mais non. Je ne vous veux pas de mal.

— Vous en voulez à Arthur.

— Arthur, c'est mon affaire. Pensez à vous. Pensez au jeune chevalier et aux preuves qu'il vous a données d'un amour sans pareil... Le roi, le mariage, votre fidélité, tout cela n'est rien à côté de l'aventure qui vous attend.

Laissant Guenièvre à son débat intérieur, Morgane recula pas à pas dans l'ombre de la chambre. Quand elle vit la reine porter la main à sa poitrine et son profil s'éclairer d'un sourire encore indécis mais très tendre, elle sut qu'elle avait gagné.

***

Quand ils arrivèrent à la jetée, le noroît avait entièrement dissipé le brouillard ; le ciel, noir comme un lac nocturne, était constellé d'étoiles. Gauvain et Lancelot marchaient en tête, suivis des chevaliers Cadoain, Bréhu et Caradigas, et de la centaine d'hommes, de femmes et d'enfants qu'ils avaient tirés des cachots de Gorre. Une partie d'entre eux portaient les armes prises à la garnison de la prison, après un combat court mais brutal. En chemin, ils étaient tombés sur six Saxons, qu'ils s'étaient fait un plaisir de tailler en pièces.

Lancelot et Gauvain parvinrent les premiers à l'embarcadère. Le bac n'était pas gardé. C'était une vaste barge capable de contenir vingt chevaux et deux fois plus d'hommes.

— Caradigas, dit Gauvain en s'adressant à l'un des chevaliers, que Cadoain vous aide à mettre tous ces gens à bord.

Il se tourna vers Bréhu tandis que Caradigas commençait à faire s'écouler la foule dans la barge.

— Bréhu, lui dit-il, tu prendras le commandement. Ramène tous ces sujets d'Arthur à Logres.

— Et toi, Gauvain ?

— Je reste ici. Lancelot et moi avons chacun un serment à tenir.

— Laisse-moi te prêter main-forte.

— Je te remercie, Bréhu, mais tu seras plus utile en accompagnant ces gens.

Il lui donna l'accolade. Ils se serrèrent dans les bras l'un de l'autre, se claquèrent le dos.

— Peut-être rencontreras-tu Yvain et quelques autres. Dis-leur de prendre le bac, si je ne suis pas sur le rivage quand ils arriveront.

Puis il entraîna Bréhu vers la jetée et le poussa parmi les derniers hommes qui montaient à bord de la barge. Avec l'aide de Lancelot, il dénoua les amarres. Ils firent un grand signe aux trois chevaliers, qui leur répondirent de même. Aussitôt après, Caradigas et Cadoain empoignèrent les palans qui commandaient les deux chaînes halant le bac. L'embarcation s'éloigna dans l'anse du port, à la rencontre des vagues déferlant dans la passe.

— Et maintenant ? demanda Gauvain.

Lancelot lui désigna, à l'est, l'horizon que la lumière naissante rosissait.

— L'aube ne va pas tarder, Monsieur. Il est bientôt l'heure de faire ce que nous devons.

***

Lancelot et Gauvain se présentèrent à la grand-porte du château de Gorre alors que les premiers rayons du soleil en éclairaient le donjon et les tours.

— Qui va là ?

Les deux chevaliers avisèrent un Saxon posté sur le rempart.

— Je suis Gauvain, et voici Lancelot, chevaliers du roi Arthur ! Nous venons parler à Méléagant, prince de Gorre !

Le Saxon, sans répondre, disparut derrière les créneaux.

— Nous devons nous attendre à une nouvelle traîtrise, dit Lancelot.

— Ce n'est pas certain. Je connais la reine Elfride. Elle ne laissera pas son fils déshonorer sa maison.

— Dieu vous entende.

Peu après, le pont-levis commença à s'abaisser. Dans un grand bruit de chaînes et le choc sourd du bois sur la pierre, il leur livra passage par-dessus l'eau des douves.

Dans la cour, au moins cinquante Saxons étaient alignés sur deux rangs, la hache à la ceinture, la pique à la main. Sans regarder ni à droite ni à gauche, et d'un pas volontairement tranquille, Gauvain et Lancelot défilèrent au milieu de cette redoutable haie d'honneur. Certains des Guerriers Roux ricanèrent, d'autres marmottèrent des injures, l'un d'eux cracha aux pieds de Lancelot. Vivement, Gauvain empoigna l'épaule du jeune homme, qui avait rougi de colère et porté la main à son épée.

— Ne leur donne pas de prétexte à te tuer, souffla-t-il.

Ils parvinrent à l'entrée de la salle. Ils y pénétrèrent ensemble, côte à côte.

Méléagant était seul. Assis près de la cheminée, une jambe négligemment croisée sur l'autre, il singeait la plus parfaite désinvolture. Il accueillit les deux chevaliers d'un petit ricanement.

— Vous voilà enfin... J'ai cru comprendre que vous êtes arrivés hier soir sur mes terres ? Pourquoi ne vous êtes-vous pas présentés chez moi ? Est-ce que vous mépriseriez mon hospitalité ?

— Si vous voulez savoir le cas que j'en fais, répliqua Gauvain, apprenez qu'une centaine de vos « hôtes » ont quitté l'agréable séjour de vos cachots et qu'à l'heure présente ils sont en route pour Logres.

La bouche de Méléagant se tordit de fureur ; il empoigna les accoudoirs de son siège. Il avait oublié toute feinte de nonchalance.

— Vous avez délivré mes captifs ? hurla-t-il. Vous n'en aviez pas le droit ! J'ai remporté le jugement qui m'a livré entière disposition de leur liberté et de leur vie !

— Piètre jugement que celui où vous avez affronté Ké.

— Un jugement est un jugement ! C'est la loi de Dieu !

Méléagant se leva et avança, pas à pas, vers Gauvain.

— Après tout, chevalier, rien ne vous empêchait de répondre à mon défi à la place de Ké... C'est votre lâcheté qui a mis le sénéchal dans ce très mauvais pas.

Les narines de Gauvain frémirent ; son front rougit. Mais il se contint et répondit, le plus calmement du monde :

— Je n'affronte que les véritables chevaliers.

— Ah ! s'exclama Méléagant en levant théâtralement les bras. Les « véritables chevaliers » sont ceux de la Table Ronde, bien sûr ! Quel bel argument pour justifier votre couardise !

Il fit mine de réfléchir et reprit, d'une voix plus basse :

— Que se passe-t-il, messire Gauvain ? Êtes-vous ici parce que vous avez changé d'avis ? Venez-vous me réclamer ce jugement devant lequel vous avez tremblé à Camaalot ?

— Je viens en effet ramener la reine à la Cour. Mais je ne me soucie pas de vous affronter.

— Curieux raisonnement. L'un ne va pas sans l'autre, me semble-t-il.

Lancelot fit alors un pas en avant.

— Pour une fois, vous dites vrai. Il y aura un jugement. Et je suis votre adversaire.

L'œil bleu fermé, l'œil brun attentif, Méléagant l'examina des pieds à la tête, comme s'il découvrait son existence.

— Qui es-tu ?

— Lancelot du Lac, chevalier d'Arthur, répondit fièrement le jeune homme.

— Tiens, tiens... Un nom qui m'est inconnu... Serait-ce toi qui as franchi le Pont de l'Épée ?

— Hier à la tombée du soir.

— Fais voir tes mains.

Lancelot tendit ses paumes. Méléagant leur jeta un coup d'œil, puis il ricana.

— Elles n'ont pas une égratignure. Tu mens.

— Je dis vrai. J'ai passé le Pont de l'Épée et vos deux lions sont devenus affectueux comme des chiens. Des lévriers, précisément.

— Tu mens ! cria Méléagant. Ou alors tu es un sorcier, une créature du diable ! Et tu voudrais, tu prétendrais, incube, que je t'accorde un jugement devant Dieu ?

— Je l'exige.

— Blasphème ! Je vais te faire écarteler et je jetterai tes membres à la mer !

Lancelot avança de trois pas, très vite, et gifla Méléagant à toute volée. Le Chevalier noir tituba sous le coup.

— Maintenant, Monsieur, vous êtes obligé de vous battre, dit Lancelot.

La main à la joue, Méléagant sembla se recroqueviller sur lui-même et se mit à hurler :

— Jamais ! JAMAIS ! Qu'on le prenne, qu'on l'égorge, qu'on l'éventre !

À ces cris, des Saxons se précipitèrent dans la salle, la hache ou la pique à la main. Gauvain et Lancelot reculèrent rapidement. Dos à la cheminée, ils tirèrent leur épée, prêts à défendre chèrement leur vie.

— TUEZ-LES !

Les cinquante Saxons, épaules contre épaules, s'avancèrent.

— Par le sang du Christ, mon fils, rappelez immédiatement votre meute d'assassins !

La vieille reine Elfride était entrée. Vacillante, voûtée, elle s'appuyait au bras d'une grande jeune femme blonde, au maintien noble et à la robe du bleu royal. Lancelot fut empli d'un tel bonheur et d'un tel soulagement en reconnaissant Guenièvre qu'il en oublia dans l'instant Méléagant et ses cinquante Guerriers Roux — comme s'il n'y avait plus qu'elle et lui dans la salle.

— Mon fils, reprit Elfride, tant que je serai en vie, je défendrai l'honneur de ma maison. Il n'y aura pas de meurtre ni d'écartèlement sur mon île. Sortez, Saxons ! Vous n'êtes pas encore les maîtres de cette terre.

Sa voix, bien que basse et faible, avait plus d'autorité naturelle que tous les cris de Méléagant. Les Guerriers Roux obéirent et disparurent hors de la salle. Elfride, soutenue par la reine impassible et silencieuse, s'approcha de Méléagant qui, prostré, la main encore à sa joue brûlante de la gifle de Lancelot, n'avait pas dit un mot pour s'opposer à sa mère.

— Tu as la brutalité des faibles, mon fils, et il est trop tard pour que j'espère te changer. Mais je n'accepterai pas que tu outrages notre nom. Ce chevalier t'a défié. Apprête-toi pour le jugement.

— Mais, ma mère... Je vous dis que c'est une créature du diable, un envoyé de Merlin... Le jugement sera faussé...

Elfride s'adressa à Lancelot.

— Chevalier, jures-tu sur la Foi que tu te battras en juste, sans recours aux sortilèges et enchantements ?

Le jeune homme ne répondit pas. Il n'entendit pas. Il était fasciné par Guenièvre, il n'avait d'attention que pour elle. Depuis son entrée au bras d'Elfride, elle n'avait pas levé les yeux sur lui. Il attendait, il espérait, il quémandait ce regard. Et, alors qu'Elfride répétait : « Chevalier, le jures-tu ? », il l'obtint — et bien plus encore : Guenièvre lui sourit, d'un sourire qui leva en lui tous les doutes et toutes les angoisses. Un sourire qui lui disait : « Me jurez-vous que vous m'aimez autant que je vous aime ? »

— Je le jure ! déclara-t-il à voix haute et claire.

— Maintenant, murmura Morgane à l'adresse de Mordret, allons voir Baudemagus...

Ils avaient assisté à toute la scène d'un balcon disimulé en surplomb de la salle. Alors que chacun se retirait — Lancelot et Gauvain dans la cour pour y préparer le combat ; Elfride et Guenièvre dans une coursive menant à la chambre de la vieille reine ; Méléagant dans un coin sombre où deux Saxons vinrent lui apporter ses armes —, Morgane et Mordret montèrent dans la tour et entrèrent chez le magicien.

Baudemagus était un petit homme chétif, déplumé, attifé d'une robe de bure crasseuse. Il était en train de fureter parmi le capharnaüm de la pièce — cornues, alambics, cadavres de crapauds, de chouettes et de chats, grimoires et lutrins, mandragores et bouquets d'aneth — quand Morgane surgit à son côté. Il sursauta et porta la main à son cœur.

— Vous m'avez fait peur, Maîtresse...

Elle fronça le nez avec mépris en contemplant son attirail de charlatan.

— C'est l'heure, Baudemagus.

— L'heure ? fit le petit homme, ébahi. L'heure de quoi ?

— De te rendre utile, lui souffla Mordret, apparu brusquement de l'autre côté.

— Tu te rappelles ce que je t'ai dit cette nuit ? poursuivit Morgane.

— Quoi ? Ah, oui, Maîtresse ! Le miroir.

— N'oublie pas : tu fais un peu de comédie, je m'occupe du reste.

Elle sortit de sous son mantel un petit miroir au cadre d'obsidienne. Elle le donna à Baudemagus qui le saisit avec précaution. Il le mit devant son visage.

— Il est tout noir, Maîtresse !

Elle le poussa vers la porte.

— Bien sûr, imbécile. Un cancrelat de ta sorte ne l'intéresse pas.

Mordret ouvrit la porte et — pour rien, par pur divertissement — bouscula le petit homme dans la coursive.

— Vas-y. Et pas de maladresses !

Baudemagus trébucha, serra le petit miroir contre sa poitrine, prit l'escalier menant à la chambre de Guenièvre.

— La reine va retourner au roi, chantonna Mordret. C'est dommage... À moins que Méléagant ne remporte le jugement...

— J'ai encore besoin de Guenièvre. Elle sera notre arme contre Arthur. L'important, à cette heure, est d'écarter ce petit chevalier...

— Tu crois, ma mère, qu'il est l'Élu ?

Morgane prit son fils par la taille. Il la dépassait de deux têtes, mais elle le blottit contre elle comme s'il n'était qu'un garçonnet.

— Peut-être est-il l'Élu, mais tu es mon Préféré.

Elle l'embrassa dans le cou.

— Tu auras le Graal, mon amour, je te le promets...

***

Les Saxons s'étaient rangés le long des murs, tout autour de la cour. Plusieurs destriers avaient été amenés des écuries. Gauvain les examina lui-même, estima leur vitesse, leur équilibre et leur force, fixa son choix sur un cheval blanc de neige. Il était harnaché pour la joute : œillères, brides courtes, selle à haut troussequin, étriers de fer. Il le conduisit du côté nord de la cour où Lancelot l'attendait.

Le jeune chevalier avait revêtu une simple cuirasse en plastron. Il tenait au bras gauche son écu blanc à deux bandes vermeilles et, sous le bras droit, un casque sans visière, seulement pourvu d'un nasal de cuir.

Du côté sud, Méléagant avait déjà enfourché sa monture. Il portait une armure complète, d'un noir mat, comme son heaume et son écu au léopard rampant. Le cheval piaffait sur place, aussi nerveux, instable et noir que son cavalier.

— Puisque tu n'as jamais jouté, dit Gauvain en accompagnant Lancelot jusqu'à son destrier blanc, rappelle-toi bien mon conseil : ton bouclier est aussi important que ta lance. Méléagant ne va pas chercher à te renverser mais à t'embrocher.

Lancelot l'écoutait distraitement. Il levait la tête, à droite, à gauche, les yeux écarquillés, si bien que Gauvain s'agaça.

— Sois attentif, pour une fois. On dirait que tu regardes voler les mouches.

— Pardonnez-moi, Monsieur. Je cherche la reine.

— Retourne-toi.

Ce que fit Lancelot et il aperçut Guenièvre à une fenêtre de la tour, au-dessus de lui. Elle était trop loin pour qu'il la vît sourire, mais sa seule présence lui suffisait.

— À cheval, maintenant ! lui dit Gauvain.

Lancelot sauta en selle. Il empoigna fermement l'écu. Gauvain lui donna la lance. Il l'assura sous son aisselle. En face, de l'autre côté de la cour, le Chevalier noir fit de même.

Gauvain leva le bras. Et l'abaissa tout à coup.

— Allez !

Éperonnés au sang, les deux destriers bondirent en avant. Ils foncèrent si vite et si hardiment l'un sur l'autre que leur galop parut très bref et leur rencontre prodigieuse quand, forcés à tenir leur ligne par leurs cavaliers, ils se heurtèrent poitrail contre poitrail tandis que les lances et les écus volaient en éclats. Le choc fut tel que les rênes, les étriers, les arçons et les sangles des selles, tout céda. Lancelot et le Chevalier noir, projetés dans les airs, se retrouvèrent au sol. Les chevaux, affolés, hennissants et meurtris, s'entre-mordirent à l'encolure, puis filèrent à grand train chacun de son côté.

À demi assommé dans sa chute, Lancelot se releva en titubant. Il se débarrassa de son écu brisé, tira son épée et regarda Méléagant se mettre à son tour sur ses pieds. Le Chevalier noir souleva la visière de son heaume. Jamais le désaccord de ses yeux vairons n'avait paru si criant, reflet de son âme double — brutale et faible. Lancelot comprit que jamais il n'avait haï autant un homme, et qu'aucun homme ne le haïrait autant. D'un même élan, ils se précipitèrent l'un sur l'autre comme chargent deux sangliers.

Les lames, les cuirasses se cognèrent. Les deux combattants durent rompre, reculer, mais ce fut pour repartir à l'assaut. Ils se frappaient à grands coups de taille ; parfois, l'un semblait prendre l'avantage. L'autre alors s'écartait d'un bond, puis se ruait encore sur son adversaire, le contraignant à des parades désespérées. Jusqu'à ce qu'à nouveau il doive céder à son tour, reprendre souffle et ardeur.

Longtemps, le combat demeura indécis aux yeux des spectateurs. Les Saxons croyaient à la victoire de leur prince, l'encourageaient de leurs cris. Gauvain espérait celle de Lancelot, mais commençait à douter, surpris de la vaillance de Méléagant. Il songea qu'il était triste qu'un pareil chevalier eût le cœur si jaloux, et ne devînt indomptable que forcé comme un cerf aux abois.

À ce moment, Lancelot, apparemment épuisé, recula de plusieurs pas, laissant baller son bras et son épée. Méléagant poussa un grognement atroce, où se mêlaient le meurtre et la joie. Il était sûr d'avoir gagné. Gauvain baissa la tête, pour ne pas voir la mort de son protégé — son ami.

— Chevalier !

Le cri de Guenièvre résonna dans la cour, transperçant d'une note aiguë les huées des Saxons. Lancelot, comme tiré d'un rêve, releva soudain son épée et para le coup mortel que lui assenait Méléagant. Puis, de l'épaule, il le repoussa en arrière et frappa deux, trois, dix fois, avec une vitesse et une force stupéfiantes. Les Saxons s'étaient tus. Lancelot refoula Méléagant jusqu'au centre de la cour. Le Chevalier noir vacillait. Il reçut un coup de taille à l'épaule qui fit éclater le fer comme une coquille d'œuf. Il plia un genou. Le sang bouillonnait hors de sa blessure, rougissant sa manche et sa cuirasse noires. Un deuxième coup arracha la visière de son heaume. Il leva le bras pour frapper en retour. Il n'en eut pas le temps : la lame de Lancelot s'enfonça dans son œil bleu et lui traversa le crâne.

**

Quand le Chevalier noir, son ravisseur, s'écroula sur la terre battue de la cour, Guenièvre ressentit une telle émotion — un bonheur éclatant comme elle n'en avait plus connu depuis le jour, déjà lointain, où Arthur lui avait demandé sa main — qu'elle rentra dans sa chambre, de crainte de ne pouvoir se contenir lorsque le jeune chevalier lèverait les yeux pour obtenir son hommage.

Elle redoutait cet amour, et l'avait combattu chaque jour depuis son enlèvement, car elle savait qu'elle n'y avait pas droit, sauf à tromper sa fidélité au roi. Mais combattre un amour, c'est y penser toujours, le garder à l'esprit et dans le cœur chaque seconde. Et comment y résister, à présent que le jeune chevalier avait accompli tant de prouesses, risqué dix fois sa vie pour elle, vaincu Méléagant ?

À l'abri des regards, elle posa les mains sur ses joues brûlantes, puis sur sa poitrine oppressée. Il lui fallait retrouver la maîtrise d'elle-même. Certes, depuis l'instant où il lui avait offert son épée et qu'elle avait effleuré ses mains sur la lame, elle aimait le jeune chevalier, mais personne — et surtout pas Gauvain, modèle de chevalerie — ne devait en concevoir le soupçon. Elle n'était pas prête encore aux actes, terribles, et sans pardon aux yeux de la Cour et du monde, que — elle en acceptait désormais l'évidence — lui réclamerait bientôt cet amour : renoncer à son trône et à la tendresse du roi, le blesser gravement dans son honneur et dans son cœur, mener avec le jeune chevalier une vie à l'écart de tous, sans espoir de retour.

Peu à peu, sa respiration s'apaisa, ses joues se rafraîchirent. D'abord, se dit-elle, descendre voir le chevalier et le remercier. Lui faire comprendre, d'une manière perceptible de lui seul, que son amour est partagé. Cela ne sera pas difficile, il suffira que nos regards se croisent, se reconnaissent, se touchent... Ensuite... Ensuite, rentrer avec lui à Camaalot et je m'expliquerai face à Arthur.

Ses résolutions prises, elle inspira profondément pour s'assurer qu'elle avait recouvré le calme le plus parfait. Son éducation de fille de roi, son expérience de reine lui avaient enseigné à dissimuler sous un masque de politesse ses désirs comme ses haines. Elle alla à la porte.

C'est alors qu'on y frappa.

Le petit personnage ridicule et pataud qui entra, elle l'avait vu une fois, à Sorelois, le village que les enchantements avaient transformé en cimetière. Il ne lui inspirait que du dégoût.

— Madame, dit-il en s'inclinant plusieurs fois, pardonnez-moi de vous déranger en un moment pareil.

— Que veux-tu ?

— Vous montrer quelque chose, Madame.

— Plus tard.

Elle fit mine de l'écarter d'un geste. À sa surprise, Baudemagus demeura devant la porte.

— Croyez bien que, si je le pouvais... Mais plus tard sera trop tard, Madame. Vous devez voir... la chose tout de suite.

— Encore un de tes tours de sorcier ? Cela ne m'intéresse pas.

— Je vous assure, je vous assure, Madame, que celui-ci vous intéressera.

Il baissa mystérieusement la voix :

— Je ne voudrais pas qu'une si belle femme que vous, une si noble reine commette l'irréparable parce que je n'aurais pas su me faire entendre... Écoutez-moi, Madame, je vous en prie. Et surtout : regardez.

Il brandit le petit miroir d'obsidienne. Guenièvre eut un mouvement de recul, tant le geste avait été vif.

— Regardez, Madame... Regardez dans le miroir...

À contrecœur, elle posa les yeux sur l'ovale noir. Elle allait rétorquer à Baudemagus que personne n'y pourrait rien voir, quand la surface d'obsidienne s'éclaircit soudain. Elle devint rouge, puis violette, puis bleue. Sur ce bleu se formèrent des étoiles d'or. Une forme s'y dessina : elle reconnut un lit. Et, dans ce lit, allongé nu, les yeux clos, et riant comme en rêve, le jeune chevalier.

Le cœur battant, elle approcha la main de cette image, comme pour la caresser du bout des doigts. À cet instant, une autre silhouette apparut dans le miroir. Une jeune fille, nue elle aussi, à la peau très blanche, à demi voilée — ou dévoilée — par la mousseline d'une longue guimpe.

Guenièvre referma les doigts, retira sa main, posa le poing sur sa poitrine. Dans le miroir, la jeune fille s'était assise dans le lit et caressait le front du jeune chevalier. La reine souhaita très fort qu'il se réveille et qu'il la chasse. C'était elle, Guenièvre, qu'il aimait ! Cette jeune fille — et maintenant elle lui caressait la joue, le cou, l'épaule, la poitrine — n'avait aucun droit de le toucher !

Mais il riait, dans le miroir, il riait, ravi comme en extase, et il passa le bras autour des hanches de la jeune fille. Il l'attira, elle se blottit voluptueusement contre lui.

Il l'embrassa.

— Non !

Guenièvre, du revers du poing, écarta violemment le miroir. Il échappa des doigts de Baudemagus. Il tomba sur les dalles, où il se brisa.

Comme mon cœur, songea-t-elle, en regardant les éclats d'obsidienne s'éteindre et redevenir noirs.

Baudemagus se jeta à genoux pour ramasser fébrilement les morceaux de pierre.

— Qu'avons-nous fait, Madame ? gémit-il. Qu'avons-nous fait ?

3
Le déni

Tandis que plusieurs Saxons transportaient la dépouille de Méléagant, Gauvain aida Lancelot à retirer sa cuirasse. Le chevalier, épuisé par le combat, le laissa faire sans répondre aux félicitations de son compagnon. Il paraissait ne se rendre compte de rien de ce qui se passait autour de lui.

— Eh bien ? lui dit Gauvain. Tu as remporté le jugement et, à te voir, on croirait que tu l'as perdu !

Lancelot tourna vers lui un regard triste.

— J'ai gagné, oui... Mais je ne vois plus la reine à sa fenêtre...

Gauvain lui claqua l'épaule.

— Ce n'est que cela ? Parfois, tu te conduis

vraiment comme un enfant. Si elle n'est pas à sa fenêtre, c'est qu'elle est descendue recevoir ton hommage et te féliciter.

Il entraîna Lancelot vers l'entrée de la salle.

— Allons-y. Et n'oublie pas que l'une des qualités chevaleresques les plus appréciées de la reine est la modestie. Triomphe, mais avec humilité. Si elle te demande de devenir chevalier à son service, alors ta réputation à Logres vaudra presque la mienne !

Lancelot, ragaillardi par les paroles de Gauvain, retrouva le sourire et, en pénétrant dans la salle, chercha aussitôt des yeux sa bien-aimée. Il ne vit que la vieille reine Elfride, étendue sur le lit près de la cheminée, autour duquel s'empressaient trois suivantes.

Déçu, mais conscient de ses devoirs, il s'avança au chevet d'Elfride. La vieille femme ne respirait plus qu'à peine. Seuls ses yeux restaient vivants dans son visage aux mille rides et tavelures.

— Approche-toi, Lancelot, dit-elle d'une voix faible.

Il s'agenouilla près d'elle et prit la main qu'elle lui tendait.

— Le jugement, Madame, vous a enlevé votre fils. J'ai le remords du chagrin que je vous fais.

— Mon chagrin est celui d'une reine plus que celui d'une mère. Méléagant a été un fils dominé par ses désirs. Gorre est un royaume désormais sans souverain. Que va devenir mon île, que vont devenir mes gens et mon peuple ?

— Ne craignez rien, Madame. La reine Guenièvre, Gauvain et moi témoignerons de votre justice et de votre bonté auprès du roi Arthur. Il saura prendre soin de Gorre, de sa sécurité et de sa prospérité.

— Je te remercie, Lancelot. Tu es le chevalier que j'aurais aimé avoir pour fils... Écoute-moi : il y a beaucoup de signes autour de toi. Sache les interpréter. Ne te détourne pas de la Quête.

Elle enserra la main de Lancelot entre les siennes.

— Je mourrai en ayant vu, admiré et touché l'Élu...

— L'Élu, Madame ? Expliquez-moi.

— La réponse à toutes les énigmes est dans ton cœur...

Elle ferma lentement les paupières. Un dernier souffle, ténu, s'échappa de ses lèvres. Ses mains relâchèrent celle de Lancelot et retombèrent sur sa poitrine.

Lancelot se releva, s'écarta. Les suivantes tombèrent à genoux et pleurèrent, et prièrent pour la reine morte.

Gauvain toucha le bras de Lancelot.

— Retirons-nous. Allons à la rencontre de la reine.

Ils quittèrent la salle. Gauvain préféra ne rien confier de son étonnement à son jeune compagnon : il était inhabituel qu'une dame — et surtout Guenièvre — ne vienne pas aussitôt après la victoire de son champion. Il redoutait vaguement quelque tour que leur aurait joué Méléagant avec l'aide de ses Saxons.

Ses craintes furent de courte durée : dans l'escalier, ils virent Guenièvre qui descendait. Lancelot, le cœur en joie, hâta le pas. Sans remarquer d'abord l'air contrarié de la reine, Gauvain lança gaiement :

— Madame, voici Lancelot qui vient pour vous voir ! Cela doit vous faire plaisir !

La bouche pincée, le regard glacial, elle le toisa.

— Pourquoi ? Il a fait son devoir de chevalier, quoi d'autre ?

— Madame, il vous a reconquise à Méléagant, et vous avez pu voir que le combat a été l'un des plus durs auxquels j'aie assisté.

— Il aurait peut-être préféré que l'affaire fût facile ? ironisa-t-elle.

— Ce n'est pas ce que j'ai voulu dire, Madame, fit Gauvain, surpris et consterné par l'attitude de la reine. Et, si vous me le permettez, je vous ferai remarquer que c'est mal agir envers lui que de l'accueillir aussi froidement. Il a mis vingt fois sa vie en péril pour vous secourir.

— Eh bien, s'il en espérait ma gratitude, il a perdu son temps.

— Madame, vous ne pouvez pas...

— Gauvain ! l'interrompit-elle sèchement. Je n'ai pas de leçons à recevoir de vous. J'agis comme je l'entends et je n'ai pas à vous en donner les raisons.

Blessé dans son amitié pour Lancelot et dans son sens de la courtoisie*, Gauvain ne se laissa pas intimider.

— J'aimerais pourtant bien les connaître, ces raisons, Madame, car elles ne peuvent être fondées que sur une erreur ou un caprice !

La reine rosit d'indignation. Lancelot retint Gauvain par l'épaule.

— Laissez, Monsieur. Ne vous brouillez pas avec la reine à cause de moi.

Très pâle, il parlait d'une voix lasse et sans timbre. Pour la première fois depuis le début de l'entretien, Guenièvre lui accorda un regard. Mais il aurait préféré qu'elle continue de l'ignorer, tant ce regard lui fit mal.

— Vous avez peut-être un mot à dire, *Lancelot* — puisqu'il paraîtrait que vous vous êtes trouvé ce nom en route ?

Il baissa la tête.

— Seulement, Madame, que je suis triste.

— Triste ? Voilà une humeur mal à propos ! Après toutes vos prouesses, on ne parlera que de vous à Camaalot et les demoiselles se battront pour obtenir vos faveurs.

— Je n'en ai que faire, Madame.

Guenièvre eut une hésitation. Elle contempla un instant le front baissé, humble, du chevalier, et s'en voulut de le trouver encore si beau, si attirant — lui qui l'avait trompée.

— Voulez-vous me faire croire que vous dédaignez l'amour, Lancelot ?

— Non, Madame. Bien au contraire.

— Qu'est-ce que cela signifie ?

Il secoua lentement la tête et ne répondit pas.

— Parlez !

— Je... Mon cœur est pris, Madame.

— Vous aimez ? demanda-t-elle sans pouvoir empêcher un léger tremblement de sa voix.

— Oui. J'aime.

Troublée, Guenièvre fit un signe discret à Gauvain, qui comprit que les aveux du jeune chevalier devenaient trop intimes et, par discrétion, se retira. Lancelot et Guenièvre se retrouvèrent seuls ; il se tenait, la tête toujours inclinée, au bas de l'escalier ; elle le dominait de quelques marches.

— Ainsi, vous avez déjà donné votre cœur. Les demoiselles de la Cour vont être malheureuses... Comment s'appelle-t-elle ?

— Je ne peux pas prononcer son nom, Madame.

— Quelle honte y aurait-il ? Nous sommes seuls, vous et moi. D'habitude, un amoureux ennuie tout le monde à ne parler que de celle qui l'aime.

— C'est que justement, Madame, elle ne m'aime pas.

— Qu'en savez-vous ? Elle vous l'a dit ?

— Il y a des regards et des attitudes qui valent tous les mots.

— Est-ce la raison de votre tristesse ?

— Oui, Madame.

— Peut-être pourrai-je intercéder en votre faveur auprès d'elle ? Dites-moi son nom.

— Elle ne peut vous écouter.

— Pourquoi ?

— Parce que, si elle avait un cœur pour entendre, ma tristesse disparaîtrait à l'instant même.

Guenièvre tressaillit. « À l'instant même »... Qu'est-ce que cela signifiait, sinon que... ? N'avait-elle pas été stupide, insensée de se laisser prendre aux sorcelleries de Baudemagus, de croire aux mirages qu'il avait suscités dans son miroir d'obsidienne, de se laisser emporter par une jalousie à la mesure, la démesure de l'amour quelle éprouvait ? Voyons... Il fallait en être sûre.

— Eh bien, feignit-elle de plaisanter, vous voilà dans un mauvais pas, chevalier. Sans doute devrez-vous en prendre votre parti et oublier cette orgueilleuse.

— Impossible, Madame. Je n'en ai ni la force ni l'envie.

Guenièvre dégravit les marches et vint auprès de Lancelot. Elle sentait ses mains trembler du désir de toucher le visage du jeune homme. Tout ce mystère, ces réponses à demi-mot ressemblaient, elle en était sûre maintenant, à un aveu qui n'ose s'exprimer. Encore un mot, un seul mot de lui, et le malentendu serait dissipé.

— Peut-être, chevalier, avez-vous oublié l'essentiel ?

— L'essentiel, Madame ?

— Oui. Lui avez-vous jamais dit que vous l'aimez ?

Lancelot releva la tête. Il ressentait comme une brûlure la proximité de Guenièvre. Il n'eut pas le courage de la regarder, de risquer la douleur de ces yeux distants, glacés, avec lesquels elle l'avait accueilli tout à l'heure. Il eut tort. Il n'y avait plus ni froideur ni distance dans ces yeux.

Il se rappela son rêve, au château de Pellès, l'enchantement du philtre et le bonheur factice qu'il avait connu dans les bras de la fausse Guenièvre.

— Oui, Madame. Une nuit, je le lui ai dit...

La reine ferma les paupières. Elle aussi, à ces mots, revit l'image de la chambre et du lit où Lancelot prenait la jeune fille dans ses bras et l'embrassait. Jamais elle n'aurait cru que la jalousie pût faire si mal. Elle s'écarta de Lancelot.

— Alors, chevalier, vous allez connaître la douleur d'être trompé, trahi, dédaigné.

— Que puis-je faire, Madame ?

— Rien, dit-elle à voix basse. Souffrez.

***

Quelques heures plus tard, Guenièvre, Gauvain et Lancelot quittèrent le château de Gorre, où se préparait la veillée funèbre de la reine Elfride et de son fils Méléagant. Ils ne virent pas Morgane et Mordret assister à leur départ, du sommet du donjon.

— Comme c'est désolant, bouffonna Mordret. Nous avons brisé une belle passion, ma mère...

— C'est Lancelot et Guenièvre que je veux briser. En attendant le tour d'Arthur.

— Tout viendra en son temps...

La reine et les deux chevaliers montèrent dans une barque et franchirent la passe sans encombre. Dès la mort du Chevalier noir, les flots s'étaient apaisés. La mer était lisse comme un lac autour de Gorre.

Le visage fermé, Guenièvre ne prononça pas un mot jusqu'à leur débarquement sur le rivage. Lancelot, lui aussi, se taisait, la figure maussade, le regard absent. Quant à Gauvain, il renonça bien vite à faire la conversation.

Ils s'amarrèrent près du bac et grimpèrent au sommet de la falaise par un sentier instable et dangereux. Là, plusieurs tentes colorées avaient été dressées. Gauvain reconnut de loin Yvain et Bréhu qui venaient à leur rencontre.

Les deux chevaliers saluèrent la reine, prirent de ses nouvelles, puis embrassèrent Gauvain. Il fit mine de les repousser et leur désigna Lancelot.

— Je vous présente le héros de l'aventure ! Il a vaincu Méléagant en jugement et réussi diverses autres broutilles — sous ma sage direction.

— Chevalier, s'exclama Yvain en prenant les mains de Lancelot, à peine as-tu un nom que tu le rends célèbre ! Tu as connu les périls et les combats de la chevalerie, à toi maintenant d'en savourer les plaisirs, les festins et la gloire !

Lancelot s'arracha avec peine un sourire.

— Merci, Yvain, de votre accueil.

Gauvain le prit amicalement par les épaules.

— Allons, ne fais pas cette tête ! Dans une semaine, nous serons à Camaalot et nous reposerons nos épées.

— Je ne crois pas, déclara la reine. Yvain, Bréhu et vous, certes, m'escorterez sur le chemin du retour. Quant à Lancelot, il ne viendra pas à Camaalot.

— Pourquoi, Madame ? s'étonna Gauvain.

Tout le monde l'attendra là-bas et le roi voudra le voir.

— Votre jeune ami a mieux à faire, si je l'ai bien compris. Une affaire de demoiselle.

— Qu'il l'amène à la Cour !

Guenièvre tendit la main à Yvain pour manifester que la conversation, pour elle, était achevée.

— Accompagnez-moi au campement. J'ai hâte que nous partions d'ici. Vous aussi, Gauvain, venez.

Yvain obéit et, présentant sa main à la reine, la conduisit en direction des tentes. Gauvain, furibond, ne les suivit pas aussitôt.

— À croire que la compagnie de Méléagant a déteint sur son humeur, marmonna-t-il en parlant de Guenièvre.

— Ne médisez pas de la reine, Monsieur, dit Lancelot.

— C'est toi qui me fais la leçon ? De la façon dont elle te traite ?

— Je n'y peux rien, Monsieur. Elle me détestc.

Gauvain haussa les épaules.

— Caprice de femme ! Attends un mois ou deux, et reviens à Camaalot. Tu verras qu'elle aura tout oublié.

— Je ne pense pas jamais retourner à la Cour, Monsieur.

— Cesse de m'appeler « Monsieur », tu es chevalier comme moi. Et cesse de te tourmenter. Ta place est à Camaalot, à nos côtés. Ni le roi — ni moi ! — n'accepterions de nous passer de ton épée.

— Merci, M...

Mais, sur un froncement de sourcils de son ami, il corrigea :

— Gauvain. Merci, Gauvain.

Au campement, les écuyers s'affairaient à démonter les tentes.

— Que vas-tu faire ? Sais-tu où tu vas aller ?

— Laissez-moi un cheval et tout ira bien.

— À bientôt, Lancelot.

Gauvain lui donna l'accolade.

Puis le jeune homme s'éloigna vers le bord de la falaise.

— Adieu, dit-il.

***

Il demeura longtemps face à la mer. À plusieurs reprises, il eut la tentation de se laisser basculer dans le vide. Plus rien ne le retenait en ce monde, s'il n'avait pas l'amour de

Guenièvre. La journée était chaude et ensoleillée, mais il avait froid — d'un froid qui naissait dans sa poitrine.

Quand enfin il s'écarta de la falaise et de la tentation du suicide, et se retourna, le campement avait disparu. Un roncin blanc, tout harnaché, broutait tranquillement l'herbe rare de la lande. Gauvain et les chevaliers étaient partis. Et Guenièvre.

V

LE VAL SANS RETOUR

1
Une légende

L'été passa. Il fut très chaud, sans nuages. Les vallons et les prés, les monts et les collines étaient d'un vert chatoyant parsemé des bleus, des rouges et des jaunes crus des fleurs. Pourtant les sources ne s'asséchaient pas ; elles coulaient dru et clair, jaillissaient en des lieux où l'on n'en avait jamais vu depuis l'Âge d'Or.

Ce fut le début d'une exceptionnelle période de paix à Logres et dans les royaumes environnants. Le roi Arthur n'avait plus d'ennemis — ou le croyait. On disait qu'il organisait festin sur festin, tournois après joutes, et que la vie n'avait jamais été si douce en ses châteaux de Camaalot et de Carduel, le roi si amoureux de son épouse retrouvée. On disait aussi que Guenièvre, marquée par son enlèvement, avait changé : sa beauté s'était faite plus adulte, ses traits plus austères, jamais sa peau n'avait été si blanche. Seul Gauvain, malgré sa bonhomie et sa gaieté naturelles, semblait touché par une mélancolie qui lui gâtait les plaisirs. Certains matins, il se levait à l'aube, bien avant la Cour qui avait ri et dansé toute la nuit, et se postait longtemps sur une tour de guet. Il attendait en vain le retour de son ami Lancelot.

L'automne arriva. Les vallons, les forêts et les collines jaunirent, roussirent, brunirent. Le ciel se chargea de nuages d'océan, d'abord duveteux et rapides, puis gris et bas, gros d'averses. Dans les cheminées de Carduel et de Camaalot s'entassèrent fagots et bûches, flambèrent les premiers feux, éclairant les grandes salles froides de leurs flammes craquantes, mouvantes et jaunes.

Les chevaliers commencèrent à s'ennuyer. Trop de banquets, trop de joutes les avaient lassés. L'humeur du roi elle-même avait changé ; on le voyait, certaines nuits, rôder dans les coursives, sombre, préoccupé, comme s'il retardait sans cesse le moment de rejoindre Guenièvre dans leur chambre. De la reine, on ne savait plus rien. Elle n'apparaissait plus à la Cour. Ses suivantes chuchotaient, sous le sceau du secret, qu'elle ne se levait de son lit que pour s'asseoir près de sa fenêtre et, les yeux fixés par-delà les remparts, égarer son regard comme si elle attendait quelqu'un, quelque chose, un événement ou un homme qui lui rendît le goût de reprendre son existence de reine et de femme.

Dès lors, les chevaliers désertèrent Camaalot, partant, à la suite de Gauvain, en de longues chasses dans les sentiers boueux et parmi les feuilles mortes, jusqu'aux confins du royaume. Le soir, autour d'un bivouac où rôtissaient des perdrix ou des lièvres, ils évoquaient avec nostalgie « le temps ancien », n'osant encore regretter à haute voix l'époque où ils faisaient la guerre, où être chevalier avait un sens. Yvain, Bréhu ou Caradigas interrogeaient alors Gauvain, pour la millième fois, sur les circonstances de la poursuite de Méléagant et de sa défaite en jugement ; pour la millième fois, ciselant de nouveaux détails, en inventant quelques-uns, Gauvain leur racontait les prouesses de Lancelot du Lac. Et, pour la millième fois, ils s'émerveillaient du récit, qui faisait revivre en eux l'espoir de connaître de pareilles aventures.

C'est au cours de l'une de ces chasses, alors qu'il suivait les fumées[1] d'un cerf dans une forêt de Cornouailles et s'était retrouvé inopinément seul face à la mer, que la première neige de l'hiver se mit à tomber. C'étaient de ces gros flocons légers et tourbillonnants que, dans son enfance, sa nourrice appelait des « plumes d'anges ». La femme n'allait pas à l'église ; elle croyait aux dieux anciens, ceux qui confèrent leurs pouvoirs aux druides. Pour se moquer de la religion nouvelle, elle disait à Gauvain enfant quand arrivait cette première neige : « Regarde ton Bon Dieu : il va se manger une bonne fricassée ce soir ; il plume ses anges. » Et longtemps, le petit Gauvain s'était représenté les archanges Michel et Gabriel tels des poulets géants brandissant une épée.

Il songeait à cela, regardant les flocons blanchir la forêt et la plage, quand il aperçut une forme blafarde, spectrale, se déplaçant lentement vers l'orée des arbres. Sa première idée, née de sa songerie (« C'est un ange... »), l'effraya un peu. Puis il se traita de vieil imbécile et poussa son roncin en direction du spectre.

---

1. Terme servant à désigner les excréments du cerf dont les chasseurs suivent la piste.

Celui-ci l'avait vu également, car il s'arrêta pour l'attendre. Plus son cheval s'approchait, plus Gauvain lui fit presser l'allure : bouleversé, il reconnut cette cape et cette cotte blanches, cette stature, à la fois svelte et solide, et quand, entre deux bourrasques de neige, il vit les deux bandes vermeilles de l'écu, il n'y tint plus et cria :

— Lancelot !

Il sauta de son roncin et se précipita sur le chevalier. Il le prit dans ses bras.

— Lancelot ! Mon ami ! Je t'ai cru mort !

Il le serra vigoureusement sur sa poitrine, avec une extraordinaire émotion.

— Te revoilà ! Enfin !

Mais Lancelot ne répondait pas à son étreinte. Il restait là, sans un mouvement, aussi raide qu'une statue. Gauvain, embarrassé, le relâcha et recula d'un pas. Sa joie retombait.

— Tu ne me reconnais pas ? demanda-t-il.

— Bien sûr que je vous reconnais, Gauvain.

Le chevalier dit cela sans la moindre intonation de plaisir ou d'amitié. Il admettait un fait, c'est tout.

Gauvain l'examina plus attentivement. Il était tête nue, malgré la neige, qui blanchissait sa chevelure comme celle d'un homme très âgé qui eût gardé un visage d'adolescent. Il s'était amaigri. Une méchante barbe clairsemée mangeait ses joues creuses. Ses orbites profondes marquaient des trous d'ombre où luisaient des yeux fixes, d'un brun jaune, qui, comme ceux des fauves au repos, semblaient absorbés en un songe immobile.

Mal à l'aise, Gauvain se força à l'enjouement :

— Alors, chevalier, tu t'es décidé à rentrer à Camaalot ? J'y ai tant parlé de toi que tout le monde t'attend avec impatience !

— Je suis ici par hasard.

— Ah... fit Gauvain, désappointé. Mais tu sais ce qu'on dit ? Le hasard...

— Je repars vers le nord.

— Sans cheval ?

— Il a été tué au combat, tout à l'heure. J'ai poursuivi pendant dix jours un duc saxon et deux de ses chevaliers. C'est pourquoi je me suis retrouvé là.

— Des Saxons ? Ne sais-tu pas qu'ils ont conclu un accord avec Arthur, que nous ne sommes plus en guerre ?

— Je fais ma guerre personnelle, Gauvain. Que ces hommes que j'ai tués soient saxons n'a aucune importance. Ces derniers mois, j'ai affronté des chevaliers en Écosse et en Irlande.

— Pour quels motifs ?

— Ma quête aussi est personnelle.

Gauvain lui toucha le bras et lui montra la lisière de la forêt.

— Ne restons pas là sous la neige. Allons à l'abri des arbres. Nous ferons un feu et nous discuterons.

— Je vous l'ai dit, Gauvain. Je repars.

Il reprit son écu qu'il avait posé au sol et le passa sur son épaule.

— Adieu, chevalier.

Il s'éloigna. La neige fraîche lui montait aux chevilles.

— Quand reviendras-tu ? lui cria Gauvain.

Il n'obtint pas de réponse. Lancelot s'évanouissait peu à peu comme un fantôme.

— Quelle est ta quête, chevalier ? Que cherches-tu, par le sang du Christ ?

— La mort, Gauvain, répliqua la voix lointaine de Lancelot. La mort au combat. Je cherche le chevalier qui me vaincra et me délivrera.

— De quoi veux-tu te délivrer ?

— De moi-même. Qui sait, Gauvain ? Peut-être un jour serez-vous mon charitable vainqueur ?

— N'y compte pas !

La silhouette livide du chevalier disparut tout entière dans la blancheur épaisse des flocons de neige. Gauvain l'appela encore plusieurs fois : « Lancelot ! » Mais il savait — son chagrin savait — que ses cris seraient inutiles.

**

Lancelot avait dit vrai : au cours des derniers mois, il avait parcouru la plupart des terres au nord et à l'ouest de Logres, jusqu'en Irlande. Dès qu'il croisait un chevalier, il le défiait. Il remportait toujours la victoire et n'accordait jamais merci : on s'était mis à beaucoup parler de ce Chevalier blanc qui refusait de donner son nom à ses adversaires et se montrait sans pitié avec eux. On le redoutait tant que mille histoires couraient, ajoutant des exploits inventés à ceux qu'il accomplissait presque chaque jour. Et ces histoires se déplaçaient si vite, de veillée en veillée, qu'elles parvenaient quelquefois avant lui sur des terres où il n'était pas encore passé. On croyait alors à une légende, on riait et on frissonnait de l'imagination des conteurs. Les enfants se battaient pour endosser, dans leurs jeux à l'épée de bois, le rôle du terrible Chevalier blanc. On ne riait plus, mais on frissonnait plus fort, lorsqu'il apparaissait un matin à un carrefour ou à la grand-porte d'un château, lançait son défi, puis mettait à bas et égorgeait son adversaire.

Certains chevaliers d'Écosse et d'Irlande firent bientôt du Chevalier blanc l'homme à vaincre à tout prix. Ils le pourchassèrent. Ils savaient que leur victoire leur vaudrait une telle réputation que leur nom survivrait pendant des siècles dans les légendes. Ils furent défaits l'un après l'autre. D'autres décidèrent de s'allier et d'en finir avec cette menace incessante qui hantait leurs nuits et dévaluait leurs propres prouesses. Au mépris des lois de la chevalerie, ils lui tendirent des embuscades, des pièges, l'assaillirent à trois, à cinq, à dix. Rien n'y fit. Les massacres succédaient aux massacres. Le Chevalier blanc ne laissait que des morts derrière lui.

Les chevaliers survivants, ceux qui avaient eu la chance de ne pas le croiser sur leur route, ravalèrent leur honte et vécurent désormais claquemurés dans leurs châteaux. Si le Chevalier blanc venait leur lancer son défi, ils faisaient relever le pont-levis. À l'abri des créneaux, des machicoulis et des meurtrières, ils faisaient tirer leurs archers jusqu'à ce qu'il consente à s'en aller.

Lancelot n'eut ainsi plus d'adversaire. Il fut contraint de redescendre vers le sud, où il trouverait des Saxons à affronter. Sa vie n'était qu'une succession de courtes nuits de sommeil, toujours aux aguets, de voyages à travers les forêts et les landes, et de combats à mort. Une nuit — lui qui ne rêvait plus depuis son départ de Gorre —, il fit un songe où il combattait un chevalier de cuivre, l'une de ces statues mécaniques qui gardaient le souterrain du Cimetière des morts futurs. L'affrontement était indécis ; ils étaient de même force. Un coup de taille arracha le heaume du chevalier de cuivre. Et il se reconnut. *C'était lui.* C'était lui, Lancelot, qui habitait l'armure de la statue. Il se battait contre lui-même. Il se réveilla et sut que ce serait un combat sans fin et sans vainqueur.

Après sa rencontre fortuite avec Gauvain, le premier soir de l'hiver, il traversa la forêt sans prendre le temps de dormir un peu. Il voulait mettre la plus grande distance possible entre Gauvain et lui, entre un passé dont il ne faisait plus partie et son présent auquel il refusait tout autre avenir que la mort. Au matin, il rencontra un chevalier de Cornouailles et, ivre de fatigue et de dégoût de lui-même et de ces combats sans cesse recommencés, il le défia, le tua et lui prit son cheval.

Il décida de continuer vers le nord. La neige avait tout recouvert d'un sinistre silence. Il ne vit aucune empreinte partout où il passa. Pas même la trace d'un renard ou d'un oiseau. Peu à peu, il s'endormit, le menton sur la poitrine, ballotté au pas du roncin qui allait son chemin, droit sur l'étendue vierge et blanche.

***

La soudaine immobilité de son cheval le réveilla. La nuit était tombée. Devant lui, se détachant sur la plaine enneigée, plus noires que le ciel, se dressaient les ruines du château où il avait soupé un soir avec le roi Pellès, où cette nuit-là...

Il en chassa le souvenir d'un grognement et d'un secouement de tête. Il saisit la bride et tira sur le mors, pour obliger le roncin à le détourner de cet endroit où il avait connu un amour trompeur. Mais il vit, passant de fenêtre en fenêtre, au sommet de l'une des tourelles, la lumière tremblante d'une torche.

Il éperonna sa monture. Ils franchirent le pont-levis délabré, entrèrent dans la cour. La neige y était si épaisse, si haute que le cheval s'y enfonçait jusqu'aux jarrets. Lancelot démonta et pénétra dans la salle.

Il y faisait trop sombre pour qu'il pût y distinguer fût-ce la gigantesque cheminée à quatre colonnes. Il avança résolument dans l'obscurité. Le bruit de ses pas claquaient sur les dalles, l'environnant d'échos. Il trouva sans tâtonner la porte qu'il cherchait.

Il emprunta dans le noir des coursives et des escaliers. Il n'y voyait rien, mais n'hésita jamais. Ses pas semblaient le conduire avec la plus grande sûreté.

Ses yeux enfin retrouvèrent un semblant de lumière. C'était le halo d'une torche, ocrant d'ombres mobiles l'embrasure d'une porte. Lancelot remonta la coursive.

La chambre où brûlait la torche était chichement meublée d'une paillasse, d'un tabouret et d'une petite table, où Galehot était assis, mangeant dans une écuelle.

— Que fais-tu ici ? demanda Lancelot.

Le varlet ne montra aucune surprise. Il sourit largement au chevalier, comme s'ils s'étaient quittés une heure plus tôt, et lui fit signe d'entrer.

— Vous devez avoir faim, Monsieur ? J'ai fait rôtir un lièvre. Venez, prenez ma place, ajouta-t-il en se levant du tabouret.

— Rassieds-toi. Et réponds-moi.

— Ce que je fais ici ? Vous voyez, je m'y suis installé !

— Étrange idée.

— Bonne idée, voulez-vous dire ! J'avais l'espoir qu'un jour vous repasseriez par ici. J'ai eu raison.

— Tu m'attendais ?

— Depuis le début de l'automne. Après vous avoir laissé au Pont de l'Épée, je me suis rendu à Camaalot. Je vous ai d'abord attendu là-bas. Quand la reine est rentrée, on y a beaucoup parlé de vous. J'étais sûr que vous reviendriez. J'ai assisté à des tournois où vous auriez vaincu haut la main, Monsieur.

Lancelot s'assit sur la banquette de pierre dans l'âtre de la cheminée. Il réchauffa ses mains au foyer de braises.

— Tu ne t'es pas fait connaître ? demanda-t-il.

— Vous m'aviez dit que vous me présenteriez au roi. Je n'allais pas vous brûler la politesse, Monsieur. Et puis, au début de l'automne, je me suis dit que j'attendais pour rien. Je suis passé par Sorelois, le domaine de mon père : on ne vous y avait pas vu. Alors j'ai décidé de venir dans ce château.

— Pourquoi ? Je n'aurais pas dormi toute la

journée sur mon cheval, il ne m'aurait pas conduit ici par hasard, tu ne me verrais pas.

— Le fait est, cependant, que vous avez bel et bien dormi sur votre cheval et qu'il vous a conduit ici. Maintenant, il ne me reste plus qu'à attendre Ellan.

— Ellan ! gronda Lancelot. Je te défends de prononcer ce nom.

— Pardon, Monsieur... Mais je ne cesse de penser à Ellan, vous êtes la première personne que je vois depuis des semaines et je n'ai pu résister au plaisir de parler d'elle.

— Tu es encore assez fou pour l'aimer ? Il faut croire que les effets du philtre qu'elle t'a fait boire sont puissants... Celui que j'ai bu, quant à moi, m'a enivré une seule nuit, puis s'est aigri en haine.

— Ellan vous a fait boire un philtre à vous aussi, Monsieur ?

— Tu es bien placé pour savoir qu'elle prétendait m'aimer ! Et, comme je la repoussais, elle a eu recours, ici même, dans ce château, à la magie et la ruse pour arriver à ses fins !

Galehot baissa le nez sur son écuelle. Lancelot s'aperçut de sa soudaine tristesse et s'en voulut d'avoir trop parlé — lui qui ne s'était plus adressé à personne depuis des mois que pour lancer son défi et refuser ensuite la grâce du vaincu.

— Je te demande pardon, Galehot, si je t'ai blessé. Je n'aurais pas dû te raconter cela. Et, après tout, pourquoi en voudrais-je autant à Ellan ? Elle, au moins, m'a aimé... Et aujourd'hui je comprends le mal que je lui ai fait en la méprisant. Aujourd'hui je sais ce que signifie d'aimer sans retour...

— Vous, Monsieur ? Vous, le plus hardi et le plus beau des chevaliers de Logres et de la terre entière, vous aimez et on vous repousse ? C'est impossible.

Lancelot contempla un moment les braises rougeoyantes.

— Non, soupira-t-il. C'est mon amour qui était impossible.

— Je n'arrive pas m'imaginer la chose, Monsieur. Toutes les demoiselles et les dames de Camaalot, cet été, ne rêvaient que de vous !

— Sauf une.

— Laquelle ? Elle se cachait si bien que je ne l'ai pas rencontrée !

— Si tu t'étais fait connaître pour mon varlet, tu l'aurais vue.

Galehot se gratta le front, perplexe.

— J'avoue, Monsieur, que... Dites-moi son nom, je ne trouve pas...

Lancelot hésita, puis haussa les épaules avec lassitude.

— À toi, je peux bien le dire, tu garderas le secret.

— Juré, Monsieur !

— Celle que j'aime s'appelle Guenièvre.

— La... la... la reine ? bégaya Galehot.

Le chevalier hocha affirmativement la tête, sans le regarder.

— Mais comment est-ce possible ? La reine, la... la femme du roi ? Mais... mais... mais comment cela vous est-il arrivé ?

Lancelot rit tristement.

— Tu en parles comme si j'avais été la victime d'un accident ou d'une maladie... Au fond, tu n'as pas tort. Cet amour me ronge comme un mal incurable.

Soudain, il balaya l'air d'un geste de colère.

— Assez parlé de cela !

Galehot s'approcha de lui.

— Au contraire, Monsieur, croyez-moi : il faut en parler à quelqu'un. Cela soulagera un peu votre cœur et, peut-être, en en faisant le récit, découvrirez-vous des choses que vous n'aviez pas comprises sur le moment.

— Il n'y a rien à comprendre. Elle me hait et c'est tout.

— Une haine ne peut naître toute seule, sans motif. Que lui avez-vous fait ?

— J'ai mis mon épée à son service, je me suis battu pour elle, je l'ai délivrée de Méléagant.

Galehot s'accroupit près du chevalier et reprit, d'une voix patiente :

— Je sais tout cela, Monsieur. Mais c'est un récit un peu rapide, un peu... simple. Essayez d'y mettre plus de mots, plus de soin, plus d'explications et de détails.

— Sais-tu que tu veux m'obliger ainsi à tout revivre, à raviver des sentiments que j'étouffe depuis des mois ?

— Oui, Monsieur, dit gravement Galehot. Mais croyez-moi, c'est nécessaire.

Lancelot s'adossa au mur de l'âtre et ferma les paupières.

— Alors, écoute-moi...

***

— ... Ensuite, elle est partie au bras d'Yvain. Je ne l'ai jamais revue.

Galehot laissa passer un long silence après le récit de Lancelot. Il s'était assis par terre, les genoux entre les bras croisés, dos aux braises. Le chevalier quitta le banc de pierre, sortit de

la cheminée et marcha juqu'à la fenêtre.
Dehors, la nuit était absolument silencieuse.

— Qu'en penses-tu ? demanda-t-il.

— J'en pense, Monsieur, qu'il y a dans cette histoire des ombres qui me déplaisent. Furtives... Maléfiques... Puissantes...

— Que veux-tu dire ?

Galehot se remit sur ses pieds, se massa les reins.

— Nous avons, vous et moi, rencontré chacun une fois Morgane. Vous, sous le nom d'Errande, elle vous a offert une hospitalité où vous auriez pu laisser la vie. Elle vous a caché la présence de Méléagant et de sa captive, puis s'est enfuie en leur compagnie. Après quoi, c'est moi qui la rencontre. Elle vient à Sorelois et prononce ses enchantements. Ou plutôt, les fait prononcer par Baudemagus, le mage de Méléagant.

— Je sais tout cela. Et alors ?

— Morgane et son fils Mordret, où sont-ils allés, selon vous, en quittant le Cimetière futur ? Je ne vois qu'une réponse : ils accompagnaient Méléagant, ils sont donc allés à Gorre. Et pourtant, me dites-vous, vous ne les y avez pas vus ?

— Non.

— Ils y étaient pourtant, j'en suis convaincu. Mais, y étant, pourquoi Morgane n'est-elle pas intervenue, pourquoi n'a-t-elle pas usé de ses pouvoirs pour venir en aide à son allié, le Chevalier noir ? Pourquoi — plus étrange — ne s'est-elle pas montrée ?

— Explique-moi, j'ai l'impression que tu as ton idée.

— Une simple petite idée, Monsieur. Beaucoup de choses m'échappent sans doute. Mais je crois, en tout cas, que Morgane se moquait bien de Méléagant et de ses démêlés avec vous. Elle poursuivait un autre but. Lequel ? Je ne sais pas. Ce que je sais — que chacun sait —, en revanche, c'est qu'elle déteste son frère Arthur, et ce que je devine, en conséquence, c'est que c'est lui qu'elle comptait atteindre à travers vous et la reine Guenièvre.

Galehot se passa un index soucieux sur les lèvres.

— Il y a pourtant dans mon raisonnement un détail qui paraît le contredire...

— Lequel ?

— Eh bien, Monsieur, si vous me permettez de parler avec franchise, un amour partagé entre la reine et vous ne pouvait qu'aller dans le sens des intérêts de Morgane.

— Ne dis pas de sottises !

— Pardonnez-moi, Monsieur, mais c'est la vérité. Si vous aviez pris Guenièvre au roi, vous lui preniez aussi une part de sa force et de son autorité.

— Oui, murmura Lancelot, la tête basse. Malgré que j'en aie, je sais que tu as raison... Mais toutes tes spéculations ne servent à rien. La vérité, c'est que la reine ne m'a pas aimé. Bien pire : elle me hait ! Et veux-tu que je te dise ? Morgane a probablement raisonné comme tu le fais. Son plan a échoué à cause de cette haine de la reine. Aussi magicienne soit-elle, elle n'aurait pu insuffler la moindre indulgence à mon égard dans le cœur de Guenièvre.

— C'est possible, Monsieur. Comme le contraire. Moi, je crois plutôt que Morgane est bien plus savante en haine qu'en amour. Si elle a inspiré un sentiment à la reine, ce ne peut être que celui-ci. Si brutal. Et si absurde.

— Vraiment ? s'écria Lancelot, tout à coup plein d'espoir. Tu le crois vraiment ?

Il agrippa Galehot aux épaules, le secoua joyeusement, puis, très vite, une ombre passa sur son visage.

— Non... Tu n'y crois pas. Tu dis cela par amitié pour moi... À quoi servirait à Morgane que la reine me déteste ?

— À vous vaincre, Monsieur. Par les armes,

314

vous êtes invincible. Les enchantements ? Vous les brisez et le pouvoir de Dame Viviane vous protège. Elle ne pouvait vous atteindre qu'au plus profond de vous-même.

— Que lui ai-je fait ? Pourquoi m'en voudrait-elle ? J'ignorais jusqu'à son existence avant de la rencontrer !

— Il paraîtrait qu'elle connaissait la vôtre, Monsieur, et qu'elle a voulu s'en débarrasser.

Lancelot s'appuya de l'épaule à l'embrasure de la fenêtre. Les bras croisés, le menton dans le poing, il réfléchit.

— Admettons, dit-il, que tu ne te trompes pas... Comment puis-je lutter contre Morgane, la contraindre à arracher du cœur de Guenièvre la haine qu'elle y a semée ?

— Rentrez chez vous, Monsieur. Retournez au Lac.

— Tu n'as que la fuite à me proposer ?

— Il s'agit bien de fuir ! Vous allez vous battre, au contraire. Avec l'aide de la seule personne, à part Merlin, capable de déjouer les pouvoirs de Morgane.

Lancelot bondit sur Galehot.

— Viviane ! s'écria-t-il.

Et il prit le varlet dans ses bras et faillit l'étouffer de reconnaissance.

2

La prison d'air

Les jours qui suivirent, Lancelot refit en sens inverse le voyage qu'il avait accompli au temps de la Saint-Jean. Mais aucune escorte splendide de varlets, d'écuyers et de sergents en cotte blanche ne l'accompagnait. Il était seul, drapé dans un manteau de drap sali par des semaines d'errance, serré dans un haubert portant cent traces des coups d'épée et de lance qui l'avaient blessé lors des combats qu'il s'était infligés en pénitence. Il fit une première halte au château de Lawenor, où lui parut étrange de ne lancer aucun défi, de solliciter humblement l'hospitalité du baron des lieux, où il dormit enfin sans craindre qu'on l'assassine dans son sommeil. Le lendemain, il embarquait pour franchir la mer.

Il mena à grand train des montures dont il changeait chaque matin. Le voyage ne dura que six jours. À l'aube du septième, il parvint en vue du Lac.

La neige, là aussi, recouvrait la forêt du Bois en Val et les collines des environs. Une fine couche de glace scintillait à la surface du lac. Lancelot poussa son roncin dans l'eau. Le cheval, affolé, résista. Le chevalier en descendit et, le tirant par la bride, le força à s'enfoncer dans l'illusion magique.

Ils suivirent un chemin entre des prés et des bosquets que l'hiver n'avait pas touchés, ne toucherait jamais. L'air bruissait du chant des oiseaux qui s'étaient réfugiés par milliers dans ce séjour toujours verdoyant et paisible. Des souvenirs de son enfance affluèrent dans le cœur de Lancelot — de cette période enchantée de sa vie où il ne s'agissait que de courir chasser le cerf, vagabonder près de la rivière, rêver d'un avenir d'exploits et de prouesse. Il comprit que Galehot avait été de bon conseil, qu'il avait eu raison de l'écouter.

La première personne qu'il vit en approchant du château du Lac, il la reconnut aussitôt à sa manière particulière de marcher le dos courbé, les mains derrière les reins, en secouant la tête comme s'il se débattait avec des pensées adverses.

— Maître Caradoc ! l'appela-t-il.

Le précepteur se figea sur place, le dévisagea avec stupeur, puis éclata d'un rire inattendu.

— Lenfant ! Lenfant, te voilà !

Il écarta les bras comme pour le serrer contre lui, se ravisa au dernier moment et reprit tant bien que mal sa figure familière : sourcils froncés, lèvres sévères.

— Et tu arrives comme cela ? Sans prévenir ? Alors que tout le monde te croit mort et te pleure depuis des mois !

Lancelot lui mit la main sur l'épaule.

— Maître, je suis vivant, vous le voyez. Mais vous avez raison : jusqu'à aujourd'hui, j'ai été mort. Mort à moi-même.

— Tu t'es mis à la philosophie, à présent ? rétorqua Caradoc. Cela ne te ressemble pas. Et te va comme à moi une armure.

Il bouscula son ancien élève vers l'entrée du château.

— Au lieu de pérorer de je ne sais quoi, cours plutôt voir Dame Viviane. Allez ! Cours !

Et Lancelot obéit : il courut. Il traversa la salle, grimpa des escaliers, avala des coursives, poursuivi par les exclamations de joie et de bienvenue des gens de Viviane. Il piqua un baiser au passage sur la grosse joue de pomme mûre de sa nourrice, salua de la main la suivante Saraïde, toucha amicalement l'épaule ou la nuque des varlets auprès desquels il avait grandi. Il arriva enfin dans la chambre de Viviane.

— Ma mère ! s'écria-t-il en se jetant à son chevet.

Elle était allongée, immobile et livide, sur le lit. De grands cernes violets soulignaient ses yeux gris et fiévreux. Elle le regarda sans rien dire, sans qu'un trait ne bouge sur son visage. Une larme perla sous sa paupière. L'ovale d'eau glissa sur sa pommette et elle attira Lancelot contre elle.

— Ne m'appelle pas ainsi. Tu sais maintenant qui est ta véritable mère.

***

— Ce jeune Galehot est un garçon intelligent, lui dit-elle quand il lui eut conté ses aventures depuis leur séparation à Camaalot.

En vérité, Viviane l'avait souvent devancé dans son récit. Elle savait déjà beaucoup de choses, qui s'étaient colportées jusqu'au Lac.

Tandis que Lancelot errait sur les routes d'Écosse et d'Irlande, sa réputation s'étendait partout en Angleterre et en Gaule*. Viviane avait appris sa victoire sur Méléagant, la délivrance de Guenièvre, maints détails auparavant ; mais aussi son absence tout l'été de Camaalot qui fêtait la paix retrouvée, et les rumeurs, de plus en plus assurées, annonçant sa mort. On le prétendait noyé, décapité, éventré, tombé en poussière, changé en source chaude : seules la variété et l'incohérence de ces morts avaient permis à Viviane de garder l'espoir de le revoir un jour.

— Vous croyez vous aussi que Morgane a tout manigancé ?

— J'incline à le penser.

— Mais pourquoi ? s'exclama Lancelot. Je ne suis rien pour elle, je n'ai pu lui faire aucun mal !

— Tu ne sais pas tout de toi.

— Que devrais-je savoir, à la fin ? s'emporta-t-il. Tout le monde n'a cessé, depuis mon arrivée à Camaalot, de me parler par énigmes !

Viviane hésita.

— C'est difficile, dit-elle.

— Qu'est-ce qui est difficile ?

Elle sembla prendre une résolution.

— Tu es né, je t'ai éduqué pour que tu accomplisses une quête à laquelle n'est destiné qu'un seul homme ici-bas. L'une des conditions, beau fils de roi, pour que tu y parviennes, était que tu grandisses à l'écart du monde, afin de n'entendre jamais parler de cette quête, de sa nature et de son objet.

— C'est absurde ! Comment pourrais-je trouver ce que je ne cherche pas, ne serais pas même capable de reconnaître si je le voyais ?

— Il s'agit là du sens même de la quête, Lancelot. C'est à son cœur, son cœur pur, que ce chevalier élu de Dieu doit confier son destin. Son cœur seul lui soufflera que sa quête est achevée, qu'il a trouvé. Ceux qui t'ont croisé sur ton chemin, s'ils t'ont parlé de façon sibylline, qui t'a paru mystérieuse et peut-être déraisonnable, c'est qu'ils ont cru reconnaître en toi cet Élu et ne pouvaient t'en dire davantage, à moins de vider ta quête de son sens et, par là même, de t'en détourner à tout jamais.

Lancelot hocha la tête.

— En somme, cette discussion est inutile ? Vous ne m'éclairerez pas plus que je ne le suis ? Mais, au fond, êtes-vous si certaine que je sois celui que vous appelez... l'Élu ?

Viviane laissa passer un silence soucieux.

— Non, Lancelot, je n'en suis plus si sûre...
Vois-tu, quand tu m'as fait ton récit tout à
l'heure, j'ai cru voir arriver l'instant où tu me
raconterais que tu as posé les Deux Questions
qui t'auraient livré l'objet de la Quête. Car
l'occasion t'en a été donnée. Mais tu ne l'as pas
saisie. Ton cœur ne t'a rien soufflé.

— Quand cela, Madame ? Dites-le-moi.

— Je n'en ai pas le droit. Une seule personne, si elle le croit nécessaire, peut en
prendre la responsabilité.

— Qui ?

— Celui qui a prononcé la prédiction.

***

Jamais Lancelot n'était descendu dans les
caves du château du Lac. Du moins, jamais si
profond. Sur un signe et un mot de Viviane,
un mur s'était ouvert devant eux, et elle le précédait dans d'interminables escaliers à vis,
étrangement éclairés comme en plein jour.
Nous descendons en enfer, aurait-il pu penser
s'ils n'avaient pas baigné dans cette lumière à
la fois douce et claire, printanière.

Enfin, alors qu'il croyait ne jamais arriver
au terme de cette lente chute au centre du
monde, ils débouchèrent dans une clairière.

Lancelot leva la tête : au lieu d'une voûte, il vit un ciel bleu sans nuages descendant en un vaste hémisphère derrière les chênes dissimulant un horizon impossible. Au centre de la clairière se dressait une cabane en bois, non loin de laquelle clapotait l'eau argentée d'une source. Un vieil homme en chausses et en chemise y emplissait une cruche.

Viviane s'arrêta à une vingtaine de pas de lui. Lancelot, tout absorbé par ce tableau sylvestre dont l'existence était incompréhensible si profond sous la terre, poursuivit son chemin, le nez en l'air. Il se heurta violemment à un mur. Mais *il n'y avait pas de mur*. Le vieil homme, la cruche à la main, éclata de rire, tandis que Lancelot, frottant d'une main la bosse sur son front, de l'autre éprouvait la solidité de ce mur invisible.

— Tu devrais prévenir tes visiteurs, Viviane, lança la voix moqueuse du vieil homme.

— Je vois avec plaisir que tu es de bonne humeur, Merlin, lui répliqua-t-elle sur le même ton. À quoi joues-tu aujourd'hui ? Au vieil ermite ?

Merlin fit mine d'épousseter les taches de sa chemise.

— Si j'avais su que tu viendrais me voir, j'aurais choisi un autre rôle. Mais, depuis que tu m'as enfermé dans cette prison d'air, chaque instant qui arrive est une surprise pour moi. C'est très reposant, très rafraîchissant. À force de prévoir l'avenir, j'en arrivais à perdre peu à peu le goût de vivre. Ah... ironisa-t-il, c'est que ce n'était pas une vie que la vie de fils du diable !

— Il n'empêche que tu sais très bien pourquoi nous sommes venus te voir.

Le vieil homme lui sourit, leva sa cruche pour la lui montrer et se détourna vers la cabane.

— Je prépare une infusion de menthe. Plante agréable, piquante comme toi, Viviane. Je m'en vais faire bouillir cette eau.

Il disparut dans la cabane.

— Qui est ce Merlin ? demanda Lancelot. Et que fait-il ici ?

— C'est un vieil ami, dit-elle simplement.

Un jeune homme blond, bien tourné, élégamment vêtu d'une cotte émeraude et de chausses immaculées, sortit de la cabane.

— Et celui-ci ? s'étonna Lancelot. Qui est-ce ?

— Toujours Merlin. Il choisissait le plus souvent cette apparence, à l'époque où nous étions... très proches.

À voix plus haute, elle s'adressa à Merlin :

— Est-ce que tu compterais me séduire ?

— Juste te rappeler un temps heureux.

— L'était-il vraiment ?

— Depuis que tu m'as isolé du monde et que je ne peux plus lire l'avenir dans le cœur des hommes, dit-il d'une voix funèbre, je me réfugie dans le passé, Viviane. Je rumine ma nostalgie de toi...

— Très émouvant.

Il éclata soudain de rire.

— N'est-ce pas ?

— Comédien.

Content de lui, il s'assit nonchalamment au bord de la source. Il s'amusa à passer ses doigts dans l'eau courante.

— Je t'écoute, Viviane.

— Non, c'est nous qui t'écoutons.

— Vraiment ? Pas de petite conversation préliminaire ? J'aime tant le son de ta voix...

— Nous t'écoutons, Merlin, répéta patiemment Viviane.

Il sécha ses doigts sur sa cotte, essaya diverses positions sur le talus d'herbe, se décida à s'étendre sur le flanc, le coude planté au sol, la joue dans la main.

— Il était une fois, commença-t-il, faussement rêveur, l'enfant d'un roi mort de chagrin que recueillit une chaste demoiselle vivant au fond d'un lac d'illusion. Elle l'éleva en parfait chevalier. Un homme, qu'on prétendait le plus sage et le plus sagace au monde, avait fait mentir cette flatteuse réputation et commis l'erreur d'aimer la chaste demoiselle, et de lui révéler, brûlant d'obtenir ses faveurs, quelques-uns de ses pouvoirs et de lui confier sa prédiction la plus secrète. Laquelle prédiction disait que cet enfant serait L'Élu auquel serait donnée la grâce de poser les Deux Questions qui lui livreraient le Saint-Graal.

Merlin s'assit en tailleur et s'étira en soupirant bruyamment.

— Vois-tu, jeune Lancelot, le Saint-Graal est un plat sacré. Celui dans lequel le Christ prit son dernier repas, lors de la Cène, en compagnie de ses apôtres. Celui dans lequel Il accomplit pour la dernière fois le Miracle de l'Eucharistie : le pain devint Son Corps, c'est-à-dire la substance même de Dieu. Comme tu le sais, l'un des apôtres, Judas, le trahit et le Christ mourut sur la croix afin que se réalise le Miracle de la Résurrection.

Il se tut, regarda une mésange se poser au bord de la source, y plonger le bec.

— Le Graal où s'était accompli le Miracle fut préservé par les disciples du Christ, caché, précieusement conservé. Un jour, Joseph d'Arimathie, qui en avait la garde, débarqua avec quelques hommes sur les rivages d'Angleterre. Il enfouit le Graal dans un lieu connu de lui seul. Plus tard, il fonda la Table Ronde autour de laquelle prenaient place le roi et ses meilleurs chevaliers. Il y imposa un siège vide, le Siège Périlleux, où ne pourrait s'asseoir que celui qui aurait retrouvé le Graal et l'aurait déposé au centre de cette Table Ronde. Bien des hommes ont voulu, par la force, s'emparer du Siège Périlleux : ils ont été aussitôt engloutis en enfer. Seul le découvreur du Graal, l'Élu, obtiendra cette grâce divine. Alors, dit-on, mille ans de bonheur régneront ici-bas.

La mésange s'envola. La suivant du regard, Merlin se mit debout.

— Depuis quatre siècles que les chevaliers sont en quête du Graal, ils ont appris, souvent à leurs dépens, qu'ils ont à affronter diverses épreuves sur leur route. Elles sont nombreuses, je ne t'en ferai pas la liste, d'autant qu'elles ne sont pas toujours les mêmes suivant les chevaliers. Parlons par exemple du jour où, encore enfant, tu donnas sans hésiter ton beau roncin à un jeune varlet qui allait au procès d'un assassin, puis un magnifique et gras chevreuil, que tu avais forcé, à un vieil homme qui mariait sa fille.

— C'était naturel, répondit Lancelot.

— Quel autre enfant, à part toi, l'aurait fait ? Parlons ensuite du Lit Périlleux. Il a causé plus de morts qu'un siècle de joute. Tu as passé cette épreuve, n'est-ce pas ?

— Oui, dit Lancelot. Je ne sais encore comment j'ai échappé au piège de cette lance.

— Parce que tu le devais. Comme lorsque tu as brisé les enchantements du Cimetière des morts futurs. Pourquoi crois-tu que la tombe où était inscrit ton nom fut la seule à ne pas disparaître avec les maléfices de Morgane ? Parce que c'était la tienne, et que Morgane n'avait aucun pouvoir sur elle. De tout temps, cette tombe a attendu que quelqu'un en soulève la dalle. Si tu n'avais pas été l'Élu — ou, disons plutôt, « l'Éventuel » —, un autre nom y aurait figuré.

— Qu'entends-tu par « l'Éventuel », Merlin ? intervint Morgane. Tu ne m'en avais jamais parlé...

Il sourit ingénument.

— Ah, non ?... Pourvu que je n'aie pas oublié de te confier d'autres détails... Mais reprenons cette petite... élucidation dans l'ordre. Quatrième épreuve : le Pont de l'Épée. C'est là

— bravo ! — que tu as prouvé le plus grand courage. Et c'est dommage... Parce que c'était inutile.

— Pourquoi, Merlin ?

— Les épreuves sont au nombre de trois. Comme la Sainte Trinité de Dieu.

Il compta sur ses doigts :

— Le don du roncin et du chevreuil, cela fait un. Le Lit Périlleux, cela fait deux. Et le Cimetière futur : trois. Mon pauvre jeune ami, qu'allais-tu t'aventurer sur ce Pont de l'Épée ?

— Je devais délivrer la reine !

— Mmmmhhh... La reine, la reine... La belle Guenièvre... Quand je l'ai présentée à Arthur, elle était la femme la plus ravissante d'Angleterre. A-t-elle beaucoup changé ?

Avant que Lancelot ne lui réponde, il poursuivit :

— Non, certainement pas. À en croire l'amour que tu éprouves pour elle... Mais revenons à nos moutons — je veux dire : à la Quête du Graal. Tu as séjourné, je crois, à Corbénic, le château du roi Pellès ?

— Je préfère ne pas m'en souvenir.

— Tu as tes raisons. Au risque d'aggraver ton remords, je vais t'en fournir une autre. Lorsque Pellès t'a invité à souper avec lui, ses varlets ont traversé la salle. Le premier portait une lance. Je me trompe ?

— Elle saignait, je me rappelle... C'était étrange.

— Au moins, tu n'as pas été complètement aveugle. Ensuite, un autre varlet, précédé de deux autres portant des candélabres, est passé à son tour devant toi. L'as-tu vu, lui aussi ? Que portait-il ?

— Un... un plat. Un plat d'or serti de pierres précieuses...

— Un plat. Mais encore ?

— Un... Un graal ! Par le sang du Christ !

— Le juron tombe à propos, sourit Merlin. Oui, Lancelot : tes yeux ont vu passer la Lance qui saigne du sang du Christ blessé par un Romain sur la croix, et le Saint-Graal. Et tes yeux sont restés aveugles. Et tu n'as pas posé les Deux Questions, pourtant si simples, que Pellès attendait de toi. À quoi diable pensais-tu, benêt ?

— Je pensais... Je songeais à Guenièvre.

— Nous y voilà ! L'amour ! L'Amour... Je ne te jette pas la pierre, Viviane te dira comme elle a su me faire succomber à ce mal qui rend sourd, aveugle et bête.

— Ne sois pas amer, dit Viviane. Et explique-moi pourquoi, lorsque tu m'as confié ta prédiction, m'as-tu assuré que l'Élu aimerait et serait aimé de la reine ?

— Petite précaution. Petite épreuve supplémentaire dont l'invention m'est toute personnelle...

— Alors tu m'as trompée ?

— À ce jeu-là, Viviane, c'est toi qui as gagné la partie. Ne m'en veux pas si un reste de lucidité m'a inspiré cette supercherie.

— À cause de toi et de ton... de ton *manque de confiance*, s'indigna-t-elle, j'ai poussé Lancelot à se mettre au service de Guenièvre ! À cause de toi, il s'est détourné de la Quête ! À cause de toi, l'Élu n'obtiendra jamais le Saint-Graal !

— Tu m'accordes trop de pouvoir, chère Viviane. Je serais bien incapable d'empêcher l'Élu d'achever sa Quête. L'Élu, comprends-tu, ne pourra se dire « Élu de Dieu » que lorsque le Graal sera entre ses mains. Auparavant, il n'est qu'un « Éventuel ». Aucun « Éventuel » avant Lancelot n'avait poussé si loin son parcours, aucun n'avait vu de ses propres yeux la Lance et le Graal. Il s'en est fallu d'un rien pour qu'il revienne à Camaalot et s'assoie sur le Siège Périlleux. Un petit rien qui s'appelle l'amour.

— Sale vieux fou !

Il lui fit un sourire triste.

— Tu as raison. Cessons cette comédie.

Et, sous les yeux de Lancelot et de Viviane, le beau jeune homme élégant se métamorphosa, pour redevenir le vieillard en chausses et en chemise sales.

— Chevalier, dit-il en s'asseyant péniblement au bord de la source, tu me crois peut-être à présent ton ennemi, mais détrompe-toi. J'ai simplement suggéré à Viviane un chemin qu'elle t'a montré et où tu t'es engagé de toi-même, de ton plein gré, et je dirais même avec une remarquable audace. Tu ne peux plus revenir en arrière. En conséquence, comme le ferait remarquer un futur maréchal du nom de La Palice, je te conseille d'aller de l'avant. Tu aimes Guenièvre ? Reconquiers-la.

— Impossible.

— Pourquoi ?

— Je ne l'ai jamais conquise. Elle me hait.

— Ah, tu es aussi stupide que moi... Il y a autant de haine envers toi dans le cœur de Guenièvre qu'il y a eu d'amour sincère pour ma vieille carcasse dans le cœur de Viviane.

— Qu'en savez-vous ?

— Je vais te raconter une histoire. Ce sera la dernière, j'ai déjà trop parlé. Voilà : il y a bien longtemps j'étais le conseiller du roi

Uther-Pendragon. C'était un homme aux désirs d'une violence extrême, que je ne savais pas toujours discipliner. Un jour il vit la femme du duc de Cornouailles, Igraine. Elle était très belle ; il la voulut sur-le-champ. Mais elle était fidèle. J'usai donc de ma magie pour donner à Uther l'apparence du mari. La nuit suivante, elle l'aima, croyant qu'il était le duc de Cornouailles, son époux. De cette nuit naquit l'enfant qui deviendrait Arthur. Mais Morgane, la fille du duc et d'Igraine, les avait surpris ensemble. Elle était venue au monde avec des pouvoirs qui dissipaient mes enchantements les plus simples : elle vit que l'homme qui couchait avec sa mère était Uther. Elle en conçut une haine farouche, qui s'étendit à son demi-frère. Plus tard, quand il fut jeune homme et commença son règne, elle le séduisit et eut un fils de lui : Mordret. C'était le premier acte de sa vengeance.

« Morgane poursuit un double but : mettre Mordret sur le trône d'Arthur et lui permettre de s'emparer du Graal. Ce garçon n'a certes rien du « cœur pur » de l'Élu qu'annonce la prédiction. Peu importe à Morgane. Elle se moque bien que règnent mille ans de bonheur sur le monde. Son élément est le Mal. Ce Mal qui s'abattra sur le monde si un autre que l'Élu dérobe le Graal.

« L'apparition du jeune chevalier sans nom, à la Saint-Jean, l'a effrayée. Elle connaît chaque terme de la prédiction. Elle t'a infligé l'épreuve du Lit Périlleux, tu l'as passée avec succès. Elle a su, dès lors, qu'elle devait se débarrasser de toi. Mais elle ignore où est le Graal et n'a pu savoir ensuite qu'il t'avait été présenté chez Pellès et que tu n'avais posé aucune des Deux Questions. Tu n'étais plus l'Élu ; tu ne pouvais plus entraver ses projets ; elle l'ignorait. Elle a voulu t'atteindre à ton seul point faible : ton amour pour Guenièvre.

« Car la reine t'a aimé, mon garçon. Plus que tout au monde. Plus qu'Arthur. Plus que son honneur et sa vie. Mais plus fort est l'amour, plus puissante est la jalousie. Morgane le sait, qui est experte en mauvais sentiments. Elle lui a montré la nuit que tu as passée avec Ellan, la fille du Roi Pêcheur. Tu connais la suite...

— Ellan ! gronda Lancelot. J'aurais voulu ne jamais vivre cette nuit...

— Détrompe-toi, mon garçon. Cette nuit avec elle était nécessaire.

— À quoi ?

Merlin agita les doigts avec lassitude.

— Ce sont des choses qui ne te regardent plus... Voilà. J'ai beaucoup parlé. Tout est dit.

Il se redressa et partit à pas lents vers sa cabane.

— Adieu, mon garçon. Et prends garde à Morgane.

Lancelot ne trouva rien à répondre. Son cœur était trop agité de ces mots de Merlin, les seuls, peut-être, qui l'avaient réellement touché : « Guenièvre t'a aimé. Plus que tout au monde. » Il n'avait qu'une hâte : se présenter devant la reine, s'expliquer avec elle, dissiper le malentendu qui les séparait. Il s'en alla vers l'escalier qui menait hors de la prison d'air.

Viviane hésita à le suivre. Alors que Merlin ouvrait la porte de la cabane, elle l'appela :

— Merlin !

Il se retourna, lui sourit.

— Merlin, je voudrais te dire...

— Oui ?

— Je t'ai tout de même aimé.

Il hocha la tête.

— Quand ? demanda-t-il.

— Quelquefois...

Il rit doucement et entra dans la cabane.

3
Le Val sans Retour

Lancelot se reposa une nuit au Lac. Viviane et lui avaient passé la journée ensemble, sans beaucoup parler, essayant simplement de profiter de ces heures dérobées au destin d'homme et de chevalier de Lancelot. Ils s'étaient promenés dans la campagne, au bord de la rivière, et Viviane lui avait demandé :

— Tu ne m'en veux pas ?

— De quoi pourrais-je vous en vouloir ?

— De t'avoir détourné de la Quête.

— Ma quête est différente, c'est tout. N'en parlons plus.

Le soir, ils avaient soupé dans la salle, puis Lancelot avait disputé une partie d'échecs contre Caradoc. Il avait laissé gagner son précepteur — ou peut-être pensait-il déjà trop à la façon dont il obtiendrait une entrevue de Guenièvre, dont il lui expliquerait leur malentendu, pour s'intéresser à la partie. Comment la reine, se disait-il sans cesse, pourrait-elle être jalouse qu'il l'ait trompée avec elle-même, en somme ?

Le matin du huitième jour depuis son départ de Lawenor, il repartit avant le réveil de Viviane, pour couper court aux adieux. Il chevauchait un roncin, en tenait un autre à la longe. Cinq jours lui suffirent pour se retrouver aux frontières du royaume de Logres, par-delà la mer.

La neige avait fondu, laissant place à un paysage de chemins boueux, d'arbres défeuillés, d'herbe jaune et rare. La nuit était proche. Lancelot ne s'arrêta pas à Lawenor ; il décida de poursuivre immédiatement sa route jusqu'à Camaalot.

Au crépuscule, il traversait une plaine quand il tomba au carrefour de deux chemins. Là, noirs dans la pénombre, attendaient, immobiles, une charrette, son attelage et le conducteur. Le nain.

Il semblait sommeiller sur son siège, les rênes mollement enroulées à ses doigts. Quand

Lancelot passa près de lui, il se réveilla en sursaut.

— Tiens, le damoiseau ! s'exclama-t-il. Vous vous êtes égaré, pour chevaucher encore à pareille heure ?

— Que fais-tu là ? C'est bien loin de l'endroit où nous nous sommes rencontrés la première fois.

— Hé, c'est que la charrette, on en a besoin partout ! Ce serait trop simple que les voleurs, les criminels et les traîtres commettent leurs forfaits toujours au même endroit ! Et vous, chevalier, pourquoi êtes-vous dans ces parages ? Toujours à la recherche de la dame bien-aimée ?

— Qui sait ? Mais je ne monterai plus jamais dans ta charrette, quoi qu'il arrive !

Le nain eut son rire de crécelle.

— Vous m'avez bien diverti, ce jour-là ! Je n'ai pas si souvent l'occasion de rire dans mon emploi... Il fallait donc que vous l'aimiez plus que vous-même, votre dame, pour vous humilier de la sorte ?

— Plus que moi-même, tu l'as bien dit.

— En tout cas, j'espère qu'elle vous accueillera comme vous le méritez, tout à l'heure, quand vous serez à Karahais.

Ce disant, il tendait son moignon de bras en direction de l'ouest.

— Tu te trompes, répliqua Lancelot en lui montrant du menton la direction opposée. Je vais la retrouver à Camaalot.

— À votre aise, chevalier. Mais si votre dame est celle que je crois, que j'ai vue à la Saint-Jean avec les bâtards roux et le Chevalier noir, elle est passée tout à l'heure avec sa suite qui se rendait à Karahais.

— Es-tu bien sûr ? Qu'est-ce que Karahais ? Est-ce loin ?

— Vous y serez avant l'aube. C'est l'une des résidences d'hiver du roi. Plus douillette que les grandes salles glacées de Camaalot.

Lancelot, regardant alternativement à l'est et à l'ouest, hésitait.

— Pourquoi te ferais-je confiance ? demanda-t-il.

Nouveau rire du nain.

— N'ayez crainte ! Vous ai-je trompé, à la Saint-Jean ? Et je vous donne le renseignement gratis, cette fois ! Mais, si vous préférez aller à Camaalot, c'est votre droit. Accompagnez-moi, j'y vais aussi.

Il fit claquer les rênes sur le dos de son attelage, qui s'ébranla vers l'est. Lancelot hésita

encore, poussa son roncin à la suite de la charrette, jeta un regard par-dessus son épaule, ne
sut que faire, demanda :

— Es-tu sûr de toi ?

— Aussi sûr que vous êtes fou d'amour,
chevalier !

Alors Lancelot prit sa décision. Il piqua vers
l'ouest. Le rire du nain s'estompa dans la nuit
tombée.

***

Forçant l'allure, Lancelot espérait rattraper Guenièvre et son escorte bien avant
l'aube. Courbé sur l'encolure du roncin, il faisait corps avec lui, avait l'impression grisante
que c'était lui qui galopait, lui qui s'enfonçait
comme une flèche dans la nuit à la poursuite
de son amour.

Il ne vit pas la fondrière. Elle barrait le
chemin d'une eau bourbeuse, grasse et profonde. Le cheval y trébucha. Il s'effondra en
pleine course, envoyant son cavalier voltiger
sur le talus. Quand, à demi assommé, Lancelot
se releva, il comprit aussitôt qu'il n'avait plus
de monture. Celle-ci gisait en travers de la
route, l'œil blanc, l'encolure brisée.

Le chevalier récupéra son écu fixé à l'arçon de la selle, le passa à son cou et reprit son chemin à pied.

***

Un soleil pâle et froid réveilla Lancelot. Après quelques heures de marche, l'épuisement l'avait forcé à faire halte. Il s'était confectionné un matelas de fougères dans le sous-bois, enveloppé dans son manteau et sa cape, endormi peu à peu.

Il se redressa, se frotta le visage, crut se rappeler un rêve désagréable — mais les images lui en échappèrent. Il quitta le sous-bois pour retrouver la route.

À l'orée, il découvrit un petit vallon entre deux collines basses couvertes de sapins. L'entrée de ce vallon était fermée par un mur de pierres blanches. Une petite porte y était ouverte au bout du chemin.

S'en approchant, Lancelot huma des parfums qui le surprirent : ils n'avaient pas leur place ici, en plein hiver — parfums de fleurs en leur maturité, denses et prenants comme à la Saint-Jean. Il s'arrêta net dans l'embrasure de la porte, à nouveau surpris :

une bouffée d'air estival lui réchauffa le visage et les mains. Il fit encore un pas, et entra.

À l'intérieur des murs de pierres blanches, un grand jardin descendait sur la pente légère du vallon. Roses, bleuets, primevères, pervenches composaient des parterres colorés, entre lesquels sinuaient des ruisseaux d'eau vive. Il y faisait si chaud que Lancelot ôta sa cape et son manteau, retira son haubert et les déposa sur l'un des bancs de marbre rose disposés comme au hasard sous les rosiers, les glycines, les pampres de vigne vierge. Il se fit la réflexion que le nain n'avait pas menti : l'endroit, en effet, était « douillet ». Le roi et Guenièvre devaient y passer des hivers plus doux que les printemps de Camaalot.

Un sentier de gravier bleu pâle, bordé de myosotis et de jonquilles, serpentait en direction d'un bosquet de hauts chênes centenaires. Lancelot se dit que le manoir de Karahais se trouvait sans doute derrière ces arbres.

Il n'alla pas plus loin que la lisière des premiers chênes. Là, dans une minuscule clairière ombrée, une fontaine jaillissait dans une vasque du même marbre rose que les bancs. Sur la margelle, une jeune femme était assise en amazone, rassemblant des fleurs en bouquet.

Bien sûr, c'était Guenièvre. Depuis son entrée dans le jardin, Lancelot n'avait plus douté un seul instant qu'il la reverrait enfin. Ce paradis sur terre ne pouvait qu'abriter le loisir et le repos de la femme qu'il aimait. Et il fut reconnaissant au nain et à la Providence qui l'avait placé sur son chemin d'avoir organisé leurs retrouvailles — et les aveux qui s'ensuivraient — dans un lieu si charmant, si gai, si loin du monde.

Elle ne l'avait pas vu. Elle continuait, rêveusement, de composer son bouquet. Lancelot s'approcha sans bruit. Elle ne leva pas la tête. Elle semblait chantonner, les lèvres entrouvertes, mais si bas qu'il n'entendait rien. Il s'assit derrière elle, tout près, sur la margelle.

Sa longue chevelure d'or était rejetée comme une écharpe sur son épaule, découvrant sa nuque blanche et délicate. Il résista à l'envie d'y poser ses doigts. Il ne fallait pas l'effaroucher. Il fallait l'apprivoiser d'abord, puis trouver les mots qui toucheraient son cœur, déracineraient la rancune jalouse que Morgane y avait semée.

— Guenièvre...

Il avait presque chuchoté son nom, tant il craignait sa première réaction. Elle n'eut pas un sursaut, pas un geste, sinon celui, toujours le même, de choisir une fleur et de lui donner sa place dans le bouquet. Il répéta, plus haut :

— Guenièvre.

Cette fois, elle tourna légèrement les épaules. Il sourit, chercha par quels mots commencer son plaidoyer. Mais elle ne le regarda pas. Elle épousseta le devant de sa robe, leva les yeux vers les frondaisons du bois et sourit comme on sourit à soi-même ou à un songe. Il baissa timidement la tête.

— Je sais, Guenièvre, que vous aviez résolu de ne plus jamais me parler, plus jamais me voir. J'ai longtemps respecté votre vœu, même si je n'en connaissais pas la raison...

Elle demeura impassible, comme s'il n'existait pas. Elle se mit debout et marcha lentement en direction du jardin. Désemparé, Lancelot la suivit, un pas en retrait.

— Pourquoi feignez-vous l'indifférence ? Laissez-moi au moins m'expliquer. Faites-moi cette grâce.

Sa chevelure brilla quand Guenièvre quitta l'ombre des chênes. Elle poursuivit nonchalamment sa promenade sur le sentier de gravier bleu.

— Lorsque, après le jugement contre Méléagant, vous m'avez interrogé, reprit Lancelot, je vous ai affirmé, il est vrai, que mon cœur était pris. Pourquoi n'avez-vous pas compris que c'était à vous qu'il appartenait ? Comment n'avez-vous pas senti que votre dédain, votre cruauté à mon égard m'empêchaient, sinon à demi-mot, de vous avouer une vérité très douce et pourtant terrible ? On vous a trompée, Madame, et l'on m'a trompé aussi. Écoutez-moi...

Mais elle n'écoutait rien. Elle s'approcha d'un banc, sous une tonnelle de glycines, y déposa son bouquet. Puis elle regarda autour d'elle les parterres chatoyants. Son visage était empreint d'une sérénité que rien ne semblait pouvoir atteindre.

— Cessez ce jeu, Madame, je vous en prie, la supplia Lancelot. Posez les yeux sur moi et entendez ce que je viens vous dire.

Ni ses mots ni le ton de sa voix ne parurent la toucher. Elle passa la main dans ses cheveux, les ramena derrière son épaule : ils cachèrent sa nuque et coulèrent jusqu'à ses reins. La détresse et l'humiliation envahirent Lancelot. Il sentit monter en lui une rage impuissante et fit deux pas rapides pour se placer résolument devant Guenièvre.

— Pour la dernière fois, Madame, daignez m'écouter !

Ils étaient face à face. Il la fixa dans les yeux, il y chercha avec désespoir une lueur, pas même d'amitié, ou de compassion, mais d'intérêt, seulement. Il n'y vit rien. Rien d'autre qu'une paisible transparence, comme s'il était dépourvu de toute réalité, de toute substance. Le regard de la reine le traversait sans le voir. Il serra les poings et prononça à voix basse les seuls mots qu'il eût jamais voulu lui dire, les seuls qui avaient un sens pour lui désormais :

— Guenièvre, je vous aime...

Alors elle battit deux fois des paupières. Un sourire se dessina sur ses lèvres. Lancelot, tremblant d'émotion, ouvrit les bras — pour l'accueillir. La serrer contre lui. Il n'y aurait plus à parler, à se justifier, à expliquer. Simplement à se toucher et se reconnaître.

Ses yeux ne quittaient plus les siens. Elle fit un pas vers lui. Avec la joie d'un prisonnier qu'on délivre et qui retrouve la lumière, il referma les bras sur elle.

Mais ses mains ne rencontrèrent rien. Ni étoffe ni chair. Toujours souriant, le visage de la reine s'approcha du sien. *Et le traversa.* Il vit avec horreur le corps de Guenièvre, intangible fantôme, pénétrer son propre corps et disparaître. Il poussa un cri effroyable.

Un rire narquois lui répondit.

Il fit volte-face. Il tremblait de tous ses membres. Il vit Guenièvre, de dos, repartant à sa promenade parmi les fleurs. Et, au-delà, assise sur un banc de l'autre côté de l'allée de gravier bleu, Morgane.

— Curieuse expérience, n'est-ce pas, chevalier ? L'espace d'un instant, je vous ai offert la fin ultime à laquelle aspirent les passions : l'amour fusionnel ! On dirait que cela ne vous a pas plu, ingrat...

— Qu'avez-vous fait à la reine ?

— À Guenièvre ? Rien. À l'heure qu'il est, elle se trouve à Camaalot, à la place qui est la sienne : dans le lit du roi mon frère. Ce que vous voyez là n'est qu'une illusion. Mais, au fond, Lancelot, l'amour est-il davantage qu'une illusion, les fumées d'un esprit malade et stupide, l'image d'une ennuyeuse perfection qui n'est, au Diable ne plaise, pas de ce monde ?

Lancelot tira son épée et se rua sur Morgane. Elle éleva la main sans s'émouvoir.

— Réfrénez vos impulsions, chevalier. On ne résout pas tout à coups d'estoc et de taille.

D'un dernier bond, il fut face à elle. Il frappa. Sa lame traversa l'image de Morgane comme

l'image de Guenièvre l'avait lui-même traversé.

— Je vous avais prévenu... Rengainez votre
ustensile. Et écoutez-moi, je ne tiens pas à
m'attarder ici : toutes ces couleurs, tous ces
parfums, la mièvrerie de ces parterres et de
ces fleurs, ça me dégoûte.

Il remit docilement l'épée au fourreau. Il
était soudain vidé de toute force, de tout désir,
de toute révolte.

— Vous êtes un jeune homme très agité,
Lancelot. Aussi ai-je résolu de vous offrir du
repos. Un très, très long repos. Ce jardin sera
désormais votre prison. Cultivez-y à loisir
votre désolant amour pour la reine.

Lancelot ne put s'empêcher de tourner la
tête vers le haut du vallon. Il regarda la fausse
Guenièvre se pencher pour cueillir des jonquilles.

— Oui, dit Morgane. Elle est là. Soyez satisfait, remerciez-moi : elle restera dans ce jardin
aussi longtemps que vous y serez enfermé. Que
pensez-vous de la faveur que je vous fais ?
Guenièvre ne vous quittera plus, n'est-ce pas
magnifique ? Oh, bien sûr, il y aura de petits
inconvénients : vous ne pourrez pas la toucher,
et si vous lui parlez, elle ne vous répondra
pas. Mais que vous importe, puisque la seule

véritable Guenièvre réside dans votre cœur, comme disent les mauvais poètes...

Lancelot détacha son regard de l'image de Guenièvre et le posa sur Morgane.

— Je vous tuerai.

— Quel optimisme... En attendant, bienvenue au Val sans Retour !

Et Morgane disparut.

***

Plus tard, Lancelot chercha la porte par laquelle il était entré dans le jardin. Il n'y en avait plus. Le mur lui-même avait triplé de hauteur. À l'autre extrémité du vallon, après le bois de chênes, le chevalier découvrit un verger, fermé d'un mur semblable. Le long du vallon, les sapins poussaient si dru sur les deux pentes que même un enfant n'aurait pu se faufiler entre leurs troncs. Lancelot se rendit à l'évidence : l'évasion était impossible.

Les premiers jours, il évita avec soin de s'approcher de Guenièvre — de son image immatérielle. Il comprit assez vite que, de l'aube au crépuscule, elle répétait perpétuellement les mêmes gestes, cueillait les mêmes fleurs, s'asseyait sur le même banc et à la même place sur la margelle de la fontaine, souriait et coiffait sa chevelure toujours aux mêmes moments. Il s'arrangea pour se trouver sans cesse à l'endroit le plus éloigné de ses déplacements. Il trouvait souvent refuge dans le verger, dont les fruits le nourrissaient. La fausse Guenièvre ne s'y aventurait qu'une seule fois ; elle y cueillait toujours la même pomme rouge, y croquait une bouchée, puis l'oubliait sur un banc.

Après quelque temps, l'abattement fit place à la rage. Lancelot se mit à hurler des menaces et des insultes à l'adresse de Morgane, la défia d'apparaître, lui réclama de lui envoyer un de ses chevaliers à affronter en jugement. Ses cris ne lui servirent à rien. Morgane ne revint pas. Il se lassa.

Il passa quelques jours prostré dans un coin reculé du verger. Il somnolait, ne se nourrissait plus, ne pensait plus à rien, sinon à mourir. Mais son désespoir lui-même était sans prise sur les enchantements du jardin. Lancelot s'aperçut bientôt qu'il n'avait jamais faim, pouvait jeûner sans maigrir ni s'affaiblir. Il était condamné à vivre — du moins tant que ce serait le bon plaisir de Morgane.

Alors, une nuit, il lui vint une idée.

— Attendez, Madame, je vais vous aider à cueillir cette fleur.

Lancelot se pencha sur le parterre de pervenches et, prenant garde de ne pas effleurer les doigts de Guenièvre, coupa la tige en même temps qu'elle.

— Prenez-la, Madame. Son bleu ressortira parmi ces jonquilles comme l'or de vos cheveux rehausse l'éclat de vos yeux.

Elle plaça la fleur dans son bouquet. Elle sourit, comme pour le remercier de son compliment. Elle reprit sa promenade dans l'allée. Lancelot l'accompagna, les mains croisées sur les reins, s'arrêtant quand elle s'arrêtait, s'asseyant à son côté quand elle se reposait sur un banc. Il bavardait calmement, lui racontait le Lac et Viviane, ses rencontres sur le chemin de Gorre, les hautes terres d'Écosse qu'il avait parcourues et la verte Irlande. Quelquefois, il plaisantait et il avait le plaisir de la voir sourire. D'autres fois, il demeurait près d'elle en silence, comme savent le faire deux êtres dont les humeurs s'accordent si bien qu'il n'est plus besoin de parler.

Il la quittait peu avant le crépuscule, lui souhaitait la bonne nuit et regagnait le verger. Là, dans la nuit tombante, il préparait méticuleusement le déroulement de la journée du lendemain.

Car c'est ainsi qu'il avait choisi de lutter contre le supplice perpétuel que lui avait infligé Morgane. En refusant d'en rester l'impuissant spectateur.

Puisqu'il en était venu à connaître par cœur chaque pas, chaque mouvement, chaque sourire, chaque battement de cils de la fausse Guenièvre, il pouvait désormais feindre de participer à ses promenades. Se fondre, se confondre dans le déroulement de ses journées. Plaisanter ou la complimenter quelques secondes à peine avant qu'elle sourie — et il pouvait croire que c'était pour lui qu'elle souriait. S'asseoir un peu avant elle sur un banc et lui proposer de la rejoindre — et il finissait par avoir le sentiment qu'elle répondait aimablement à son invite. Lui désigner telle ou telle fleur, en vanter la couleur et la délicatesse — et la regarder se pencher pour cueillir la fleur qu'il avait choisie lui-même. Croquer dans la pomme que chaque jour elle oubliait au même endroit. Quiconque serait entré dans le jardin et les aurait vus ensemble, serait reparti sans oser les déranger, convaincu de l'harmonie extraordinaire de ce couple.

Jamais, aurait-il témoigné, on n'avait vu en ce monde pareille entente, pareille paix, un amour à la fois si intense et si réservé.

Les années passèrent. Lancelot perdit peu à peu son allure d'adolescent. Sa beauté d'homme n'en fut que plus remarquable et mieux accordée à l'inaltérable éclat de sa compagne silencieuse et si attentive.

Bien sûr, quelquefois, la nuit, le chevalier pleurait. Et le lendemain, il ne rejoignait pas Guenièvre. Il s'obligeait à reprendre courage. Il y aurait tant et tant de journées encore à vivre dans ce jardin. Jusqu'à la délivrance ?

Poursuivez la quête du Graal dans :
La neige et le sang

Lexique

armes : il s'agit aussi bien des armes défensives (l'armure, le heaume, le haubert et l'écu) que des armes offensives (la lance, l'épée). Par *armes*, on entend aussi les armoiries ; ici, par exemple, les deux bandes vermeilles sur fond blanc.

Camaalot : à la fois la ville et le château principal (avec Carduel) du roi Arthur. En général, un château se dressait près d'une ville ou d'un village dont il assurait la protection.

courre : ancien infinitif du verbe courir. Terme de chasse signifiant poursuivre le gibier.

courtoisie : ici, l'ensemble des règles auxquelles doit se conformer un chevalier et, par extension, la reine elle-même.

empeignes : l'armure comportait des chaussures de fer, dénommées aussi *solerets*.

Gaule : à cette époque, le Ve siècle, la France était encore la Gaule.

incube : démon.

jugement : duel judiciaire. Lorsque, comme c'est le cas entre Arthur et Méléagant, les deux adversaires ne sont pas égaux dans la hiérarchie féodale, celui qui occupe le rang le plus élevé est représenté par un champion.

merci : grâce, pitié.

moutier : terme ancien signifiant monastère ; lieu où vivaient les moines ou les religieuses.

nécromancien : la nécromancie est l'art magique d'évoquer les morts pour connaître l'avenir ou découvrir un secret. Au Moyen Âge, on appelait nécromanciens la plupart des magiciens et des sorciers.

prouesse : ici, l'ensemble des qualités de bravoure du chevalier.

roncin : le roncin (ou roussin) est un cheval tous usages et tout terrain. Le *destrier* est un cheval de combat ; le *palefroi*, un cheval de cérémonie. Il existe aussi le *chaceor*, destiné à la chasse.

salle : pièce principale du château, où ont lieu les activités sociales : repas, réceptions, cérémonies, etc.

Saxon : depuis le milieu du Ve siècle environ, les Saxons, venus de Germanie, et les Angles, venus du Danemark, ont entrepris l'invasion de la Grande-Bretagne. Arthur et ses chevaliers sont des Celtes, peuple autochtone.

suzerain : seigneur qui concède un *fief*, c'est-à-dire des terres, à un *vassal*, lequel lui doit en retour service et fidélité. Le roi Arthur ne possédait aucune terre personnellement ; toutes étaient attribuées en fief à des vassaux, aussi appelés *barons*.

trictrac : jeu de société (ancêtre du backgammon) très en vogue au Moyen Âge, qui se pratique avec des dés et des pions de dames sur un plateau.

varlet : adolescent au service d'un seigneur, auprès duquel il fait son apprentissage avant d'être à son tour chevalier (on disait aussi *valet* ou *vallet*).

vavasseur : dans la hiérarchie féodale, vassal du rang le plus bas. Le vassal de tel suzerain peut être lui-même le suzerain d'un vassal moins puissant. Le vavasseur est un vassal qui, trop pauvre, ne peut avoir de vassal lui-même.

Table des matières

Biographies

CHRISTIAN DE MONTELLA

L'auteur est né en 1957, a fait des études de Lettres et de Philosophie. Père de trois fils, il a exercé différents métiers aussi nombreux que variés, avant de choisir l'écriture : ouvrier agricole, comédien, moniteur de sport, attaché d'administration... À ce jour, il a déjà publié des romans au Seuil, chez Gallimard, chez Fayard et chez Stock. Il écrit également pour les enfants à L'École des Loisirs, à Je Bouquine, chez Bayard et au Livre de poche jeunesse.

Olivier Nadel

Peintre, illustrateur se délectant d'huile de lin polymérisée, de sanguine et d'aquatinte.

Terrain d'action : Mythes, Histoire, aventure et didactique multimédia.

Enseigne l'illustration aux Arts-Décoratifs de Strasbourg.

ivez au cœur de vos
passions

La vie en vrai
Passion cheval
Voyage au temps de...
Aventure
Histoires d'ailleurs
Contes, Légendes et Récits
Policier
Humour
Théâtre

CASTOR POCHE

Mon grand-père était un cerisier
Angela Nanetti

n°995

Le grand-père de Tonino est un drôle de bonhomme. Il grimpe aux arbres comme personne, a une oie de compagnie, et surtout adore Félicien, le cerisier de son jardin! Tonino aime lui rendre visite. Un jour, le cerisier est menacé par un projet de construction.
Tonino et son grand-père sont décidés à se battre. Sauront-ils sauver Félicien?

MARIE-CLAUDE BÉROT

Le stylo rouge

IE EN VRAI

CASTOR POCHE

stylo rouge
rie-Claude Bérot

n°994

J'aime bien l'école. Mais à l'école, personne ne m'aime.
Mon papa est parti un matin, comme tous les matins, mais il n'est pas rentré le soir. Quelques jours après, des gendarmes sont venus à la maison. Je crois, je n'en suis pas sûre, que c'est justement après la visite des gendarmes que plus personne ne m'a regardée.
Alors je m'invente des histoires...

Les années

COLLEGE

avec **CASTOR POCHE**

LA VIE EN VRAI

CASTOR POCHE

*4 ans, 6 mois et trois jours
plus tard...*
Emmanuel Bourdier

n°989

Lorsque Julien se réveille, il n'en
revient pas. Il a dormi 4 ans
6 mois et 3 jours... exactement
Il n'a plus dix ans mais presque
quinze! Désormais, tout es
nouveau : ses immenses pieds
sa nouvelle tête, celle de se
copains dans la cour du co-
lège... et les filles! Et surtout l
jolie Suzanne...
Comment faire pour rattrape
le temps perdu?

Les années

COLLEGE

avec **CASTOR POCHE**

Skellig
David Almond

n°733

Michael vient de déménager. En explorant le garage en ruines de sa nouvelle maison, il fait une rencontre étrange : un homme vit là, accroupi dans le noir, sans bouger. Il dit s'appeler Skellig...
Mais quel âge a-t-il ? D'où vient-il ? Michael et Mina, sa nouvelle amie, sont fascinés par tant de mystère...
Que vont-ils découvrir ?

Les années

avec **CASTOR POCHE**

Finn et les pirates 1
Paul Thiès

n°997

Finn Mc Cloud est employé comme mousse sur le *Cordélia*, un navire en partance pour les États-Unis. Lors d'une escale au Brésil, il rencontre Anne, la plus belle fille du monde, mais aussi la plus dangereuse... Elle est en effet la fille d'un célèbre pirate. Avec ses amis, Sara et Miguel, elle a décidé de suivre les traces de son père... Finn se trouve entraîné dans leurs aventures...

Les années

avec **CASTOR POCHE**

Le col des Mile Larmes
avier-Laurent Petit

n°979

Galshan est inquiète : cela fait plus de six jours que son père, chauffeur d'un poids lourd qui sillonne l'Asie, aurait dû rentrer de voyage. La jeune fille rêve de lui toutes les nuits. Tout le monde pense que Ryham a péri lors de la traversée du col des Mille Larmes, ou qu'il a été victime.
Galshan, elle, sait que son père est en vie.

Les années

avec **CASTOR POCHE**

ALAIN SURGET

L'ÉTALON DES MERS

L'Étalon des mers
Alain Surget

n°820

Leif est le fils aîné d'Érik le Rouge. Ce dernier a ramené d'un voyage un splendide étalon noir. Mais nombreux sont ceux qui convoitent l'animal, et les rivalités se déchaînent. Au point que toute la famille de Leif est bannie du village et doit prendre la mer. Après avoir affronté mille dangers, les drakkars accostent une terre inconnue...

Les années

COLLEGE

avec **CASTOR POCHE**

L'étrange chanson de Sveti

ÉVELYNE BRISOU-PELLEN

VENTURE

CASTOR POCHE

L'étrange chanson de Sveti   n°123
Évelyne Brisou-Pellen

La famille de Sveti a été anéantie par la peste, alors qu'elle n'avait pas cinq ans. Pourtant, on n'a jamais retrouvé son père. Serait-il vivant ? Recueillie par une troupe de Tsiganes, Sveti se raccroche à cet espoir. Et à la chanson que son père lui chantait petite. Qui sait ? Peut-être finira-t-il par l'entendre... Sveti retrouvera-t-elle une famille ?

Les années

●●●COLLEGE●●●

avec **CASTOR POCHE**

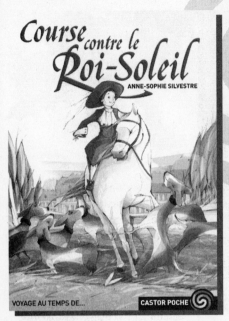

VOYAGE AU TEMPS DE...

CASTOR POCHE

Course contre le Roi-Soleil
Anne-Sophie Silvestre

n°1012

Au château de Versailles, Monsieur Le Brun est prêt à dévoiler son nouveau chef-d'œuvre, le bassin d'Apollon. Toute la cour est là... sauf le Roi-Soleil, qui est introuvable! Philibert, le fils de l'artiste, décide de tout faire pour retrouver Louis XIV, tant que le soleil éclaire le bassin. Mais il faut faire vite! Philibert se lance dans une course contre le soleil!

Les années
●●●COLLEGE●●

avec **CASTOR POCHE**

UN VILLAGE
SOUS
L'OCCUPATION

BERTRAND SOLET

OYAGE AU TEMPS DE...

CASTOR POCHE

Un village sous l'Occupation...
Bertrand Solet

n°1003

Depuis sa défaite militaire en 1939, la France est occupée par l'armée allemande. Le village de Saint-Robert apprend à vivre avec l'occupant. Si la plupart des habitants ferment les yeux, certains veulent à tout prix les garder ouverts. Comme Pierre et Léa qui rêvent d'un monde différent. Ensemble, ils vont tout mettre en œuvre pour retrouver leur liberté...

Les années

COLLEGE

avec **CASTOR POCHE**

VIVIANE MOORE

Le Seigneur sans visage

VOYAGE AU TEMPS DE...

CASTOR POCHE

Le Seigneur sans visage
Viviane Moore

n°993

Le jeune Michel de Gallardon fait son apprentissage de chevalier au château de la Roche-Guyon. Une série de meurtres vient bientôt perturber la quiétude des lieux. La belle Morgane, semble en danger... Prêt à tout pour la protéger, Michel fait le serment de percer le secret du seigneur sans visage... Mais la vérité n'est pas toujours belle à voir...

Les années

avec **CASTOR POCHE**

Aliénor d'Aquitaine
Une reine à l'aventure

BRIGITTE COPPIN

VOYAGE AU TEMPS DE...

CASTOR POCHE

Aliénor d'Aquitaine
Brigitte Coppin

n°641

1137. Aliénor, âgée de 15 ans, quitte sa chère Aquitaine pour épouser le roi de France et devenir reine. Elle entre à Paris sous les cris de joie et les gerbes de fleurs, mais très vite, sa vie royale l'ennuie. Entre une belle-mère autoritaire et un mari trop timide, Aliénor ne parvient pas à assouvir ses rêves de pouvoir et sa soif d'aventures.

Les années

COLLEGE

avec **CASTOR POCHE**

10 nouvelles fantastiques
De l'Antiquité à nos jours
Présentées par Alain Grousset

n°1013

De Pline le Jeune à Stephen King, en passant par Edgar Poe ou Guy de Maupassant, on retrouve ce même goût du frisson... Les hommes ont toujours aimé se raconter des histoires pour se faire peur.

Des histoires de fantômes, de diables, mais aussi de téléphones portables machiavéliques.

10 nouvelles pour trembler...

Les années

avec **CASTOR POCHE**

14 contes du Québec
JEAN MUZI

NTES, LÉGENDES, ET RÉCITS

contes du Québec
an Muzi

n°1011

Au Québec, pays des Indiens et des bûcherons, on croise aussi des princesses ou des renards rusés. Qui a inventé le sirop d'érable ? Pourquoi la grenouille a-t-elle des pattes arrière aussi longues ? Le diable est-il vraiment le plus malin ? 14 contes pour apprendre à connaître ce pays et se rendre compte que, comme partout, la malice triomphe de la sottise...

Les années

avec **CASTOR POCHE**

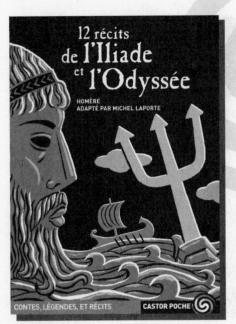

12 récits de l'Iliade et l'Odyssée
Homère
Adapté par Michel Laporte

n°982

Le récit des combats d'Achille et Hector durant la guerre de Troie est aussi passionnant à lire qu'il l'était à entendre dans l'Antiquité grecque. Et l'extraordinaire épopée d'Ulysse suscite la même fascination qu'il y a trois mille ans!

Il faut dire qu'il se passe toujours quelque chose avec ces personnages à la fois fragiles et forts : ils sont si humains!

Les années

COLLEGE

avec **CASTOR POCHE**

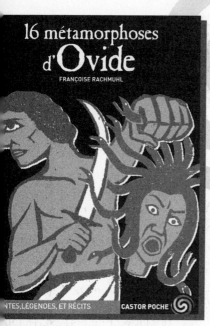

16 métamorphoses
d'Ovide
FRANÇOISE RACHMUHL

CASTOR POCHE

métamorphoses d'Ovide   n°943
ançoise Rachmuhl

En contant les métamorphoses des dieux et des hommes, Ovide nous entraîne aux côtés des divinités et des héros les plus célèbres de l'Antiquité. Jupiter critique les hommes, mais il aime les femmes, Narcisse adore son propre reflet, Persée enchaîne les exploits tandis que Pygmalion modèle une statue plus vraie que nature...

Les années

COLLEGE

avec **CASTOR POCHE**

KATHLEEN DUEY

Katie *et le cheval sauvage*

1. UNE RENCONTRE INESPÉRÉE

PASSION CHEVAL

CASTOR POCHE

Katie et le cheval sauvage
1. Une rencontre inespérée
Kathleen Duey

n°1004

Les autres aventures de Katie :
2. Un voyage mouvementé
3. Un défi gagné
4. Une nouvelle vie

À la mort de ses parents, Katie a été recueillie par les Stevens. Elle consacre ses journées à les aider aux travaux de la ferme. Mais Katie souffre de sa solitude et rêve d'une autre vie... Un jour, M. Stevens revient avec un cheval sauvage. Katie est la seule à pouvoir l'approcher. De cette rencontre va naître l'espoir... Katie apprivoise son nouvel ami...

Les années

COLLEGE

avec **CASTOR POCHE**

SION CHEVAL

CASTOR POCHE

cheval peut en cacher un
tre
arie Amaury

n°974

Marine ne supporte pas Hughes, son "beau-père", et ce dernier le lui rend bien ! Surtout lorsque la jeune fille détruit, par accident, le disque dur de son ordinateur. En guise de punition, Marine se voit contrainte de travailler 13 heures par semaine dans le haras que dirige Hughes. Marine découvre un nouvel univers plein de surprises...

Les années

avec **CASTOR POCHE**

Cet
ouvrage,
le mille vingt-deuxième
de la collection
CASTOR POCHE,
a été achevé d'imprimer
sur les presses de l'imprimerie
Maury Eurolivres
Manchecourt - France
en février 2006

Dépôt légal : mars 2006.
N° d'édition : 3389. Imprimé en France.
ISBN : 2-08163389-2
ISSN : 0763-4497
Loi n° 49-956 du 16 juillet 1949
sur les publications destinées à la jeunesse